Frances Hodgson Burnett

O Jardim Secreto

Frances Hodgson Burnett

O Jardim Secreto

Tradução e adaptação
Erika Patrícia Moreira

Tradução e revisão
João Pedro Nodari

1ª Edição

Cotia 2020

PÉ DA LETRA EDITORA E DISTRIBUIDORA

Dados Internacionais de Catalogação na Publicação (CIP)
Angélica Ilacqua CRB-8/7057

Burnett, Frances Hodgson, 1849-1924
O jardim secreto / Frances Hodgson Burnett ; tradução de Erika Patricia Moreira.
– Cotia - Brasil : Pé da Letra, 2023.
256 p il, color ; 13,5 x 20 cm

ISBN 978-65-5888-098-1
Título original: The secret garden

1. Literatura infantojuvenil inglesa I. Título II. Moreira, Erika Patricia

23-0859 CDD 028.5

Índices para catálogo sistemático:
1. Literatura infantojuvenil 028.5

Diretor
James Misse

Coordenação Editorial
James Misse

Direção de Arte
c2d Design

Diagramação
c2d Design

Tradução e Adaptação de Texto
Erika Patrícia Moreira

Tradução e Revisão
João Pedro Nodari

Contato
atendimento@editorapedaletra.com.br

1ª edição em 2020
www.editorapedaletra.com.br

Sumário

CAPÍTULO I

NÃO RESTA NINGUÉM

Quando Mary Lennox foi enviada para Misselthwaite Manor para viver com seu tio, todos disseram que ela era a criança de aparência mais desagradável e estranha já vista. E era bem verdade. Ela tinha o rosto e o corpo magros, cabelos claros e finos e o rosto com uma expressão ranzinza.

Os cabelos e a face eram amarelados, porque nascera na Índia e estava sempre adoentada de uma maneira ou de outra. Seu pai exercia o cargo de oficial do governo inglês e sempre estava ocupado e doente, e sua mãe, por ser possuidora de uma grande beleza, apenas se preocupava em ir a festas e divertir-se com outras pessoas. Ela não queria uma menininha e, quando Mary nasceu, a deixou aos cuidados de uma ama, que logo percebeu que se desejasse agradar a Mem Sahib, a mãe, deveria manter a criança longe dos seus olhos, tanto quanto possível. Então, enquanto foi um bebezinho, rabugento e feio, foi mantida afastada, e, mesmo quando se tornou uma coisa doente, rabugenta e a dar os primeiros passos, foi mantida afastada também. Não se lembrava de qualquer coisa familiar, a não ser os rostos escuros de sua aia[1] e de outros criados nativos, que sempre a obedeciam e faziam tudo da maneira como queria, porque a mãe ficaria irada se fosse perturbada pelo seu choro. Aos seis anos, era uma criança desagradável, tão tirânica e egoísta quanto jamais se vira.

A jovem governanta inglesa, que veio para lhe ensinar a ler e escrever, demonstrava tanta aversão por ela, que abandonou seu posto em três meses e, quando outras governantas eram contratadas para tentar fazer a mesma tarefa, sempre iam embora em um tempo mais curto do que a primeira. Assim, se Mary não quisesse realmente saber como ler livros, nunca aprenderia as letras de fato.

Em uma manhã muito quente, quando tinha cerca de nove anos, acordou sentindo-se muito irritada, e ficou mais irritada ainda quando viu que a criada que estava de pé ao lado de sua cama não era a sua ama. — O que está fazendo aqui? Mary, perguntou a estranha mulher. — Eu não quero você. Vá chamar a minha aia.

A mulher fez uma cara assustada, mas, em vez de obedecer, disse apenas, gaguejando, que a aia não podia vir. Quando Mary começou a dar chilique, bater na criada e chutá-la, a mulher só ficou mais assustada ainda e repetiu que a aia não podia vir cuidar da menina Sahib.

Havia algum mistério no ar naquela manhã. Nada estava sendo feito em sua ordem habitual, vários criados nativos pareciam ter faltado, e aqueles que Mary via, escapuliam ou apressavam-se, com as faces um pouco pálidas e apavoradas. Mas ninguém parecia querer lhe dizer nada, e sua ama não estava lá.

Na verdade, foi deixada sozinha enquanto a manhã seguia, então, acabou indo perambular no jardim, começando a brincar sozinha sob uma árvore, perto da varanda. Ela fingiu que estava fazendo um canteiro, fincando galhos com flores de hibiscos grandes em pequenos montes de terra. E o tempo todo, enquanto brincava, ia ficando cada vez mais zangada, resmungando consigo mesma o que iria dizer para Saidie quando ela aparecesse e os nomes feios de que iria chamá-la.

1 Encarregada da educação doméstica das crianças de famílias nobres ou ricas.

— Porca! Porca! Filha de porcos! — disse, por saber que chamar um nativo de porco era o pior de todos os insultos. Ela rangia os dentes, dizendo aquelas coisas por repetidas vezes, quando viu sua mãe surgir na varanda com alguém. Estava com um lindo moço, e eles conversavam em vozes baixas e estranhas. Mary conhecia o moço lindo, que parecia um menino. Ela tinha ouvido que ele era um oficial muito jovem, que acabara de chegar da Inglaterra. A criança arregalou os olhos para ele, mas com ainda mais intensidade para sua mãe. Sempre fazia isso quando tinha uma chance de vê-la, porque a Mem Sahib, - Mary costumava chamá-la desta forma, com mais frequência do que por qualquer outro nome — era uma pessoa alta, esbelta e linda, e usava roupas muito encantadoras. Seu cabelo era como fios de seda encaracolados, seu nariz era tão pequeno e delicado, que fazia com que ela parecesse sempre esnobar as coisas, e seus olhos eram grandes e sorridentes. Todas as suas roupas eram elegantes e flutuantes, e Mary dizia que eram "cheias de renda". Pareciam mais cheias de renda do que nunca naquela manhã, mas seus olhos não estavam sorridentes de modo algum. Estavam grandes e apavorados, e erguiam-se para o rosto do lindo e jovem oficial, como se lhe implorassem alguma coisa.

— É mesmo tão grave assim? Ah, é mesmo tão grave? — Mary ouviu-a dizer.

— Infelizmente, é — o rapaz respondeu, com voz trêmula.

— Infelizmente, é muito, muito grave, senhora Lennox. Vocês deviam ter ido para as montanhas duas semanas atrás.

Sahib retorceu as mãos, nervosa.

— Ah, eu sei que nós devíamos! — exclamou. — Eu só fiquei para ir àquele jantar bobo. Como fui idiota!

Naquele exato instante, ouviu-se um berreiro tão alto vindo dos quartos dos criados que a Mem Sahib se agarrou ao braço do rapaz e Mary começou a tremer da cabeça aos pés. O berreiro ficava cada vez mais desesperado.

— O que é isso? O que é isso? — perguntou a sra. Lennox, ofegante.

— Alguém morreu — respondeu o jovem oficial. — Você não disse que já estava acontecendo com os seus criados.

— Não sabia! Não sabia! Venha comigo! Venha comigo! — disse ela, virando-se e correndo para dentro da casa.

Depois disso, coisas terríveis aconteceram, e o mistério daquela manhã foi explicado a Mary. A cidade tinha sido atingida pela cólera[2] em sua forma mais fatal e as pessoas estavam morrendo feito moscas. A aia havia adoecido durante a noite, e foi porque tinha acabado de morrer que os criados haviam começado a berrar e a chorar nos quartos.

Antes que o dia seguinte raiasse, três outros criados morreram e vários fugiram, apavorados. Havia pânico por toda parte e pessoas morrendo em todas as casas.

Durante a confusão e o atordoamento do segundo dia, Mary se escondeu em seu quarto e foi esquecida por todos. Ninguém pensou nela, ninguém a queria, e as coisas estranhas que aconteceram não chegaram ao seu conhecimento.

Conforme as horas se passavam, Mary ora chorava, ora dormia. Só o que ela sabia era que as pessoas estavam doentes e que ela ouvia ruídos misteriosos e assustadores pela casa.

Uma vez, foi andando pé ante pé até a sala de jantar e a encontrou vazia, embora houvesse restos de uma refeição em cima da mesa. Pela posição dos pratos e das cadeiras, parecia que as pessoas que estavam comendo tinham se levantado de repente, por alguma razão, e os empurrado para trás às pressas.

Mary comeu algumas frutas e biscoitos e, como estava com sede, tomou um copo de vinho que encontrou em cima da mesa. O vinho era bem doce e ela não tinha ideia do quanto era forte. Pouco depois, começou a se sentir muito, muito tonta, voltou para o quarto e se trancou lá de novo, assustada com os gritos que vinham dos outros quartos e com os sons de passos apressados que volta e meia ouvia.

O vinho lhe deu tanto sono que mal conseguia ficar de olhos abertos. Então, deitou-se na cama e esqueceu do mundo por um

2 Doença infecciosa.

bom tempo. Muitas coisas aconteceram durante as horas em que ela dormiu, mas seu sono pesado não foi perturbado nem pelos berros, nem pelos ruídos de coisas sendo carregadas para dentro e para fora da casa.

Quando acordou, Mary ficou deitada, olhando para a parede. A casa estava em absoluto silêncio. Ela nunca tinha visto a casa tão quieta daquele jeito. Não ouvia vozes nem passos, e ficou se perguntando se todo mundo já teria ficado bem da cólera e se toda a confusão já teria passado. Perguntava-se também quem iria tomar conta dela, agora que sua aia havia morrido.

Provavelmente uma nova aia seria contratada, e talvez ela aprendesse algumas histórias novas. Mary já estava meio cansada das histórias antigas. Não chorou porque sua aia tinha morrido. Não era uma criança amorosa e nunca havia ligado muito para ninguém. Os barulhos, a correria e o berreiro por causa da cólera a amedrontaram, e ela ficara zangada porque ninguém parecia se lembrar que ela estava viva. Todo mundo estava apavorado demais para pensar numa garotinha de quem ninguém gostava.

Quando as pessoas pegavam cólera, parecia que elas não conseguiam pensar em mais nada a não ser em si mesmas. Mas se todo mundo já tivesse ficado bom, com certeza alguém se lembraria dela e viria à sua procura. Mas ninguém veio e, enquanto ela esperava deitada na cama, a casa parecia ficar cada vez mais silenciosa.

Então, Mary ouviu alguma coisa rastejar pelo tapete e, quando olhou para baixo, viu uma cobrinha atravessando o quarto e vigiando-a com olhos que pareciam joias. Mary não ficou com medo, pois a cobra era uma coisinha inofensiva que não seria capaz de lhe fazer mal e, além disso, parecia estar com muita pressa de sair do quarto.

Observada pela menina, a cobra passou por baixo da porta e foi embora.

— Que estranho. Está tudo tão quieto — disse Mary. — Parece até que não tem ninguém em casa a não ser eu e a cobra.

Instantes depois, ela ouviu ruídos de passos no terreno lá fora e em seguida na varanda. Eram passos de homens, e eles entraram na casa e ficaram conversando em voz baixa. Ninguém apareceu para falar com eles, e Mary teve a impressão de que eles estavam abrindo portas e olhando para dentro dos cômodos.

— Que tristeza! — ela ouviu um deles dizer. — Aquela mulher tão linda! Imagino que a criança também. Quer dizer, me disseram que havia uma criança, embora nunca ninguém a tenha visto.

Mary estava parada no meio do quarto quando eles abriram a porta, alguns minutos depois. Parecia uma criaturinha feia e zangada e franzia muito a testa, porque estava começando a ficar com fome e com muita raiva por ninguém ter aparecido para cuidar dela.

O primeiro homem que entrou no quarto era um oficial grandalhão que ela já tinha visto uma vez, conversando com o pai. Ele parecia cansado e preocupado, mas, quando a viu, levou um susto tão grande que quase deu um pulo para trás.

— Barney! — gritou. — Há uma criança aqui! Uma criança sozinha! Em um lugar como este! Piedade de nós, quem é ela?

— Sou Mary Lennox — a menininha disse, contraindo-se rigidamente. Achava que o homem era muito rude por chamar o quarto do seu pai de "um lugar como este!".

— Adormeci quando todos contraíram a cólera e acordei somente agora. Por que ninguém veio me buscar?

— É a criança que ninguém encontrava! — exclamou o homem, voltando-se para seus companheiros.

— Ela, de fato, foi esquecida!

— Por que fui esquecida? — disse Mary, batendo o pé. — Por que ninguém vem me pegar? — O moço, cujo nome era Barney, olhou para ela com tristeza.

Mary até pensou tê-lo visto piscar os olhos, como que para derramar lágrimas.

— Pobre criança! — disse. — Não resta ninguém para vir pegá-la.

Foi daquela estranha e repentina maneira que Mary descobriu que não lhe restava pai nem mãe, que morreram e foram levados durante a noite. E os poucos criados nativos que não morreram, também deixaram a casa tão rápido quanto puderam; mas nenhum deles sequer se lembrava de que havia uma Missie Sahib. Era por isso que o lugar estava tão silencioso. Era verdade que não havia ninguém no quarto, somente ela e a pequena cobra rastejante.

CAPÍTULO II

DONA MARY, DO CONTRA

Mary gostava de olhar para sua mãe, a certa distância, e a achava muito bonita, mas, como sabia muito pouco sobre ela, era difícil esperar que a amasse ou que sentisse muito a sua falta quando ela se foi. De fato, não sentiu a falta dela e, como era uma criança egoísta, entregou-se completamente a pensamentos sobre si mesma, como sempre fazia. Se fosse mais velha, estaria muito ansiosa por ter sido deixada sozinha no mundo.

Mas era muito jovem e, como sempre recebera cuidados, imaginava que era o que sempre aconteceria. O que ela queria saber era se iria ficar com pessoas agradáveis, que seriam educadas com ela e que lhe deixariam viver do seu próprio jeito, como sua ama e os outros criados nativos faziam.

Sabia que não ia ficar na casa do sacerdote inglês, para onde foi levada a princípio. Não queria ficar lá. O sacerdote inglês era pobre e tinha cinco crianças, quase todas de sua idade, que usavam roupas maltrapilhas e estavam sempre brigando e arrancando os brinquedos umas das outras. Mary odiava a casa descuidada deles e agia de forma tão desagradável, que depois do primeiro ou segundo dia, ninguém brincava mais com ela. No segundo dia, deram-lhe um apelido que a fez ficar furiosa.

Foi Basil quem pensou no apelido primeiro. Basil era um garoto com cínicos olhos azuis e nariz arrebitado, e Mary o odiava. Ela estava brincando sozinha debaixo de uma árvore, assim como brincara no dia em que a doença irrompeu. Fazia montinhos de terra e caminhos para um jardim, e Basil se aproximou para vê-la. Logo, ficou bastante interessado e, de repente, deu uma sugestão:

— Por que você não põe um monte de pedras ali e finge que é um jardim ornamental? — o garoto disse. — Ali no meio — e inclinou-se sobre ela para apontar o lugar.

— Vá embora! — gritou Mary. — Não gosto de meninos. Vá embora!

Por um momento, Basil pareceu irritado e, então, começou a provocar. Estava sempre provocando seus irmãos. Dançou ao redor dela por mais de uma vez, fez caretas, cantou e riu.

— Dona Mary, toda do contra,

Como cresce seu jardim?

Com campânulas prateadas e conchas de berbigão,

E cravos-de-defunto, todos enfileirados.

Cantou isso até que as outras crianças ouviram e riram também; e quanto mais irritada Mary ficava, mais cantavam: "Dona Mary, toda ao contrário". E depois disso, toda vez que as encontrava, chamavam-lhe de "Dona Mary toda ao contrário", quando falavam dela umas às outras, e, frequentemente, quando falavam com ela.

— Você vai ser mandada para casa — disse-lhe Basil — no fim da semana. E estamos felizes com isso.

— Também estou feliz — respondeu Mary. — Onde fica esta casa?

— Ela não sabe onde fica a casa! — disse Basil, com o desprezo de uma criança de sete anos. — Na Inglaterra, é claro. Nossa avó mora lá, e nossa irmã, Mabel, foi morar com ela no ano passado. Você não vai morar com sua avó. Você não tem nenhuma. Vai morar com seu tio. Seu nome é Sr. Archibald Craven.

— Não sei nada sobre ele — disse Mary.

— Sei que não sabe — Basil respondeu. — Você não sabe nada. Meninas nunca sabem nada. Ouvi papai e mamãe conversando sobre ele. Mora em uma casa de campo antiga, grande, imensa e deserta, e ninguém se aproxima dele. O homem é tão ranzinza que não permite. Mas, de qualquer forma, não se aproximariam, mesmo se ele permitisse. Ele é corcunda e horrível.

— Não acredito em você — disse Mary. Logo depois, virou as costas e pôs os dedos nos ouvidos, não querendo ouvir mais nada.

Mas ela pensou no que ele disse muitas vezes, mais tarde. Quando a Sra. Crawford lhe disse, naquela noite, que ia velejar para a Inglaterra dentro de poucos dias para ficar com seu tio, o Sr. Archibald Craven, que morava em Misselthwaite Manor, a menina parecia tão insensível e desinteressada, que não sabiam o que pensar dela. Tentaram ser amáveis, mas ela apenas afastava o rosto quando a Sra. Crawford tentava beijá-la, e mantinha-se rija quando a Sra. Crawford lhe dava palmadinhas no ombro.

— É uma criança tão sem graça — a Sra. Crawford disse mais tarde, cheia de compaixão — e sua mãe era uma criatura tão linda. Tinha modos muito elegantes, mas Mary tem os modos mais feios que jamais vi em uma menina. As crianças chamam-lhe de "Dona Mary, toda ao contrário" e, embora seja crueldade delas, não é difícil compreendê-los.

— Talvez, se sua mãe, que tinha um rosto lindo e modos elegantes, fosse ao quarto onde Mary ficava com mais frequência, a menina poderia ter aprendido alguns bons modos também. É muito triste, agora que a pobre e bela mãe morreu, lembrar que muitas pessoas nem sequer sabiam que, ela tinha uma filha.

— Acho que a mãe mal olhava para ela — suspirou a Sra. Crawford. — Quando sua ama morreu, não havia mais ninguém para dar atenção àquela coisinha. Pense nos criados fugindo e deixando-a totalmente sozinha naquela casa deserta. O coronel Mc Grewl disse que quase deu um pulo de surpresa quando abriu a porta e encontrou-a em pé, sozinha, no meio do quarto.

Mary fez a longa viagem marítima para a Inglaterra sob os cuidados da esposa de um oficial, que estava levando seus filhos para um internato. Estava muito absorta na tarefa de cuidar de seu filhinho e de sua filhinha, muito feliz por entregar a criança à mulher que o Sr. Archibald Craven enviou para encontrá-la em Londres. A mulher em questão era sua governanta em Misselthwaite Manor, e seu nome era Sra. Medlock. Era uma mulher robusta, com bochechas muito vermelhas e olhos pretos penetrantes. Usava um vestido de cor roxa muito forte, coberto por um manto de seda preto com uma franja âmbar-negro e uma touca preta com flores de veludo púrpura, que se sobressaíam e balançavam quando ela movia a cabeça. Mary não gostou dela de modo algum, mas como muito raramente gostava das pessoas, não havia nada de diferente nisso. Além do mais, estava mais do que certo que a Sra. Medlock não se importava muito com ela.

— Palavra de honra! Ela é uma criaturinha sem graça, cheia de vontades! — a mulher disse. — E ouvimos dizer que sua mãe era um encanto. Ela não herdou muito disso, herdou, senhora?

— Talvez melhore quando se tornar mais velha — disse a esposa do oficial com bom humor. — Se não fosse tão pálida e tivesse uma expressão mais atraente, suas características seriam melhores. Crianças mudam muito.

— Ela terá que mudar muito — respondeu a Sra. Medlock. — E não há nada apropriado para educar crianças em Misselthwaite, se quer saber!

Elas pensavam que Mary não podia ouvi-las, porque estava em pé, um pouco afastada, olhando pela janela do hotel particular para onde foram. Observava os ônibus que passavam, os táxis e as pessoas, mas ouviu-as muito bem, e ficou muito curiosa sobre seu tio e o local em que morava. Que tipo de lugar era e como seria o tio? O que era um corcunda? Nunca vira um. Talvez não houvessem corcundas na Índia.

Desde que passara a morar nas casas de outras pessoas e que não tinha uma ama, começou a sentir-se solitária e a ter estranhos pensamentos, que eram novos para ela. Começou a se perguntar por que nunca parecia pertencer a alguém, mesmo quando seu pai e sua mãe estavam vivos. Outras crianças pareciam pertencer a seus pais e suas mães, mas ela nunca parecia ser realmente a menininha de alguém. Tinha criados, comida e roupas, mas ninguém se importava com ela. Não sabia que as pessoas agiam assim porque a achavam uma criança desagradável; mas também, é claro, ela própria não sabia o que significava ser desagradável. Frequentemente, achava que as outras pessoas o eram, mas ela própria não sabia que era tão desagradável.

Achava que a Sra. Medlock era a pessoa mais desagradável que já vira, com um rosto comum, bastante maquiado, e com sua touca encantadora, porém comum. No dia seguinte, quando partiram em sua jornada para Yorkshire, a menina caminhou, através da estação ferroviária até o vagão, com a cabeça erguida e tentando manter-se tão distante da governanta quanto podia, porque não queria que pensassem que pertencia a ela. Pensar que as pessoas poderiam imaginar que ela era a menininha da governanta iria deixá-la furiosa.

Mas a Sra. Medlock, de modo algum, sentia-se perturbada por ela ou por seus pensamentos. Era o tipo de mulher que não tolerava bobeira de crianças. Pelo menos, era o que teria dito se lhe perguntassem. Não queria ir para Londres, justo quando a filha de sua irmã Maria iria se casar, mas tinha um cargo confortável, bem pago, como governanta em Misselthwaite Manor, e a única maneira pela qual poderia manter isso era fazer o que o Sr. Archibald Craven ordenava. Nunca se atreveria sequer a perguntar qualquer coisa.

— O capitão Lennox e sua esposa morreram de cólera. — o Sr. Craven disse, com seu jeito breve e indiferente. — O capitão Lennox era irmão de minha esposa, então sou o tutor da filha deles. A criança deve ser trazida para cá. Você deve ir a Londres para resolver isso.

Então, a governanta arrumou sua pequena mala e fez a viagem.

Mary sentou-se em seu canto do vagão de trem, parecendo sem graça e inquieta. Não tinha nada para ler ou olhar e, em seu colo, cruzou as mãos pequenas e finas nas quais usava luvas pretas. Seu vestido preto a fazia parecer mais amarelada, e o cabelo minguado e clarinho perdia-se sob seu chapéu de crepe preto.

"Eu nunca vi uma menina tão rabugenta em toda minha vida", era o que a Sra. Medlock achava. Nunca vira uma criança sentada daquele jeito, sem fazer nada e, finalmente, cansou-se de observá-la e começou a conversar em uma voz enérgica e áspera.

— Imagino que possa lhe dizer alguma coisa sobre o lugar para onde está indo — disse. — Você sabe alguma coisa sobre seu tio?

— Não — disse Mary.

— Nunca ouviu seu pai e sua mãe conversarem sobre ele?

— Não — disse Mary, franzindo as sobrancelhas. Fez isso porque lembrou-se que seu pai e sua mãe nunca conversavam com ela sobre nada em particular. Certamente nunca lhe contariam essas coisas.

— Hum... — resmungou a Sra. Medlock, olhando assustada para a face estranha e indiferente da menina. Não disse mais nada por algum tempo e, então, começou novamente:

— Imagino que poderiam ter lhe contado algumas coisas, para prepará-la.

Você está indo para um lugar estranho. Mary não disse mais nada, e a Sra. Medlock sentiu-se bastante desconcertada com sua indiferença, mas, depois de respirar fundo, continuou.

— Trata-se de um imponente e imenso lugar, um pouco tenebroso, do qual o Sr. Craven se orgulha, ao seu jeito, e isso também é um pouco tenebroso. A casa tem seiscentos anos e está à beira do pântano, e há cerca de cem cômodos nela, embora a maioria deles esteja fechada e trancada. Há quadros e mobília fina e antiga, e coisas que estão lá há séculos. Há também um grande parque ao seu redor, e jardins e árvores com galhos que se arrastam pelo chão. — Fez uma pausa e tomou outro fôlego.

Mary começou a ouvi-la, apesar de seu jeito indiferente. Tudo lhe parecia tão diferente da Índia, e qualquer novidade lhe atraía bastante. Mas não pretendia demonstrar qualquer interesse. Portanto, continuou sentada.

— Bem — disse a Sra. Medlock —, o que você acha disso?
— Não acho nada — ela respondeu. — Não sei nada sobre tais

lugares. Aquela atitude fez a Sra. Medlock rir um pouco.

— Ei! — a governanta disse. — Mas você se comporta como uma senhora. Não se importa?

— Tanto faz — disse Mary. — Se me importo ou não.

— Quanto a isso, você está muito certa — disse a Sra. Medlock. — Tanto faz. O motivo para você ser mantida em Misselthwaite Manor, não sei, só sei que é a maneira mais fácil. Ele não vai se colocar em dificuldades por você, isso é uma certeza. Nunca se importa com ninguém.

Ela parou de comentar, como se tivesse se lembrado de alguma coisa naquela hora.

— Ele tem as costas encurvadas — ela disse. — Isso lhe trouxe alguns problemas. Era um jovem rabugento e não conseguiu nada de bom de todo o seu dinheiro nem de sua elevada posição social, até que se casou.

Os olhos de Mary voltaram-se para ela, apesar de sua intenção de parecer não se importar. Nunca pensou em um corcunda casado e estava um pouco surpresa. A Sra. Medlock percebeu a surpresa e, por ser uma mulher que falava muito, continuou tagarelando com mais interesse. De qualquer modo, aquela era a única maneira de fazer o tempo passar mais rápido.

— Ela era uma pessoa tão doce, linda, e ele era capaz de caminhar pelo mundo inteiro para conseguir uma folha de grama que ela desejasse. Ninguém imaginava que ela se casaria com ele, mas se casou, e as pessoas diziam que se casou por dinheiro. Mas esse não era o seu interesse. Não era mesmo. Quando ela morreu...

Mary deu um pulinho involuntário.

— Oh! Ela morreu! — a menina exclamou, quase sem querer.

Se lembrou de um conto de fadas francês que leu uma vez, chamado "Riquet a la Houppe." Era sobre um pobre corcunda e uma linda princesa, e essa lembrança, repentinamente, fez com que ela sentisse pena do Sr. Archibald Craven.

— Sim, ela morreu — respondeu a Sra. Medlock. — E isso o tornou bem mais estranho. Não se importa com mais ninguém. Não vê mais as pessoas. Na maior parte do tempo vai embora, e, quando está em Misselthwaite, fica fechado na ala oeste do casarão e ninguém pode vê-lo, exceto Pitcher, um antigo companheiro, que cuidou dele quando era criança e conhece seus costumes.

A história parecia saída de um livro e Mary não ficou feliz ao ouvi-la. Uma casa com centenas de quartos, quase todos fechados e com suas portas trancadas, uma casa à beira de um pântano — seja lá o que um pântano fosse — parecia assombroso. Além disso, um homem com as costas encurvadas que se negava a se relacionar com as pessoas! Pensando nisso, ela fixou o olhar para fora da janela, apertando os lábios um contra o outro, pensando que parecia muito natural que a chuva começasse a cair, formando linhas acinzentadas, que pingavam e escorriam pelas vidraças. Se a linda esposa estivesse viva, poderia ter feito coisas alegres, por ser semelhante à sua própria mãe, entrar e sair apressadamente, e ir às festas, como sempre fazia, usando túnicas rendadas. Mas ela não estava mais lá.

— Você não precisa esperar para vê-lo, porque, de dez tentativas, não conseguirá nem uma — disse a Sra. Medlock. — E não deve esperar que haja pessoas para conversar com você.

Terá que brincar e se cuidar sozinha por lá. Você será comunicada sobre cômodos nos quais poderá entrar e dos outros dos quais deve se afastar. Há muitos jardins. Mas, enquanto estiver na casa, não vá perambular e ficar bisbilhotando por lá. O Senhor Craven não deixará fazer isso.

— Não terei interesse em me intrometer por lá — disse Mary de uma maneira um pouco rabugenta e, quase no mesmo instante em que começou a sentir pena do Sr. Archibald Craven, decidiu não se importar, por achar que ele deveria ser muito desagradável e merecia tudo que lhe aconteceu.

Virou o rosto na direção das vidraças da janela do vagão de trem, por onde a água escorria, e olhou atentamente para a tempestade cinzenta que parecia querer continuar para todo o sempre. Olhou-a por tanto tempo e tão constantemente, que o acinzentado do céu se tornou mais e mais intenso, até que caiu no sono.

CAPÍTULO III

PELO PÂNTANO

A menina dormiu por um longo tempo e, quando acordou, a Sra. Medlock comprou-lhe uma cesta de almoço em uma das estações. Esta tinha frango, carne de vaca fria, pão, manteiga e chá quente. A chuva parecia estar caindo mais forte do que nunca, e todos na estação usavam materiais à prova d'água, úmidos e brilhantes. O guarda acendeu as lâmpadas no vagão, e a Sra. Medlock entusiasmou-se bastante, enquanto se alimentava com chá, frango e carne de vaca. Comeu uma grande quantidade, adormecendo em seguida, e Mary sentou-se, olhando fixamente para ela, observando a delicada touca escorregar para um lado, até que pegou no sono uma vez mais, no canto do vagão, embalada pelos respingos da chuva contra as janelas. Estava muito escuro, quando despertou novamente, no momento em que o trem parou em uma estação e a Sra. Medlock lhe chacoalhou.

— Você adormeceu! — ela disse. — É hora de abrir os olhos! Estamos na Estação Thwaite e temos um longo caminho a seguir.

Mary ficou de pé e tentou manter os olhos abertos, enquanto a Sra. Medlock juntava suas coisas. A menininha não se ofereceu para ajudá-la, porque, na Índia, os criados nativos sempre erguiam ou carregavam coisas, e parecia muito apropriado que as outras pessoas agissem da mesma maneira.

Era uma pequena estação, e ninguém, exceto elas, parecia saltar do trem. O chefe da estação falou à Sra. Medlock de uma forma rude, porém bondosa, pronunciando as palavras de uma maneira estranha e pausada, que Mary descobriu depois ser o sotaque de Yorkshire.

— Vejo que ôce voltô — disse ele. — E trouxe a garotinha consigo.

— Sim, é ela — respondeu a Sra. Medlock, falando, ela também, com um sotaque de Yorkshiree movimentando a cabeça por cima do ombro, em direção a Mary. — Como tá a sua patroa?

— Muito bem. A carruagem tá esperando ôces do lado de fora. — Uma carruagem estava parada na estrada, diante da pequena plataforma externa.

Mary viu que era uma carruagem elegante, e foi um empregado eficiente quem a ajudou a subir nela. Seu longo casaco e a cobertura de seu chapéu, que eram à prova d'água, estavam brilhando e gotejando com a chuva, como todas as outras coisas, inclusive o corpulento chefe da estação.

Quando o empregado fechou a porta, as caixas foram colocadas próximas ao cocheiro, e eles partiram. A menininha sentou-se em um canto confortavelmente almofadado, mas não estava com vontade de dormir novamente. Sentou-se e olhou para fora da janela, curiosa para ver alguma coisa da estrada pela qual estava sendo levada para o estranho lugar do qual a Sra. Medlock tinha falado. Não era, de maneira nenhuma, uma criança tímida e não estava com medo, mas sentia que não tinha nenhuma ideia do que poderia acontecer em uma casa com uma centena de cômodos, quase todos fechados — uma casa que ficava à beira de um pântano.

— O que é um pântano? — disse ela, de repente, para a Sra. Medlock.

— Olhe para fora da janela daqui a dez minutos e você o verá — respondeu a mulher. — Temos que seguir viagem por cerca de oito quilômetros, através do Pântano Missel, antes de chegarmos à Manor. Você não verá muito, porque a noite está escura, mas pode ver alguma coisa.

Mary não fez mais perguntas, mas esperou no seu cantinho escuro, mantendo os olhos na janela. As lâmpadas da carruagem projetavam raios de luz até uma pequena distância à frente deles, e ela via rapidamente as coisas que passavam. Depois que deixaram a estação, seguiram viagem por um minúsculo povoado, onde viu chalés caiados e as luzes de uma taberna. Passaram, então, por uma igreja, por um presbitério e por uma pequena vitrine, ou algo parecido, em um chalé, com brinquedos, doces e coisas estranhas, colocados à venda. Foram, então, para a estrada principal, e ela viu somente cercas e árvores. Depois disso, pareceu não haver nada diferente por um longo tempo — ou, pelo menos, pareceu um longo tempo para ela.

Finalmente, os cavalos começaram a se movimentar mais devagar, como se estivessem subindo montanha acima e, logo, parecia não haver mais cercas e árvores. Não conseguia ver nada, de fato, apenas uma escuridão total em ambos os lados. Inclinou-se para frente e pressionou a face contra a janela, no momento em que a carruagem deu uma grande sacudida.

— Eh! Estamos no pântano agora, com certeza — disse a Sra. Medlock.

As lâmpadas da carruagem irradiavam uma luz amarela sobre uma estrada ruim, que parecia ser atravessada pelos arbustos e vegetações rasteiras, que terminavam em uma grande extensão da escuridão, aparentemente, espalhada diante e em volta deles. Um vento tornava-se cada vez mais forte e fazia um som singular, selvagem, fraco e apressado.

— Não é... não é o mar, é? — disse Mary, olhando para sua companheira.

— Não, não é — respondeu a Sra. Medlock. — Nem campos, nem montanhas; apenas quilômetros, quilômetros e quilômetros de terra selvagem, onde nada cresce, exceto urzes, carquejas e giestas, e onde nada vive, exceto pôneis e ovelhas selvagens.

— Sinto como se fosse o mar, como se houvesse água nele — disse Mary. — Mesmo agora, ainda parece o mar.

— Isso é o vento, soprando através dos arbustos — disse a Sra. Medlock. — É um lugar selvagem e sombrio demais para meu gosto, embora muitos gostem dele, especialmente quando as urzes estão florescendo.

Sem paradas, seguiram viagem através da escuridão e, embora a chuva tivesse parado, o vento estava forte e sibilava, produzindo sons estranhos. A estrada subia e descia, e por várias vezes a carruagem passou sobre uma pequena ponte, sob a qual a água corria forte, proporcionando uma grande quantidade de barulho. Mary sentia como se a estrada nunca tivesse fim e como se o vasto e ermo pântano fosse uma larga extensão de um oceano negro, através do qual estava passando por meio de uma faixa de terra seca.

— Não gosto do pântano — disse para si mesma. — Não gosto dele. — E apertou os lábios finos, um contra o outro, bem forte.

Os cavalos subiam por um trecho montanhoso da estrada, quando Mary avistou uma luz. A Sra. Medlock viu a luz, assim como ela, e suspirou de alívio.

— Eh! Estou feliz em ver um pouco de luz piscando — ela exclamou. — É a luz da janela do chalé. De qualquer modo, estaremos tomando uma boa xícara de chá daqui a alguns instantes.

Não foi "em alguns instantes" como ela disse, pois quando a carruagem passou pelos portões do parque, ainda havia mais de três quilômetros de avenida para seguir, e as árvores (que se encontravam quase acima de suas cabeças) faziam parecer como se estivessem dirigindo através de uma longa abóbada escura.

Saíram da abóbada para um espaço claro e pararam diante de uma casa imensamente longa, mas baixa, que parecia perambular em volta de um pátio de pedra. A princípio, Mary pensou que não havia luzes nas janelas, mas quando saiu da carruagem, viu que um cômodo, em um canto do andar de cima, mostrava um brilho opaco.

A porta da entrada era enorme e feita de lambril de carvalho, maciço e de contorno curioso, fixado por grandes pregos, e limitado por grandes barras de ferro. Ele se abria para um salão enorme, que estava iluminado de maneira tão opaca, que as faces nos retratos sobre as paredes e as esculturas nas armaduras fizeram Mary sentir que não queria olhar para elas. Quando se situou no chão de pedras, olhou para uma escultura um pouco escurecida, muito pequena e estranha, e sentiu-se tão pequena, perdida e estranha quanto, enquanto olhava.

Um senhor de idade, magro e elegante estava de pé, perto do criado que abriu a porta para eles.

— Você deve levá-la para o quarto — disse ele com uma voz rouca. — Ele não quer vê-la. Irá para Londres de manhã.

— Muito bem, Sr. Pitcher — respondeu a Sra. Medlock. — Já que sei o que esperam que eu faça, posso conduzir a situação.

— O que se espera de você, Sra. Medlock... — disse o Sr. Pitcher. — É que ele não seja perturbado de maneira nenhuma e que não veja o que não quer.

E, então, Mary Lennox foi levada para o andar de cima, por uma larga escadaria, e depois para baixo, através de um longo corredor, e novamente para cima, por uns poucos lances de escada, e através de outro e outro corredor, até uma porta aberta, onde ela foi parar em um quarto com uma lareira e um jantar servido.

A Sra. Medlock disse sem cerimônia:

— Bem, cá está você! Este quarto e o próximo são onde você vai morar. E não deve se afastar deles. Não se esqueça disso! — Foi dessa forma que Dona Mary chegou à Misselthwaite Manor e, talvez, nunca se sentira tão rabugenta em toda sua vida.

CAPÍTULO IV

MARTHA

Quando acordou de manhã, foi porque uma jovem criada entrou em seu quarto para acender a lareira, ajoelhando-se no tapete e removendo as cinzas ruidosamente. Mary estava deitada, por isso a observou por um breve instante e, então, começou a olhar ao seu redor. Nunca tinha visto um quarto como aquele e achou-o curioso e sombrio. As paredes estavam cobertas com tapeçaria, bordada com uma cena de floresta: pessoas vestidas de uma maneira fantástica sob as árvores e, à distância, um relance das torres de um castelo. Haviam caçadores, cavalos, cães e senhoritas. Mary sentiu-se como se estivesse na floresta com eles. Do lado de fora de uma imensa janela, via-se uma grande extensão de terra que se elevava, parecia não ter árvores e se assemelhava, um pouco, a um mar purpúreo, opaco e infinito.

— O que é aquilo? — disse ela, apontando para fora da janela.

Martha, a jovem criada que tinha acabado de se levantar, olhou e apontou também.

— Aquilo lá? — disse ela.

— Sim.

— Aquilo é o pântano — disse, com um sorriso bondoso. — Ocê gosta dele?

— Não — respondeu Mary. — Eu o odeio.

— Isso é porque ocê não tá acostumada com ele — disse Martha, voltando à lareira. — Ocê pensa, agora, que o pântano é muito grande e vazio. Mas vai gostá dele.

— Você gosta? — indagou Mary.

— Sim, gosto muito — respondeu Martha, lustrando a grelha alegremente. — Eu o amo. Ele não é nenhum terreno vazio. É coberto por trepadeiras e tem um cheiro doce. É encantador na primavera e no verão, quando a carqueja, a giesta e a urze estão florescendo. Cheira a mel e há muito ar fresco, o céu parece tão alto, e as abelhas e cotovias fazem um barulho muito bonito quando sussurram e cantam. Eh! Não viveria longe do pântano por nada.

Mary ouviu-a com uma expressão grave, confusa. Os criados nativos na Índia, com os quais estava acostumada, não eram nem um pouco parecidos com ela. Eram obsequiosos e servis, e não conversavam com seus amos, como se fossem seus semelhantes. Faziam pequenas reverências e chamavam seus senhores de "protetores dos pobres" e nomes desse tipo. Os criados indianos recebiam ordens para fazer as coisas, não eram solicitados. E não era costume dizer-lhes "por favor" ou "obrigado", e Mary sempre esbofeteava sua ama no rosto quando estava furiosa. Ela se perguntava o que essa garota faria, caso a esbofeteasse. Era uma criatura corpulenta, rosada e de boa aparência, mas tinha um jeito firme, que fez a Srta. Mary se perguntar se não poderia até mesmo esbofetear de volta — mesmo que a pessoa que a esbofeteasse fosse apenas uma menininha.

— Você é uma criada estranha — disse ela, de maneira arrogante, deitada em seus travesseiros. Martha ergueu-se sobre os calcanhares, com a escova de remover sujeira na mão, e riu, sem demonstrar o mínimo de mau humor.

— Eh! Sei disso — ela disse. — Se antes houvesse uma senhorita ilustre em Misselthwaite, eu nunca teria sido rebaixada à ala inferior da casa. Podiam permiti que eu me tornasse copeira, mas nunca me deixariam estar no andá superiô. Sou muito simples e me sotaque de Yorkshire é bem acentuado. Mas esta é uma casa engraçada, pois tudo é tão imponente. É como se não houvesse patrão nem patroa, exceto o Sr. Pitcher e a Sra. Medlock. O Sr. Craven não se intromete em nada enquanto está aqui, mas quase sempre está fora. A Sra. Medlock me deu essa posição por bondade. Me falou que nunca poderia ter feito isso, se Misselthwaite fosse como outras casas grandes.

— Você vai ser minha criada? — Mary perguntou em seus arrogantes modos indianos.

Martha começou a esfregar a grelha novamente.

— Sou uma criada da Sra. Medlock — disse de forma convicta. — E ela, do Sr. Craven, mas minha função aqui é fazê o trabalho de uma ama e cuidá um pouco de ocê. Mas ocê não precisará de muitos cuidados.

— Quem vai me vestir? — Mary indagou. Martha ergueu-se sobre seus calcanhares novamente e olhou assustada. Em seu espanto, falou, usando um acentuado sotaque de Yorkshire.

— Ocê não pode se vesti? — disse ela.

— O que você disse? Não entendo sua linguagem — disse Mary.

— Eh! Esqueci — disse Martha. — A Sra. Medlock disse que eu teria que ser cuidadosa ou ocê não entenderia o que eu digo. Eu disse: você não pode pôr suas próprias roupas?

— Não — respondeu Mary, muito indignada. — Nunca fiz isso em toda minha vida. Minha ama me vestia, é claro.

— Bem — disse Martha. — Evidentemente que, por menos consciente que ela fosse, foi uma imprudência da parte dela, pois está na hora de a senhorita aprender. Quando era mais nova, não lhe ensinaram, mas vai ser bom que se cuide um pouco sozinha.

Minha mãe sempre dizia que não conseguia entende como os filhos das pessoas importantes não se tornavam totalmente tolos, já que eram lavados, vestidos e acompanhados por suas amas, como se fossem cachorrinhos de estimação!

— Na Índia é diferente — disse a Sra. Mary com ar de desdém... Ela mal podia suportar aquilo.

Mas, de qualquer forma, Martha não se importou.

— Eh! Posso ver que é diferente — respondeu ela com compreensão. — Atrevo-me a dizer que deve ser porque há muitos negros lá, em vez de brancos respeitáveis. Quando ouvi dizer que ocê estava vindo da Índia, pensei que fosse negra também.

Mary soergueu-se furiosa na cama.

— O quê?! — disse ela. — O quê?! Você pensou que eu fosse uma nativa. Você... você, filha de um porco!

— Quem é ocê para dar nomes? — disse Martha. — Não precisa ficar tão irritada. Essa não é a maneira correta para uma jovem senhorita se expressar. Não tenho nada contra os negros. Quando se lê sobre eles nos folhetos, são sempre muito religiosos. Sempre se lê que um negro é um ser humano e um irmão. Nunca vi um negro e senti até um prazê em pensa que ia ver um deles de perto. Quando entrei para acendê sua lareira nesta manhã, aproximei-me de sua cama e puxei a coberta com cuidado para olhá para você. E lá estava ocê," fiquei desapontada", mais branca do que eu. É uma pena que grite tanto assim para tudo.

Mary nem sequer tentou controlar sua raiva e humilhação.

— Você pensou que eu era uma nativa! Como ousa! Você não sabe nada sobre nativos! Eles não são seres humanos, são criados que se curvam diante de você. Você não sabe nada sobre a Índia. Você não sabe nada sobre qualquer coisa!

Estava com tanta raiva e sentia-se tão sozinha diante do simples olhar assustado da garota que, de certo modo, a fez sentir-se, de repente, muito sozinha e distante de tudo que entendia e de todos que a entendiam. Então, afundou a própria face nos travesseiros e soluçou forte. Soluçou sem parar, que até Martha, a mais bem humorada de Yorkshire, ficou um pouco amedrontada e com pena dela. Foi até a cama e se curvou sobre a menininha.

— Eh! ocê não deve chorá desse jeito! — implorou. — Não deve, com certeza. Não sabia que ocê ficaria irritada. Não sei nada sobre nada, como eu disse. Imploro seu perdão, senhorita. Pare de chorá.

Havia algo de reconfortante e realmente amigável em seu estranho sotaque de Yorshire, e em seu jeito firme, que surtiu um bom efeito sobre Mary. Gradativamente, ela parou de chorar e ficou quieta. Martha a olhou aliviada.

— Está na hora de levantá — disse ela. —A Sra. Medlock disse que era para eu leva este café da manhã, o chá e o jantar para o quarto vizinho a este. Está sendo providenciado um quarto de crianças para você. Vou lhe ajudar com suas roupas, se levantar logo. Se os botões estão na parte de trás, ocê não poderá abotoá-los sozinha.

Quando Mary, finalmente, decidiu se levantar, viu que as roupas que Martha pegou no guarda-roupa não eram as mesmas que usava quando chegou na noite anterior com a Sra. Medlock.

— Essas não são minhas — disse ela. — As minhas são pretas.

Olhou para o casaco de lã branca e grossa e o vestiu, com indiferente aprovação:

— Essas são melhores do que as minhas.

— Estas são as roupas que deve vestir — respondeu Martha. — O Sr. Craven ordenou que a Sra. Medlock as comprasse em Londres. Disse que 'não queria uma criança vestida de preto perambulando por todos os lados como uma alma perdida.' 'Isso tornaria o lugar mais triste do que já é. Vista-a com cores.' A Sra. Medlock disse que sabia o que ele queria dizê. Ela sempre sabe o que uma pessoa quer. Não concorda com o uso de preto.

— Odeio coisas pretas — disse Mary. O processo de se vestir foi tal, que lhes ensinou alguma coisa. Martha tinha vestido seus irmãozinhos e irmãzinhas, mas nunca tinha visto uma criança que parava e esperava que outra pessoa fizesse coisas para ela, como se não tivesse as próprias mãos nem os próprios pés.

— Por que ocê não coloca os próprios sapatos? — disse ela, quando Mary, em silêncio, estendeu seu pé.

— Minha ama fazia isso — respondeu Mary, olhando assustada. — Era o costume. — Mary dizia aquilo sempre: "Era o costume".

Os criados nativos estavam sempre dizendo a mesma coisa. Se

alguém falasse para fazer algo que seus antepassados não tinham feito em mil anos, olhavam e diziam 'Não é o costume' e sabia-se que era o fim da questão. Não era o costume que Dona Mary fizesse qualquer coisa, exceto pôr-se de pé e permitir ser vestida como uma boneca, mas antes que estivesse pronta para o café da manhã, começou a suspeitar que sua vida em Misselthwaite Manor iria mudar, pois aprenderia muitas coisas novas, coisas, tais como: calçar seus próprios sapatos e meias, e pegar as coisas que deixava cair. Se Martha tivesse sido uma criada de uma senhora fina e bem treinada, teria sido mais subserviente e respeitosa, e saberia que era sua função escovar cabelos, abotoar botas, pegar coisas e colocá-las de lado. Era, entretanto, uma rústica de Yorkshire, sem treinamento, que fora criada em um chalé da região dos pântanos, com um bando de irmãozinhos e irmãzinhas, que nunca sonharam em fazer nada, exceto cuidar deles próprios e dos mais jovens, que também eram bebês de colo, ou apenas aprender a vaguear por todos os lados e limpar as coisas.

Se Mary Lennox fosse uma criança disposta a ser entretida, talvez tivesse rido com a disposição de Martha para conversar, mas só a ouvia friamente e ficava maravilhada com seus modos livres. No começo, não se mostrou interessada de forma alguma, mas, gradativamente, conforme a garota tagarelava, usando de seu bom-humor e jeito caseiro, Mary começou a prestar atenção no que ela dizia.

— Eh! Ocê deveria vê todos eles — disse ela. — Somos doze, e meu pai ganha só dezesseis xelins por semana. Posso lhe dizê que minha mãe se esforça muito para conseguir mingau para todos eles. Correm por todos os lados no pântano e brincam por lá o dia todo, e mamãe fala que o ar do pântano os engorda. Diz, ainda, que crê que eles comem a grama, como os pôneis selvagens fazem. Nosso Dickon tem doze anos de idade e conseguiu um jovem pônei, e agora diz que é dele.

— Onde ele o conseguiu? — perguntou Mary.

— Encontrou-o no pântano com a mãe, quando era um bebê. Começô a fazê amizade com ele, a dar-lhe um pouco de pão e arrancá grama nova para ele. E o animalzinho começo a gosta dele;

então, o segue por todos os lados, permitindo que o menino monte nele. Dickon é um bom moço e os animais gostam dele.

Mary nunca teve um animal de estimação e sempre pensou que queria ter um. Então, começou a sentir um leve interesse por Dickon e, como nunca se interessou por qualquer pessoa, a não ser por ela mesma, sentiu o despontar de um sentimento saudável. Quando entrou no quarto que fora transformado em quarto de criança para ela, achou que era melhor do que o outro no qual dormiu. Não era um quarto de criança, mas de um adulto, com quadros antigos e sombrios nas paredes, e cadeiras de carvalho antigas e pesadas. Em uma mesa, no centro, estava servido um bom e substancial café da manhã. Mas ela sempre tinha muito pouco apetite, por isso, olhou de uma forma mais do que indiferente para o primeiro prato que Martha pôs diante dela.

— Não quero isso! — disse.

— Ocê não qué o seu mingau! — Martha exclamou sem acreditar.

— Não.

— Ocê não sabe como é bom. Coloque um pouco de melaço ou açúcar nele.

— Não quero isso — repetiu Mary.

— Eh! — disse Martha. — Não posso me conformá em vê uma boa comida sê desperdiçada. Se esta mesa fosse posta para as nossas crianças, seria esvaziada em cinco minutos.

— Por quê? — disse Mary friamente.

— Por quê?! — ecoou Martha. — Porque quase nunca conseguem ficá de barriga cheia. São tão famintos quanto jovens gaviões e focas.

— Não sei o que é estar com fome — disse Mary, com a indiferença da ignorância. Martha olhou indignada.

— Bem, seria bom se ocê tentasse comê. Posso ver isso com clareza — disse ela sem rodeios. — Não tenho paciência com uma pessoa que se senta e apenas olha assustada para um bom pão e carne. Palavra de honra! Como eu não gostaria que Dickon, Phil, Jane e os demais tivessem o que está sob seus babadores.

— Por que você não leva isso para eles? — sugeriu Mary.

— Não é meu — respondeu Martha firme. — E não é meu dia de folga. Tenho meu dia de folga uma vez por mês, como os demais. Então, vou para casa, faço a limpeza para mamãe e lhe dou um dia de descanso.

Mary bebeu um pouquinho de chá e comeu um pouco de torrada e geleia.

— Agasalhe-se, vá corrê e brinca — disse Martha. — Isso vai lhe fazê bem e vai prepara seu estômago para sua refeição.

Mary foi até a janela. Havia jardins, caminhos e grandes árvores, mas tudo parecia sem cor e frio.

— Lá fora? Por que deveria sair em um dia como esse?

— Bem, se não sair, terá que ficar aqui dentro.

Mary lançou um olhar para ela. Não havia nada para fazer. Quando a Sra. Medlock preparou-lhe o quarto de criança, não pensou em divertimento. Talvez fosse melhor sair e ver como eram os jardins.

— Quem irá comigo? — perguntou. Martha olhou com espanto.

— Ocê irá sozinha — a criada respondeu. — Ocê terá que aprendê a brinca como as outras crianças aprendem quando não tem irmãs e irmãos. Nosso Dickon sai sozinho para o pântano e brinca lá por horas. Foi por isso que fez amizade com o pônei. No pântano há uma ovelha, que o conhece, e pássaros que se aproximam e lhe são dóceis. Embora haja pouco para comê, ele sempre guarda um pouco do seu pão para agradá seus animais de estimação.

Foi exatamente a citação de Dickon que fez com que Mary decidisse sair, embora não estivesse consciente disso. Haveria pássaros, não os pôneis nem a ovelha, do lado de fora. Seriam diferentes dos pássaros na Índia e poderia se divertir ao olhar para eles.

Martha a vestiu com o casaco, o chapéu e um par de botas pequenas e pesadas, e mostrou à menina o caminho no andar de baixo.

— Se ocê dé a volta por aquele caminho, chegará aos jardins — disse ela, apontando para um portão em um muro no matagal. — Há muitas flores na época do verão, mas não há nada florescendo agora — ela pareceu hesitar por um segundo, antes de acrescentar. — Um dos jardins está trancado. Em dez anos, ninguém entrou lá.

— Por quê? — perguntou Mary, com indiferença. Lá estava outra porta trancada, no meio de centenas daquela estranha casa.

— O Sr. Craven o trancô quando sua esposa morreu de forma repentina. Não deixará que ninguém entre lá. Era o jardim dela. Trancou a porta, cavou um buraco e enterrou a chave. Ah, o sino da Sra. Medlock está tocando, devo me apressar.

Depois que ela se foi, Mary virou-se de costas para o caminho que conduzia à porta no matagal. Não podia ficar pensando sobre o jardim, onde ninguém entrava por dez anos. Ficava imaginando como ele estaria e se ainda haveria algumas flores vivas nele. Quando passou pelo portão do matagal, ela se viu em grandes jardins, com extensos gramados e caminhos sinuosos, com bordas recortadas. Havia árvores, canteiros, sempre-vivas presas em estranhas formas e uma grande piscina com uma antiga fonte cinza no centro. Mas os canteiros estavam vazios e frios, e a fonte não estava funcionando. Este não era o jardim que estava fechado. Como seria um jardim fechado? Você sempre deveria poder caminhar por um jardim.

Estava justamente pensando nisso quando viu que, no fim do caminho que estava seguindo, parecia haver um muro comprido, com hera crescendo sobre ele. Não estava muito familiarizada com a Inglaterra para saber que estava se aproximando das hortas, onde vegetais e frutas cresciam. Foi em direção ao muro e descobriu que havia uma porta verde sob a hera que permanecia aberta. Aquele não era o jardim fechado, evidentemente, então poderia entrar nele. Viu outra porta verde aberta, que revelava arbustos e caminhos entre canteiros com vegetais de inverno. As árvores frutíferas estavam nitidamente vergadas contra o muro e, sobre alguns dos canteiros, havia estruturas de vidro. O lugar estava vazio e era bastante feio, Mary pensava, enquanto caminhava e olhava assustada. Devia ser mais bonito no verão, quando as vegetações eram verdes, mas não havia nada de atraente ali naquele momento.

Em seguida, um velho homem com uma pá sobre o ombro, vindo do segundo jardim, passou pela porta. Deu um pulo quando viu Mary e, então, tocou seu boné. Tinha um rosto velho e carrancudo, e não parecia, de modo algum, satisfeito em vê-la, mas, por outro lado, ela estava insatisfeita com o jardim dele e usou sua expressão "muito rabugenta" e não parecia, de forma alguma, satisfeita em vê-lo.

— Que lugar é esse? — perguntou ela.

— Uma das hortas — respondeu ele.

— O que é isso? — disse Mary, apontando para a outra porta verde.

— Outra delas — respondeu sucintamente. — Há outra do outro lado do muro e há um pomar daquele outro lado.

— Posso entrar neles? — perguntou Mary.

— Se ocê gosta... Mas não há nada para ver.

Mary não deu nenhuma resposta. Desceu o caminho e passou pela segunda porta verde. Lá, encontrou mais muros e vegetais de inverno, e estruturas de vidro, mas, no segundo muro, havia outra porta verde que não estava aberta. Talvez ela levasse ao jardim que ninguém via por dez anos. Como não era uma criança tímida e sempre fazia o que queria fazer, foi para a porta verde e girou a maçaneta. Esperava que a porta não abrisse, porque queria ter certeza de que tinha encontrado o misterioso jardim, mas a porta abriu com facilidade, portanto, ela a atravessou e se viu em um pomar.

Havia também muros, em toda sua extensão, árvores vergadas contra eles e árvores sem frutos, crescendo na grama escura de inverno, mas não existia nenhuma porta verde em nenhum lugar. Mary procurou-a, mas quando atingiu a extremidade superior do jardim, percebeu que o muro não terminava com o pomar, mas parecia estender-se além dele, como se cercasse um lugar no outro lado. Podia ver as copas das árvores acima do muro e, esticando--se, viu um pássaro com um peito vermelho brilhante pousando no galho mais alto de uma delas. Repentinamente, ele cantou em sua canção de inverno — quase como se a observasse e a chamasse.

Ela parou, ouviu e, de algum modo, seu pequeno, cordial e alegre gorjeio proporcionou-lhe um agradável sentimento. Até uma menininha desagradável podia ser solitária, e a grande casa fechada, o grande pântano vazio e os grandes jardins vazios fizeram-na sentir-se como se não houvesse ninguém abandonado no mundo, somente ela. Se fosse uma criança afetuosa, se tivesse o costume de ser amada, aquilo teria partido seu coração, mas ainda que fosse a "Dona Mary toda ao contrário", estava inconsolável, e o pequeno pássaro de peito brilhante fez com que surgisse um olhar em sua pequena e amarga face, que era quase um sorriso. Ouviu-o até que se foi. Não era como um dos pássaros indianos, e ela gostou dele, chegando a se perguntar se ainda o veria novamente. Talvez vivesse no misterioso jardim e conhecesse tudo sobre ele.

Talvez fosse por não ter nada para fazer, que pensasse tanto no jardim abandonado. Estava curiosa sobre ele e queria saber como era. Por que o Sr. Archibald Craven enterrou a chave? Se gostava tanto de sua esposa, por que odiava o jardim dela? Ela se perguntava se ainda iria vê-lo, mas sabia que se não gostasse dele e ele não gostasse dela, que deveria apenas ficar de pé e olhar para ele, sem dizer nada, embora estivesse esperando, com aflição, para lhe perguntar o motivo de ter feito algo tão estranho.

— As pessoas nunca gostam de mim, e nunca gosto delas também — pensou. — E nunca posso conversar, como as crianças de Crawford podiam. Estavam sempre conversando, rindo e fazendo barulho.

Pensou no pintarroxo e em como parecia entoar sua canção para ela. E, como ela se lembrou da copa da árvore onde ele se empoleirou, parou repentinamente no caminho.

— Creio que a árvore estava no jardim secreto. Tenho quase certeza que estava — disse ela. — Tinha um muro em torno do lugar e não havia uma porta.

Ela retornou à primeira horta, entrou e encontrou o velho homem cavando por lá. Ficou de pé ao lado dele e o olhou por pouco tempo, com seu jeito indiferente. O jardineiro não lhe deu atenção e, então, ela finalmente falou com ele.

— Estive nos outros jardins — disse ela.

— Não havia nada lá para impedi-la — respondeu ele irritado.

— Entrei no pomar.

— Não havia nenhum cão na porta para mordê-la — replicou ele.

— Não havia porta dentro do outro jardim — disse Mary.

— Qual jardim? — disse ele com uma voz irritada, parando de cavar por um momento.

— O jardim do outro lado do muro — respondeu a Dona Mary. — Há árvores lá, vi as copas delas. Um pássaro de peito vermelho pousou em uma delas e cantou.

Para sua surpresa, o rosto cansado pelo tempo, velho e ranzinza mudou sua expressão. Um sorriso tardio espalhou-se por ele, e o jardineiro olhou-a de forma diferente. Isso a fez pensar que era curioso perceber que uma pessoa parecia muito mais bonita quando sorria. Não tinha pensado naquilo antes.

O jardineiro virou-se na direção do pomar de seu jardim e começou a assobiar, um assobio baixo e calmo. Ela não conseguia entender como um homem tão ranzinza era capaz de produzir um som tão agradável.

Então, uma coisa maravilhosa aconteceu. Ouviu um vôo apressado, pequeno e leve no ar, era o pássaro de peito vermelho, voando na direção deles. Ele pousou no torrão de terra muito próximo do pé do jardineiro.

— Aqui está ele. — O velho homem deu um leve sorriso de satisfação e, então, falou com o pássaro, como se estivesse falando com uma criança. — Onde ocê esteve, seu pequeno miserável atrevido? Ainda não o tinha visto hoje. Começo seu cortejo mais cedo esta estação? Ocê tá muito adiantado.

O pássaro jogou sua minúscula cabeça para um lado e olhou para ele com seu olhar brilhante e delicado, que era como uma negra gota de orvalho. Parecia muito familiar e nem um pouco amedrontado. Saltitou e bicou a terra com vontade, procurando sementes e insetos. Aquilo proporcionou um sentimento estranho ao coração de Mary, porque ele era tão lindo e alegre que parecia uma pessoa. Tinha um corpo roliço e minúsculo, um bico delicado e pernas delicadas e esguias.

— Ele sempre vem quando você o chama? — perguntou ela, sussurrando.

— Sempre. Eu o conheço desde quando era um filhotinho.

Saiu do ninho no outro jardim e quando voou sobre o muro pela primeira vez, estava fraco demais para voá novamente por alguns dias, então nos tornamos amigos. Quando passou por cima do muro novamente, o resto da ninhada já tinha partido. Então, abandonado, ele voltou para mim.

— Que tipo de pássaro ele é? — perguntou Mary.

— Ocê não sabe? É um pintarroxo[3] de peito vermelho, um dos pássaros vivos mais curiosos e amigáveis. São quase tão amigáveis quanto os cães, se você souber como se aproximar deles.

Observe-o bicando aqui e ali, e "olhando" à nossa volta de vez em quando. Sabe que estamos falando sobre ele. — Era a coisa mais fantástica do mundo observar o velho companheiro. Olhava para o pequeno e roliço pássaro, de peito escarlate, como se gostasse e se orgulhasse dele.

— É um pássaro vaidoso — ele deu um leve sorriso de satisfação. — Gosta de ouví conversas folclóricas sobre ele. E curioso; meu Deus! Nunca vi nada parecido com sua curiosidade e intromissão. Sempre vem vê o que estou plantando.

Conhece todas as coisas com as quais o Sr. Craven nunca se aborrece em descobrir. Ele é como um jardineiro-chefe. — O pintarroxo saltitava por toda parte, ativamente, bicando o solo e, de vez em quando, parava para olhar para eles um pouco. Mary achava que seus olhos, de gotas de orvalho negras, encaravam-

3 Pintarroxo-Pássaro conirrostro (Carduelis cannabina) da família dos fringilídeos, de pequeno porte, dorso marrom, granívoro, cujo canto é agradável e cujo macho tem testa e peito avermelhados.

-na com grande curiosidade. Parecia, realmente, como se estivesse descobrindo tudo sobre ela. E aquilo fez o estranho sentimento em seu coração aumentar.

— Para onde voou o resto da ninhada? — perguntou ela.

— Não se sabe. Seus pais os expulsaram de seu ninho e os fizeram voar. Espalharam-se antes que você pudesse conhecer a ninhada. Este pássaro era um esperto e sabia que estava sozinho.

Dona Mary deu um passo em direção ao pintarroxo e olhou para ele com atenção.

— Eu sou solitária — disse ela.

Nunca percebeu que isso era uma das coisas que a faziam sentir-se rabugenta e irritadiça. Pareceu descobrir aquele sentimento quando o pintarroxo olhou para ela e ela o olhou.

O velho jardineiro virou seu boné para trás na cabeça calva e encarou-a por um minuto.

— Ocê é a menininha da Índia? — perguntou ele.

Mary acenou que sim com a cabeça.

— Então, não me surpreende que seja solitária. Ocê vai se senti mais solitária aqui — disse ele.

Ele começou a cavar novamente, fazendo sua pá penetrar profundamente no rico solo negro, enquanto o pintarroxo pulava de pés juntos, mantendo-se muito atarefado.

— Qual é o seu nome? — perguntou Mary.

Ele levantou para lhe responder.

— Ben Weatherstaff — respondeu ele e, então, acrescentou, com um leve, porém carrancudo, sorriso de satisfação: — Sou solitário, exceto quando o passarinho está comigo — e apontou apressadamente o dedo na direção do pintarroxo. — Ele é o único amigo que tenho.

— Não tenho nenhum amigo — disse Mary. — Minha ama não gostava de mim, e eu nunca brincava com ninguém.

É um hábito de Yorkshire dizer o que você pensa com uma franqueza abrupta, e o velho Ben Weatherstaff era um homem do pântano de Yorkshire.

— Ocê e eu somos bastante semelhantes — disse ele. — Somos farinha do mesmo saco. Nenhum de nós tem boa aparência, e ambos somos tão rabugentos quanto parecemos. Garanto que temos o mesmo temperamento detestável.

Foi uma opinião sincera, e Mary Lennox nunca tinha ouvido a verdade sobre si mesma em toda sua vida. Os criados nativos sempre a reverenciavam e faziam qualquer coisa que fosse ordenado. Ela nunca pensou muito sobre sua aparência, mas se perguntou se era tão feia quanto Ben Weatherstaff, e também se perguntou se parecera tão rabugenta quanto ele, antes que o pintarroxo chegasse. Ela começou a se perguntar também se seu temperamento também era desagradável. Sentiu-se desconfortável com aquilo.

De repente, ouviu um pequeno som perto dela, murmurante e claro, e ela virou-se de frente. Ficou de pé, a poucos centímetros de uma jovem macieira, e o pintarroxo voou sobre um de seus galhos, cantando um pedaço de uma canção. Ben Weatherstaff riu imediatamente.

— Para que ele fez isso? — perguntou Mary.

— Ele resolveu fazer amizade com você — respondeu Ben. — E não é que ele quer cair nas suas graças?

— Nas minhas graças? — disse Mary, movendo-se suavemente na direção da pequena árvore, então olhou para cima.

— Gostaria de ser meu amigo? — disse ela ao pintarroxo, exatamente como se estivesse falando com uma pessoa. — Gostaria? — e ela não disse aquilo usando sua voz áspera e majestosa, mas em um tom tão suave, ansioso e adulador, que surpreendeu tanto Ben Weatherstaff quanto ela, quando ouviu o pássaro assobiar.

— Por que... — choramingou ele. — Ocê disse isso de forma tão amável e humana, como se fosse uma verdadeira criança, ao invés de uma velha e severa mulher? Disse isso quase da mesma maneira como Dickon conversa com suas criaturas selvagens no pântano.

— Você conhece Dickon? — perguntou Mary, virando-se para ele.

— Todos o conhecem. Dickon está sempre perambulando por

todos os lugares. Até mesmo as amoras-pretas e as flores da urze o conhecem. Garanto que as raposas lhe mostram onde seus filhotes repousam, e as cotovias não lhe escondem seus ninhos.

Mary gostaria de fazer mais algumas perguntas. Estava tão curiosa sobre Dickon quanto sobre o jardim abandonado. Mas, exatamente naquele momento, o pintarroxo, que tinha finalizado sua canção, deu uma sacudidela em suas asas, esparramou-as e se escapuliu.

Terminara sua visita e tinha outras coisas para fazer.

— Ele voa sobre o muro! — Mary gritou, observando-o.

— Voa para o pomar e pelo outro muro para o jardim, onde não há porta! Ele mora lá — disse o senhor Ben. — Foi lá que ele saiu do ovo. Está cortejando e preparando coisas para alguma jovem fêmea de sua espécie que vive lá entre as roseiras.

— Roseiras? — disse Mary. — Há roseiras?

Ben Weatherstaff ergueu sua pá novamente e começou a cavar.

— Havia há dez anos — ele murmurou.

— Eu iria gostar de vê-las — disse Mary. — Onde está a porta verde? Deve haver uma porta em algum lugar.

Ben fincou sua pá profundamente e olhou estranho, da mesma forma como a olhou pela primeira vez.

— Havia há dez anos, mas agora não há nenhuma — disse ele.

— Nenhuma porta! — lamentou-se Mary. — Mas tinha que haver!

— Nenhuma que alguém possa encontrar, e nenhuma que seja da conta de alguém. Não seja uma menina intrometida e não meta seu nariz onde não é chamada. Agora, devo continuar com meu trabalho. Vá brincar. Não tenho mais tempo para conversa. — E ele, realmente, parou de cavar, pôs sua pá sobre o ombro e retirou-se, sem nem mesmo dar uma olhada para ela ou dizer adeus.

CAPITULO V

O CHORO NO CORREDOR

Para Mary Lennox, no início, cada dia que se passava era exatamente como os outros. Cada manhã, acordava em seu quarto, enfeitado com tapeçaria, e encontrava Martha, ajoelhando-se sobre a lareira, avivando suas labaredas. Em cada manhã comia sua primeira refeição no quarto de crianças, que não possuía nenhum tipo de diversão; e, depois de cada primeira refeição, dava uma olhadela para fora da janela, para o vasto pântano que parecia se espalhar por todos os lados e subir até o céu, e, depois, ficava olhando fixamente, enquanto se dava conta de que, se não saísse, teria que permanecer no quarto e não fazer nada — então, saía. Não sabia que era a melhor coisa que poderia ter feito, e não sabia que, quando caminhava ou corria pelos caminhos, ou descia correndo a avenida, estava agitando seu sangue e se fortalecendo ao lutar contra o vento que fazia uma varredura pântano abaixo.

Corria apenas para se aquecer e odiava o vento que corria subitamente sua face, rugindo e refreando-a, como se fosse algum gigante invisível. Mas os grandes sopros do turbulento ar fresco que atingiam a urze, enchiam seus pulmões com alguma coisa que era boa para todo o seu corpo leve, e cobriam suas bochechas com um tom vermelho e faziam brilhar seus olhos sombrios, embora não entendesse nada disso. Mas, depois de alguns dias passados quase inteiramente do lado de fora das portas, acordou uma manhã, sabendo o que era estar com fome e, quando se sentou para ter sua primeira refeição, não olhou com desprezo para seu mingau nem o empurrou; mas segurou sua colher e começou a comê-lo. E continuou a comer, até que sua tigela estava vazia.

— Ocê comeu todo seu mingau essa manhã, não foi? — disse Martha.

— Está gostoso hoje — disse Mary, sentindo-se um pouco surpresa consigo mesma.

— É o ar do pântano que está preparando seu estômago para esses alimentos — respondeu Martha. — Ocê tem sorte de tê alimentos para saciar sua fome. Há doze pessoas em nosso chalé, mas não há nada para alimentá os estômagos. Se você continuar brincando fora de casa todos os dias, irá ficar mais forte e deixará de ser tão rabugenta.

— Não brinco — disse Mary. — Não tenho nada com que brincar.

— Nada com que brincar!? — exclamou Martha. — Nossas crianças brincam com paus e pedras. Simplesmente correm por todos os lados, gritam e observam as coisas.

Mary não gritava, mas observava as coisas. Não havia mais nada para fazer. Dava voltas e voltas pelos jardins, e perambulava por todos os caminhos no parque. Às vezes, procurava Ben Weatherstaff, mas, embora o visse trabalhando várias vezes, ele parecia muito carrancudo ou estava muito atarefado para olhar para ela. Certa vez, quando estava caminhando na direção do jardineiro, ele levantou sua pá e se afastou, como se fizesse de propósito. Havia um lugar que ela frequentava mais do que qualquer outro. Era o longo caminho do lado de fora dos jardins, com os muros em volta deles.

Havia canteiros vazios em ambos os lados, e a hera crescia densamente nos muros. Em uma parte do muro, as rastejantes folhas verde-escuras eram mais espessas do que em outro lugar. Era como se, por um longo tempo, aquela parte tivesse sido descuidada. O resto fora aparado e parecia arrumado, mas, na extremidade mais baixa do muro, nada estava bem cuidado.

Poucos dias depois, Mary conversou com Ben Weatherstaff, parando para observar isso e se perguntar por que era assim. Ele tinha acabado de fazer uma pausa, então levantou os olhos para uma extensa ramagem de hera, que se balançava ao vento, quando teve um vislumbre de escarlate e ouviu um brilhante gorjeio. Lá adiante, no topo do muro, empoleirado, estava o pintarroxo do jardineiro, inclinando-se para frente para olhar para ela, com sua cabecinha jogada para um lado.

— Oh! — gritou ela. — É você? É você? — e não lhe parecia estranho que falasse com ele, como se tivesse certeza de que o passarinho a entenderia e a responderia. Ele respondeu. Chilreou, trinou e saltitou pelo muro, como se estivesse lhe contando todo tipo de coisas. Para Dona Mary, era como se o entendesse, mesmo que ele não estivesse falando em palavras. Era como se ele dissesse:

— Bom dia! O vento não é agradável? O sol não está bom? Não são boas todas as coisas? Vamos ambos trinar, saltitar e chilrear. Vamos! Vamos!

Mary começou a rir e, conforme ele saltitava e alçava pequenos voos pelo muro, ela seguia. A pobre, pequena, magra, pálida e feia Mary pareceu quase atraente por um momento.

— Gosto de você! Gosto de você! — gritou, tamborilando pelo caminho; trinou e tentou assobiar, o que não sabia como fazer, por mais simples que fosse. Mas o pintarroxo parecia estar muito satisfeito, trinando e gorjeando de volta para ela. Finalmente, estendeu as asas e voou disparado para o topo de uma árvore, onde se empoleirou e cantou ruidosamente. Isso fez com que Mary se lembrasse da primeira vez em que o vira. O passarinho se agitou em uma copa de árvore, e ela ficou de pé no pomar. Agora, ela estava do outro lado do pomar e de pé no meio do caminho, do lado de fora de um muro — muito mais abaixo — e a mesma árvore também estava do lado de dentro. — O passarinho está no jardim onde ninguém pode entrar! — disse para si mesma. — Está no jardim que a porta foi escondida. Ele mora lá. Como gostaria de poder ver como é!

Subiu correndo em direção à porta verde, onde entrara na primeira manhã. Desceu correndo o caminho pela outra porta, então, viu-se no pomar, onde parou e levantou os olhos para ver a árvore do outro lado do muro e o pintarroxo, que estava terminando sua canção, começando a ajeitar as penas com o bico.

— O jardim — disse ela. — Tenho certeza que é.

Deu a volta e olhou atentamente para aquele lado do muro do pomar, mas apenas encontrou o mesmo que encontrara antes: não havia nenhuma porta. Correu, então, através das hortas novamente e saiu apressadamente para o caminho do lado de fora do extenso muro coberto de hera, caminhando para uma de suas extremidades, onde procurou, mas também não havia porta.

— É muito estranho — disse ela. — Ben Weatherstaff disse que não havia porta, e não há porta. Mas deve ter havido uma há dez anos, porque o Sr. Craven enterrou a chave.

Isso lhe deu tanto o que pensar, que começou a ficar muito interessada, e sentiu que não estava arrependida de ter ido para Misselthwaite Manor. Na Índia, estava sempre com calor e sentia-se constantemente desanimada para cuidar de qualquer coisa. O fato era que o vento fresco do pântano começara a espantar as teias de aranha de seu jovem cérebro e a despertá-la um pouco. Ficou fora de casa aproximadamente o dia inteiro e, quando se sentou para jantar à noite, estava faminta, sonolenta e confortável.

Não ficou irritada quando Martha disparou a falar. Sentiu como se gostasse mais de ouvi-la e, finalmente, teve vontade de lhe fazer uma pergunta. E a fez depois de terminar o jantar, sentando-se no tapete da lareira, diante do fogo.

— Por que o Sr. Craven odiava o jardim? — disse ela.

Ela fez com que Martha ficasse com ela, o que a criada não reclamou de forma alguma. Era muito jovem e estava acostumada com um chalé lotado, cheio de irmãos e irmãs, e achava entediante ficar no grande salão dos criados no andar de baixo, onde o lacaio e as chefes das criadas zombavam do seu sotaque de Yorkshire, sempre a considerando como uma coisinha insignificante, enquanto sentavam e cochichavam entre si. Martha gostava de conversar, e a estranha criança, que vivera na Índia e fora servida pelos "nativos", era novidade suficiente para atraí-la.

Martha sentou-se diante da lareira sem esperar ser convidada.

— Ocê ainda tá pensando naquele jardim? — disse ela. — Sabia que ficaria. Foi exatamente o que aconteceu comigo quando ouvi sobre ele pela primeira vez.

— Por que ele o odiava? — Mary persistiu.

Martha cobriu seus próprios pés, o que a deixou muito confortável.

— Ouça o vento uivando em torno da casa — disse ela. — Você mal conseguiria se manter de pé no pântano se ficasse lá fora esta noite.

Mary não sabia o que a palavra "uivando" significava até que ouviu o vento e, então, compreendeu. Devia significar aquele ruído tenebroso que estremecia e rugia várias vezes em torno da casa, como se o gigante que ninguém podia ver a estivesse açoitando e batendo nas paredes e janelas para tentar arrombá-las. Mas sabia-se que ele não poderia entrar e, de alguma maneira, isso fazia qualquer um se sentir muito seguro dentro de um quarto aquecido pôr fogo de carvão.

— Mas por que ele o odiava tanto? — ela perguntou depois de escutar o vento. Pretendia saber se Martha sabia. Martha, então, deixou escapar seu vasto conhecimento. — Preste atenção... — disse ela. — A Sra. Medlock disse que não devemos falá sobre isso. Há muitas coisas neste lugar que não são para serem discutidas. São ordens do Sr. Craven. Seus problemas não são assunto de nenhum dos criados. Se não fosse pelo jardim, ele não seria como é. Era o jardim da Sra. Craven, que ela criou logo que se casaram. Ela simplesmente o amava, e eles mesmos costumavam cuidá das flores. Nenhum dos jardineiros tinha permissão para entrá. Ele e ela costumavam entrá, fechá a porta e fica lá horas e horas, lendo e conversando. Ela era muito jovem, e havia uma árvore antiga com um galho dobrado, onde ela costumava se sentá. E ela fez rosas crescerem neste galho. Mas um dia, quando estava sentada lá, o galho quebrou, e ela caiu no chão, ficando tão gravemente ferida, que morreu no dia seguinte.

Os médicos achavam que ele perderia a razão e morreria também. Por esse motivo odeia o jardim. Ninguém nunca entra lá desde que isso aconteceu, e ele não permitirá que ninguém converse sobre isso.

Mary não fez mais perguntas. Olhava para as labaredas vermelhas e ouvia o vento uivando.

E parecia estar uivando mais alto do que nunca. Naquele momento, uma coisa muito boa estava acontecendo para ela. Na verdade, quatro coisas boas aconteceram para ela, desde que chegou em Misselthwaite Manor: sentiu como se compreendesse um pintarroxo e ele a compreendesse; correu ao vento até sentir o sangue aquecer; esteve saudavelmente faminta pela primeira vez em sua vida; e descobriu o que era ter pena de alguém. Ela estava gostando.

Mas da mesma forma como ouvia o vento, começou a ouvir mais alguma coisa. Não sabia o que era, porque, a princípio, mal podia distinguir aquele som do próprio som do vento. Era um som curioso, quase como se uma criança estivesse chorando em algum lugar. Às vezes, o vento produzia um ruído mais alto do que o choro, mas, logo, Dona Mary certificou-se de que o barulho vinha de dentro da casa, não de fora dela. Era distante, mas vinha do lado de dentro. Sabendo disso, virou-se e olhou para Martha.

— Você ouve alguém chorando? — disse ela.

Martha, de repente, ficou confusa.

— Não — respondeu ela. — É o vento. Às vezes ele soa como se houvesse alguém perdido no pântano a se lamentá. Ele faz todos os tipos de sons.

— Mas ouça... — disse Mary. — Vem de dentro da casa, do andar de baixo, de um daqueles longos corredores. E, naquele mesmo momento, uma porta deve ter sido aberta em algum lugar no andar de baixo, pois uma grande e impetuosa corrente de ar soprou pelo corredor. A porta do quarto onde estavam sentadas foi escancarada com um barulhão e, no instante em que ambas se puseram rapidamente de pé, a luz foi apagada e o som do choro, vindo do andar de baixo, foi espalhado, de modo que se podia ouvi-lo com mais clareza do que nunca.

— Ouça! — disse Mary. — Eu lhe avisei! É alguém chorando, e não é uma pessoa adulta.

Martha correu, trancou a porta e girou a chave, mas antes que fizesse isso, ambas ouviram o som de uma porta, em algum corredor distante, se fechando com uma pancada, deixando tudo em silêncio, pois até o vento parou de uivar por um breve instante.

— Era o vento — afirmou Martha teimando. — E se não era, era a pequena Betty Butterworth, a copeira. Ela sentiu dor de dente o dia todo. Mas a reação conturbada e constrangedora de Martha fez com que Dona Mary a olhasse com muita atenção. Não acreditava que estivesse falando a verdade.

CAPITULO VI

"HAVIA ALGUÉM CHORANDO! HAVIA!"

No dia seguinte, a chuva caiu em abundância novamente e, quando Mary olhou através de sua janela, viu que o pântano estava quase escondido pela névoa e pelas nuvens cinzentas. Não se poderia ir lá fora hoje.

— O que vocês fazem em seu chalé quando chove assim? — ela perguntou à Martha.

— Tentamos aquecer uns aos outros, principalmente — respondeu Martha. — Eh! Nessas ocasiões, parece que nos multiplicamos. Mamãe é uma mulher bem-humorada, mas fica bastante perturbada. Os maiores saem para o curral e brincam por lá. Dickon não se importa com o tempo chuvoso. Simplesmente sai, da mesma forma que faria se o sol estivesse brilhando. Diz que nos dias chuvosos, vê coisas que não se mostram quando o tempo está bom. Encontrou, uma vez, um filhotinho de raposa meio afogado em seu buraco e o trouxe para casa, no peitilho de sua camisa, para mantê-lo aquecido. Sua mãe fora morta nas proximidades. O buraco estava inundado, e os filhotes que restavam

estavam mortos. Ele o cria em casa, agora. Outra vez, encontrou um jovem corvo meio afogado e o trouxe para casa também, então, o domesticou. Chama-se Fuligem porque é muito negro, e, saltita e o acompanha por toda parte.

Pouco tempo se passou, e Mary já não mais se ressentia com a conversa simples de Martha. Começou até a achá-la interessante e a lastimar quando a criada parava de falar ou ia embora. As histórias que foram contadas por sua ama, quando vivia na Índia, eram muito diferentes daquelas que Martha contava sobre o chalé do pântano onde viviam quatorze pessoas em quatro pequenos cômodos e nunca tinham o suficiente para comer. As crianças pareciam correr por toda parte e se divertir, como bem-humorados e desordeiros filhotes de cão pastor escocês. Mary sentia-se mais atraída pelas histórias sobre Dickon e sua mãe. Quando Martha contava coisas que a mãe dizia ou fazia, elas sempre lhe traziam conforto.

— Se eu tivesse um corvo ou um filhote de raposa, poderia brincar com eles — disse Mary. — Mas não tenho nada. — Martha olhou assustada.

— Ocê sabe fazê tricô? — perguntou.

— Não — respondeu Mary.

— Sabe costura?

— Não.

— Ocê sabe lê?

— Sim.

— Então, por que não lê alguma coisa ou aprende um pouco de ortografia? Ocê agora já tem idade suficiente para aprendê coisas dos livros.

— Não tenho livros — disse Mary. — Aqueles que eu tinha foram deixados na Índia.

— Isso é uma pena — disse Martha. — Se a Sra. Medlock lhe deixasse entrá na biblioteca, há milhares de livros lá.

Mary não perguntou onde ficava a biblioteca, porque foi subitamente inspirada por uma nova ideia. Decidiu ir e achá-la sem ajuda. Nunca era incomodada pela Sra. Medlock, que parecia sempre estar na confortável sala de estar da governanta, no andar de baixo. Naquele estranho lugar, as pessoas mal se viam. De fato, não havia ninguém para ver, exceto os criados e, quando seu patrão estava fora, eles viviam uma vida luxuosa escada abaixo, onde havia uma imensa cozinha, onde brilhantes utensílios de bronze e peltre estavam pendurados por todos os lados, e um grande salão de criados, onde se comiam quatro ou cinco boas refeições todos os dias, e onde faziam muita festa quando a Sra. Medlock estava fora do caminho. As refeições de Mary eram servidas regularmente por Martha, mas ninguém se incomodava com ela, no final das contas. A Sra. Medlock vinha e a olhava a cada um ou dois dias, mas ninguém perguntava o que fazia ou lhe dizia o que fazer. Imaginava que, talvez, esse fosse o jeito inglês de tratar as crianças. Na Índia, sempre recebia ajuda de sua ama, que a seguia por todos os lados e a servia, qualquer que fosse o desejo. Frequentemente se cansava da companhia dela. Agora, não era seguida por ninguém e estava aprendendo a se vestir, porque parecia que Martha pensava que ela era tola e estúpida quando queria ser servida e vestida.

— Ocê não tem bom senso? — disse certa vez quando Mary ficou esperando por ela para lhe calçar as luvas. — Nossa Suzan Ann é duas vezes mais esperta do que ocê e só tem quatro anos. Às vezes ocê parece uma verdadeira desmiolada.

Mary mostrou-se rabugenta e carrancuda, permanecendo daquela forma por uma hora depois do ocorrido, mas o comentário de Martha a fez pensar coisas totalmente novas.

Naquela manhã, ficou na janela por cerca de dez minutos, depois que Martha varreu a lareira pela última vez e foi para o andar de baixo. Estava refletindo sobre a nova ideia que lhe surgiu quando ouviu falar da biblioteca. Não se interessava propriamente pela biblioteca, porque leu poucos livros, mas aquilo lhe fez recordar as centenas de cômodos com portas fechadas. Ela se perguntava se estavam todos realmente trancados e o que encontraria se pudesse entrar em qualquer um deles. Havia realmente cem cômodos? O que a impedia de ir e checar quantas portas conseguia contar? Seria algo para fazer naquela manhã, quando não podia sair. Nunca fora ensinada a esperar por permissão para fazer as coisas e não sabia, de forma alguma, nada sobre autoridade, então, não achava necessário perguntar à Sra. Medlock se podia caminhar por toda a casa, mesmo que a visse.

Abriu a porta do quarto, foi para o corredor e, então, começou sua aventura. Era um corredor comprido e se ramificava em outros corredores e pequenos deslocamentos rápidos, uns dando lugar a outros, repetidas vezes. Havia portas e portas, e quadros nas paredes. Às vezes eram quadros de paisagens escuras e curiosas, mas os mais frequentes eram de homens e mulheres, em estranhos e compridos trajes, feitos de cetim e veludo. Ela se encontrava em uma comprida galeria, cujas paredes estavam cobertas por esses quadros. Nunca pensou que pudesse haver tantos em uma única casa. Caminhava vagarosamente pelo lugar e olhava espantada para os rostos, que também pareciam olhar espantados para ela. Sentia como se estivessem imaginando o que uma menininha que veio da Índia estava fazendo em sua casa. Alguns eram quadros de crianças, de menininhas usando mantos de cetim grosso, que alcançavam seus pés e sobressaíam em todas elas, e meninos com mangas bufantes, golas de renda e cabelos longos, ou com grandes rufos em torno dos pescoços. Sempre parava para olhar as crianças e se perguntava quais seriam seus nomes, para onde tinham ido e por que usavam roupas tão estranhas. Havia também uma menininha simples e severa, mais do que ela mesma. Usava um vestido de brocado verde e segurava um papagaio com os dedos. Os olhos tinham uma aparência penetrante e curiosa.

— Onde você mora agora? — disse-lhe Mary em voz alta. — Queria que você estivesse aqui.

Certamente nenhuma outra menininha passou uma manhã tão esquisita. Parecia como se não houvesse nada em toda a casa, imensa e cheia de cômodos, exceto sua pequena presença, vagando pelos andares superior e inferior, através de passagens estreitas, outras vezes largas, por onde tinha a impressão de que ninguém, a não ser ela própria, já tinha caminhado. As pessoas deviam ter morado naqueles cômodos, já que construíram tantos deles, mas tudo parecia tão vazio que não podia acreditar que era verdade. Até subir ao segundo andar, ainda não tinha pensado em girar a maçaneta de nenhuma porta. Todas elas estavam fechadas, como a Sra. Medlock disse que estariam, mas, finalmente, colocou a mão na maçaneta de uma delas e girou-a. Sentiu medo por um momento, ao perceber que não teria dificuldade e que, ao continuar, a porta se abriu vagarosa e pesadamente. Era uma porta maciça e dava para um quarto enorme. Havia bordados pendurados na parede e móveis embutidos, tais como os que costumava ver na Índia, e estavam no quarto todo. De uma janela larga, com vidraça fixada por material de chumbo, via-se o pântano e, sobre o console da lareira, havia outro retrato da menininha simples e severa, que parecia olhar para ela com muita curiosidade.

— É provável que ela tenha dormido aqui pelo menos uma vez — disse Mary. — Ela me olha tão fixamente que me faz sentir estranha. — Depois disso, abriu cada vez mais portas. Viu tantos quartos, que ficou muito cansada, e a fez pensar que devia haver uma centena deles, embora não os tenha contado. Em todos eles era possível encontrar quadros ou tapetes antigos, com cenas estranhas bordadas neles. Havia curiosas peças de mobília e ornamentos em quase todos.

Em um quarto, que parecia a sala de estar de uma senhora, os objetos pendurados eram todos de veludo bordado, e em um armário guardava cerca de uma centena de pequenos elefantes feitos de marfim. Eram de diferentes tamanhos e alguns possuíam seus condutores ou palanquins[4] nas costas. Alguns eram maiores e outros eram tão minúsculos que pareciam apenas filhotes. Mary já tinha visto marfim esculpido na Índia e sabia tudo sobre elefantes. Abriu a porta do armário, pôs-se de pé sobre uma banqueta e brincou com os elefantinhos por muito tempo. Quando se cansou, pôs os elefantinhos em ordem e fechou a porta do armário. Em todas as suas andanças através dos longos corredores e dos quartos vazios não viu nada vivo; mas, naquele quarto viu algo. Logo depois que fechou a porta do armário, ouviu um minúsculo som baixinho. Isso a fez dar um pulo e olhar ao redor do sofá, ao lado da lareira, de onde o som parecia vir. No canto do sofá, havia uma almofada e, no veludo que a cobria, um buraco e, para fora,

4 Palanquim-veículo, geralmente para uma pessoa em países orientais (como China e Índia), e que consiste numa espécie de liteira fechada ou de leito ou assento coberto, preso a um varal que é levado no ombro por dois, quatro ou seis homens ou, por vezes, no dorso de elefantes ou camelos.

apontava uma cabecinha com um par de olhos assustados. Mary moveu-se suavemente através do quarto para olhar. Os olhos brilhantes pertenciam a um pequeno rato cinza que fez um buraco na almofada, criando um confortável ninho lá. Seis filhotes estavam aninhados, dormindo perto da menininha. Já que não havia mais ninguém vivo na centena de quartos, ao menos encontrara sete ratos que não pareciam solitários de maneira alguma.

— Se não estivessem tão assustados, iria levá-los comigo — disse Mary.

Perambulou por toda parte, por tempo suficiente para se sentir cansada para continuar a fazê-lo por mais tempo, então voltou. Por duas ou três vezes perdeu seu caminho ao virar o corredor errado e foi obrigada a perambular para cima e para baixo, até encontrar o corredor correto; mas, finalmente, alcançou seu próprio andar novamente, embora estivesse a alguma distância de seu próprio quarto, mas não soubesse exatamente onde estava.

— Creio que tomei o caminho errado novamente — disse ela, ficando de pé em um lugar que parecia o fim de uma pequena passagem através do tapete, na parede. — Não sei qual caminho seguir. Está tudo tão calmo! — Ainda ficou ali parada por um tempo e logo depois que falou aquilo para si mesma, o silêncio foi interrompido por um som. Era outro choro, mas não parecia com o que ouviu na noite passada; era apenas um breve choro, um irritável lamento de criança, abafado, que atravessava as paredes.

— Está mais próximo do que estava antes — disse Mary, sentindo seu coração bater um pouco mais rápido. — E é um choro.

Pôs a mão acidentalmente sobre o tapete ao seu lado e, então, deu um salto para trás, sentindo-se muito assustada. O tapete cobria uma porta que se abria e lhe mostrava que ainda havia outra parte do corredor escondida, por onde a Sra. Medlock estava subindo com seu molho de chaves na mão, e seu rosto aparentava estar muito zangado.

— O que você está fazendo aqui? — disse ela, puxando Mary pelo braço e começando a tirá-la dali. — O que eu disse para você?

— Entrei no corredor errado — explicou Mary. — Não sabia

qual caminho seguir e ouvi alguém chorando. — Mary odiou a Sra. Medlock naquele momento, porém odiou-a mais logo depois.

— Você não ouviu nada — afirmou a governanta. — Volte depressa para o seu próprio quarto ou taparei seus ouvidos. E tomou-a pelo braço, empurrou-a por uma passagem que subia, e para baixo, em outra, até que a empurrou pela porta de seu próprio quarto. — Agora... — disse ela. — Você vai ficar onde lhe foi dito para ficar ou vai ser trancada. É melhor que o patrão lhe arrume a governanta que prometeu que conseguiria. Você precisa de alguém esperto para cuidar de você. A governanta saiu do quarto, batendo ruidosamente a porta, e Mary sentou-se no tapete da lareira, pálida de raiva. E não chorou, mas rangeu os dentes.

— Havia alguém chorando. Havia! Havia! — disse para si mesma.

Já tinha ouvido aquele choro duas vezes, e um dia descobriria. Ela tinha feito várias descobertas naquela manhã.

Sentia como se tivesse percorrido uma longa jornada e, de qualquer forma, foi divertido, afinal, brincou com os elefantes de marfim e viu o rato cinza com seus filhotes no seu ninho, dentro da almofada de veludo.

CAPITULO VII

A CHAVE PARA O JARDIM

Dois dias depois, quando Mary abriu os olhos, imediatamente sentou-se aprumada na cama e deu um grito para Martha.

— Olhe o pântano! Olhe o pântano!

A tempestade tinha terminado, e a névoa e as nuvens cinzas desapareceram pela ação do vento, durante noite. O vento também tinha cessado, e um céu brilhante e de um intenso azul arqueou ao alto, sobre o pântano.

Nunca, jamais, Mary havia sonhado com um céu de um azul tão intenso. Na Índia, as nuvens eram quentes e resplandecentes; o céu era de um azul profundamente sereno, que quase parecia cintilar como a água de algum lago encantador e impenetrável e, ali, ao alto, na arqueada imensidão azul, flutuavam pequenas nuvens como uma neve branca. O vasto território do pântano parecia suavemente azul, em vez de um sombrio negro-púrpura ou um terrível cinza melancólico.

— Oh! — disse Martha, com um sorriso alegre. — A tempestade deu uma trégua. Fica assim nessa época do ano. Vai-se embora em uma noite, como se estivesse fingindo que nunca estivera aqui e não pretendesse voltar novamente. É a primavera que está a caminho.

— Eu achava que sempre chovia ou o tempo parecia escuro na Inglaterra — disse Mary.

— Eh! Não! — disse Martha, sentando de pernas cruzadas entre suas escovas de cerdas pretas. — Na' tipo!

— O que isso quer dizer? — perguntou Mary, muito séria. Na Índia, os nativos falavam dialetos diferentes, que apenas poucas pessoas entendiam; assim, não ficava surpresa quando Martha usava palavras que não conhecia. Martha riu, como tinha feito na primeira manhã.

— Era o que faltava! — disse Martha. — Falei com o sotaque de Yorkshire novamente, como a Sra. Medlock disse para eu não fazê. 'Na' tipo' qué dizer 'nada do tipo' — disse vagarosa e tranquilamente. — Mas é muito longo dizer dessa maneira. Quando está ensolarada, Yorkshire é o lugá mais ensolarado do mundo. Eu lhe disse que acabaria gostando do pântano em pouco tempo.

Espere até vê as florações de carqueja douradas, a giesta e a urze, todas as campânulas púrpuras e centenas de borboletas batendo asas, abelhas zunindo e as cotovias pairando nos ares e cantando. Você vai querê sair no pântano, como o nascer do sol, e vive fora de casa todos os dias, como Dickon faz.

— Eu já poderia ir para lá? — Mary perguntou ansiosa, olhando através de sua janela para o longínquo azul. Era uma cor tão nova, imensa, maravilhosa e celestial.

— Não estou certa disso — respondeu Martha. — Parece até que ocê nunca usô suas pernas desde que nasceu. Ocê não conseguiria caminhá nem oito quilômetros, que é a distância até o nosso chalé.

— Gostaria de ver seu chalé.

Martha olhou-a por um momento, assustada e curiosa, antes de apanhar a escova de polimento e começar a esfregar a grelha de novo. Estava pensando que o rostinho simples não parecia, naquele momento, tão amargo quanto na primeira manhã que o viu. Parecia um pouquinho como rosto da pequena Susan Ann, quando queria muito alguma coisa.

— Vou pergunta para minha mãe sobre isso — disse ela. — Minha mãe é uma dessas pessoas que quase sempre enxergam uma maneira de resolvê as coisas. Hoje é meu dia de folga e estou indo para casa. Eh! Estou feliz. A Sra. Medlock tem muita consideração pela mamãe. Talvez pudesse conversa com ela.

— Gosto de sua mãe — disse Mary.

— Sabia que ocê gostava — concordou Martha, parando de polir.

— Nunca a vi — disse Mary.

— Não, ocê não a viu — respondeu Martha.

Martha soergueu-se sobre seus pés novamente e esfregou a ponta do nariz com as costas da mão, como se estivesse perplexa por um momento. Então, concluiu muito positivamente:

— Bem, ela é aquela mulher sensata, limpa, de bom humor e que se dedica ao trabalho pesado. Ninguém poderia não gosta dela, tendo-a visto ou não. Quando estou indo para casa, para vê-la no meu dia de folga, simplesmente pulo de alegria enquanto atravesso o pântano.

— Gosto de Dickon — acrescentou Mary. — E nunca o vi.

— Bem... — disse Martha resolutamente. — Eu lhe disse que até mesmo os pássaros, os coelhos, as ovelhas selvagens, os pôneis, e as próprias raposas gostam dele. Eu me pergunto... — disse, olhando para Mary de forma assustada e reflexiva. — O que Dickon pensaria de você?

— Ele não gostaria de mim — disse Mary em seu jeito acanhado, frio e severo. — Ninguém gosta.

Martha olhou pensativa novamente.

— Ocê se gosta? — perguntou, como se estivesse realmente muito curiosa para saber.

Mary hesitou por um momento e pensou sobre a pergunta.

— Não muito — respondeu ela. — Mas nunca pensei nisso antes.

Martha sorriu um pouco, como se estivesse lembrando de algo familiar.

— Mamãe me falou isso uma vez — disse Marta. — Ela estava se banhando em seu barril, e eu de mau humor, falando mal das pessoas, até que ela se voltou para mim e disse: 'Ocê, jovem megera, ocê! Aí está ocê, falando que não gosta dessa e de outra pessoa. Como pode gostar de ocê mesma?' Isso me fez rir e cair em mim rapidamente.

E ela foi embora em um excelente humor, logo após servir o café da manhã à Mary. Pretendia caminhar oito quilômetros, cruzando o pântano até o chalé, ajudar sua mãe com a lavagem de roupas, preparar a fornada da semana e divertir-se completamente.

Mary sentiu-se mais solitária do que nunca quando soube que a criada não mais estava na casa. Saiu para o jardim, o mais rápido que pôde, e a primeira coisa que fez foi correr em volta de uma fonte, pelo menos umas dez vezes. Contou cada uma das vezes cuidadosamente e, quando terminou, sentiu-se melhor. O brilho do sol fez todo o lugar parecer diferente.

O céu azul, vívido e elevado, arqueou-se sobre Misselthwaite, tanto quanto sobre o pântano, e ela continuou levantando o rosto e olhando para o céu, tentando imaginar como seria repousar sobre as pequenas nuvens, brancas como a neve, e flutuar por toda parte.

Entrou na primeira horta e lá encontrou Ben Weatherstaff, trabalhando com dois outros jardineiros. A mudança no tempo parecia ter-lhe feito bem.

Falou com ela, por seu próprio consentimento:

— A primavera tá chegando — disse ele. — Consegue sentí seu cheiro? Mary farejou o ar e achou que sentia.

— Sinto o cheiro de algo bom, fresco e úmido — disse ela.

— É o cheiro da boa terra fértil — respondeu ele, cavando sem parar. — Ela tá de bom humor e pronta para fazê as plantações crescerem. Fica feliz quando chega a hora do plantio. Por outro lado, fica aborrecida no inverno, quando não há nada para se fazê. Lá fora, nos jardins, as sementes em germinação estarão se revolvendo na terra escura. O sol as está aquecendo. Você verá alguns brotos verdes surgindo da terra escura depois de pouco tempo.

— Quais flores nascerão? — perguntou Mary.

— Açafrões, anêmonas e narcisos. Ocê nunca as viu?

— Não. Tudo é quente, úmido e verde depois das chuvas, na Índia — disse Mary. — E acho que as coisas crescem em apenas uma noite.

— Essas não crescerão em uma noite — disse Weatherstaff. — Ocê terá que espera por elas. Vão empurrar a terra aqui, soltar um broto mais adiante, e uma folha hoje, e outra amanhã. Você vai vê-las.

— Vou sim — respondeu Mary.

Pouco depois, ouviu outra vez o suave farfalhar de asas e soube, naquele mesmo instante, que o pintarroxo aparecera novamente. Estava muito esperto e entusiasmado, saltitando por toda parte, tão perto dos pés da menininha, jogando sua cabeça para um lado e olhando-a de um jeito tão dissimulado, que ela teve que fazer uma pergunta a Ben Weatherstaff.

— Você acha que ele se lembra de mim? — ela disse.

— Claro que lembra! — disse Weatherstaff com indignação. — Se ele conhece cada toco de repolho nas hortas, quem dirá as pessoas. Nunca tinha visto uma menininha por aqui antes, por isso tem se desdobrado para descobrir tudo sobre você. Não precisa tentar esconder nada dele.

— As sementes em germinação estão se revolvendo na terra escura naquele jardim onde ele vive? — perguntou Mary.

— Que jardim? — resmungou Weatherstaff, tornando-se carrancudo novamente.

— O jardim onde estão as roseiras antigas — ela não podia deixar de perguntar, porque queria muito saber. — Todas as flores estão mortas ou algumas delas reaparecem no verão? Por acaso há flores em alguma época?

— Pergunte para ele — disse Weatherstaff, curvando os ombros em direção ao pintarroxo. — É o único que sabe. Ninguém mais viu lá dentro há dez anos.

Dez anos era um longo tempo, pensou Mary. Ela tinha nascido há dez anos. Afastou-se, pensando vagarosamente. Começara a gostar do jardim, assim como do pintarroxo, de Dickon e da mãe de Martha. Estava começando a gostar de Martha também. Já era um bom número de pessoas a se gostar, quando você não está acostumado a gostar de ninguém. Pensou no pintarroxo como uma daquelas pessoas.

Ela foi caminhar do lado de fora do muro extenso e coberto de heras, sobre o qual podia ver as copas das árvores. E, caminhando para cima e para baixo uma segunda vez, aconteceu-lhe a coisa mais interessante e excitante, e tudo aconteceu por intermédio do pintarroxo de Ben Weatherstaff. Ouviu um trinado e um chilro, e, quando olhou para o canteiro de flores vazio à sua esquerda, lá estava ele, saltitando por toda parte e fingindo arrancar coisas da terra com o bico para fazê-la acreditar que não a tinha seguido.

Mas ela sabia que fizera aquilo, e a surpresa a encheu de deleite, o que a quase fez tremer.

— Você se lembra de mim! — gritou. — Você se lembra mesmo! Você é mais encantador do que qualquer outra coisa no mundo. — Ela trinou, conversou, adulou, e ele saltitou, sacudiu o rabo e chilreou. Era como se ele estivesse conversando. Seu colete vermelho era como cetim e intumescia o minúsculo peito, fazendo-o parecer tão belo, tão imponente e tão encantador, que realmente era como se estivesse mostrando à menininha quão importante e humano um pintarroxo poderia ser. Dona Mary esqueceu que já tinha sido rabugenta em sua vida, quando ele lhe permitiu que ela se aproximasse cada vez mais dele, que curvasse seu corpo e conversasse, fazendo um som parecido com o dos pintarroxos. Oh! Pensar que o pássaro realmente a deixava se aproximar dele daquela maneira! Ele sabe que nada no mundo a faria estender a mão em sua direção ou surpreendê-lo de forma alguma. Ele sabia daquilo porque era uma pessoa real, apenas melhor do que qualquer outra pessoa no mundo. Ela estava tão feliz que mal se atrevia a respirar.

O canteiro não se encontrava completamente vazio. Estava vazio de flores, porque as plantas mais antigas foram cortadas para seu descanso de inverno, mas havia arbustos altos e outros baixos, que cresceram juntos atrás do canteiro, e como o pintarroxo saltitava por toda a parte, sob os arbustos, ela o viu pular sobre um pequeno monte de terra, recentemente formado. Ele parou sobre o montículo para procurar uma minhoca. O montículo tinha se formado ali, porque um cão vinha tentando desenterrar uma toupeira, acabando por cavar à unha um buraco muito profundo. Mary olhou para o montículo, sem saber por que aquele buraco estava ali. E enquanto observava, enxergou algo quase enterrado na terra. Percebeu que parecia uma argola de metal enferrujado e, assim que o pintarroxo voou para uma árvore próxima, ela estendeu a mão e a pegou. Era mais do que uma argola, entretanto; era uma chave antiga, que parecia ter sido enterrada há muito tempo.

Dona Mary ficou de pé e olhou-a com o rosto quase assustado, enquanto a chave pendia em seu dedo.

— Talvez tenha ficado enterrada por dez anos — disse em um sussurro. — Talvez seja a chave para o jardim!

CAPITULO VIII

O PINTARROXO QUE MOSTROU O CAMINHO

Ela ficou olhando para a chave por um bom tempo. Girava-a repetidamente, pensando sobre ela. Como disse antes, não era uma criança treinada para pedir permissão ou consultar os mais velhos sobre as coisas. Tudo o que pensava sobre a chave era que, se fosse a certa para o jardim trancado e se pudesse descobrir onde ficava a porta, talvez pudesse abri-lo, ver o que estava dentro dos muros e o que tinha acontecido às roseiras antigas. Ela queria vê-lo, exatamente porque estivera fechado por tanto tempo. Ela sentia como se ele tivesse a obrigação de ser diferente dos outros lugares, e que alguma coisa estranha devia ter-lhe acontecido durante aqueles dez anos. Além disso, se gostasse do jardim, poderia entrar lá todos os dias, fechar a porta atrás de si, inventar algum jogo e jogá-lo sozinha, porque ninguém jamais saberia onde estava, mas pensaria que a porta ainda estava trancada e a chave enterrada em algum ponto do terreno. Pensar sobre aquilo a agradou muito.

Morando praticamente sozinha em uma casa, com uma centena de quartos misteriosamente fechados, e não tendo nada para diverti-la, colocara o cérebro inativo para trabalhar e estava realmente despertando sua imaginação. Não havia dúvida de que o ar puro, fresco e forte do pântano tinha muito a ver com aquilo. Também lhe deu apetite, e sua briga com o vento agitou seu sangue; dessa forma, as mesmas coisas agitaram sua mente. Na Índia, sempre estivera muito quente, lânguida e fraca para se importar com qualquer coisa, mas naquele lugar estava começando a se importar e a querer fazer coisas novas. Já se sentia menos rabugenta, embora não soubesse por quê. Pôs a chave em seu bolso e andou para cima e para baixo, seguindo seu caminho. Ninguém, exceto ela própria, parecia já ter ido lá; então, podia caminhar vagarosamente e olhar o muro, ou melhor, a hera que estava crescendo sobre ele e o obstruía. Por mais que olhasse cuidadosamente, não podia ver nada, exceto as lustrosas folhas verde-escuras que cresciam. Estava muito desapontada. Sentiu sua rabugice voltar, enquanto andava compassadamente pelo caminho e olhava além dele, no interior das copas das árvores. Parecia absurdo, dizia para si mesma, estar próxima do jardim e não ser capaz de entrar. Pensando nisso, ela pegou a chave, quando voltou para casa, e decidiu que deveria sempre levá-la consigo quando saísse, de modo que, se alguma vez encontrasse a porta escondida, já estaria pronta.

A Sra. Medlock permitiu que Martha dormisse a noite inteira no chalé, mas a criada estava de volta ao seu trabalho pela manhã, com as bochechas mais vermelhas do que nunca, e muito animada.

— Levantei-me às quatro horas — disse ela. — Eh! O pântano estava lindo, com os pássaros levantando voo, os coelhos fugindo por todos os lados e o sol nascendo. Não andei por todo o caminho. Um homem me deu uma carona em sua carroça. Eu realmente me diverti.

Estava cheia de histórias sobre os prazeres de seu dia de folga. Sua mãe ficara feliz em vê-la. Elas cozinharam e lavaram roupas, fazendo desaparecer todas as manchas. Ainda fizera, para cada uma das crianças, uma massa de bolo com açúcar mascavo.

— Todos os bolos que preparei estavam quentes quando as crianças entraram, após brincarem no pântano. E todo o chalé exalava o cheiro de uma bela e asseada fornada. Havia também uma boa fogueira, e as crianças simplesmente gritaram de alegria. Nosso Dickon disse que nosso chalé parecia suficientemente bom para um rei. À noite, todos se sentaram ao redor do fogo, e Martha e sua mãe costuraram remendos em roupas rasgadas e consertaram meias. Martha lhes contou sobre a menininha que veio da Índia e que fora servida, durante toda sua vida, por aqueles que Martha chamava de "negros", ao ponto de não saber como calçar nem mesmo suas próprias meias. Queriam sabê tudo sobre os negros e sobre o navio em que você veio. Não pude lhes conta tudo.

Mary pensou um pouco.

— Vou contar-lhe muito mais, antes de seu próximo dia de folga — disse Mary. — Assim, terá muito mais para conversar. Eu me atrevo a dizer que gostariam de ouvir sobre montar em elefantes e camelos, e sobre os oficiais caçando tigres.

— Palavra de honra! — Martha gritou com deleite. — Isso esclareceria suas dúvidas. Realmente fazia isso, senhorita? Devia ser o mesmo que uma exposição de animais selvagens, como ouvimos que fizeram em York, certa vez.

— A Índia é muito diferente de Yorkshire — disse Mary vagarosamente, como se refletisse sobre o assunto. — Nunca pensei sobre isso. Dickon e sua mãe gostaram de ouvi-la falar sobre mim?

— Os olhos de nosso Dickon quase saltaram de seu rosto e, por isso, giraram nas órbitas — respondeu Martha. — Mas mamãe ficou preocupada por ocê querê que tudo seja como deseja.

Ela disse: "O Sr. Craven não conseguiu nenhuma governanta para ela, nem nenhuma enfermeira?", e eu disse: "Não, não conseguiu, embora a Sra. Medlock diga que ele conseguirá quando se lembrar de pensa sobre isso, mas ela diz que ele pode não pensa sobre isso por dois ou três anos."

— Não quero uma governanta — disse Mary com rispidez.

— Mas mamãe diz que ocê deveria está estudando a essa altura, e que deveria ter uma criada para cuidá de suas coisas. Disse também: "Agora, Martha, simplesmente pense como se sentiria em um lugar enorme como aquele, andando por toda parte, completamente sozinha, e sem mãe. Dê o melhor de si para animá-la", ela disse, e eu disse que daria.

Mary a olhou firmemente.

— Você realmente me anima — disse ela. — Gosto de ouvir você falar.

Logo Martha saiu do quarto e voltou segurando alguma coisa nas mãos, sob seu avental.

— O que ocê acha? — disse ela, com um alegre sorriso. — Um homem, dirigindo pelo pântano, tentava fazer suas vendas — explicou Martha. — E parô sua carroça em nossa porta. Ele tinha potes, panelas e miudezas, mas mamãe não tinha dinheiro para compra nada. No exato momento em que estava indo embora, nossa Elizabeth Ellen grito: "Mamãe, ele tem cordas de pular com cabos vermelhos e azuis.", e mamãe grito de repente: "Ei! Aqui, pare, senhor! Quanto custam?" E ele disse: "Dois centavos de libra" Mamãe começo a remexê em seu bolso e me disse: "Martha, você me trouxe seu salário, como uma boa moça, e tenho muitas necessidades para empregar cada centavo, mas simplesmente vou pegar dois centavos para comprar uma corda de pular para essa criança." E comprou uma, que aqui está. Tirou-a de debaixo do avental e a exibiu com orgulho. Era uma corda forte e pequena, com um cabo listrado de vermelho e azul em cada ponta, mas Mary Lennox nunca tinha visto uma corda de pular antes.

Olhou atentamente para o objeto, com uma expressão confusa

— Para que serve isso? — perguntou curiosa.

— Para quê?! — gritou Martha. — Ocê qué dizê que eles não tinham cordas de pular na Índia, apesar de terem elefantes, tigres e camelos? Serve para isso; apenas me observe. Ela correu na direção do centro do quarto e, pegando um cabo em cada mão, começou a pular repetidas vezes, enquanto Mary retornava para cadeira, para olhar fixamente para ela. E os rostos estranhos nos retratos antigos pareciam fazer o mesmo também, surpreendendo-se como que uma pequena e simples moradora de chalé tinha a coragem de fazer, bem ali debaixo de seu nariz. Martha, porém, nem sequer os viu. O interesse e a curiosidade no rosto de Dona Mary encantaram-na, então ela continuou pulando, e contava enquanto pulava, até que alcançou uma centena.

— Poderia pular mais do que isso — disse, quando parou. — Pulava mais ou menos umas quinhentas vezes quando tinha doze anos, mas não era, tão gorda quanto sou agora, e estava em boa forma.

Mary levantou-se de sua cadeira, começando a se sentir animada.

— Parece legal — disse ela. — Sua mãe é uma mulher gentil. Você acha que eu conseguiria, alguma vez, pular assim?

— Apenas tente — insistiu Martha, entregando-lhe a corda de pular. — Ocê não vai conseguí pulá cem vezes no início, mas se praticá, aumentará o número de vezes. Mamãe disse: "Nada vai lhe fazer melhó do que pulá corda. É o brinquedo melhor que uma criança pode ter, pois lhe permite brincá do lado de fora, sob o ar fresco, e esticará suas pernas e braços, dando-lhes força."

Era certo que não havia muita força nos braços nem nas pernas de dona Mary quando começou a pular pela primeira vez. Não era muito talentosa para isso, mas gostou tanto que não queria mais parar.

— Coloque suas roupas e vá correr, pule corda lá fora — disse Martha. — Mamãe disse que devo lhe dizê para se mantê fora de casa, tanto quanto possa, mesmo que esteja chovendo um pouco, desde que ocê esteja bem agasalhada. Mary pôs seu casaco e chapéu, e levou sua corda de pular sobre o braço. Abriu a porta para sair e, então, de repente, pensou em algo que a fez voltar bem devagar.

— Martha... — chamou ela. — Era seu salário. Eram seus dois centavos de libra. Obrigada — disse aquilo de maneira seca, porque não estava acostumada a agradecer às pessoas ou perceber que faziam coisas para ela. — Obrigada — disse ela, e estendeu a mão, porque não sabia mais o que fazer.

Martha deu-lhe um pequeno e desajeitado aperto de mão, como se não estivesse acostumada a aquele tipo de coisa também. Então, soltou um riso.

— Eh! Ocê é como uma mulhé estranha e preocupada com coisas insignificantes — disse ela. — Se tivesse visto nossa Elizabeth Ellen, teria me dado um beijo. Mary lançou um olhar mais ríspido do que nunca.

— Quer que eu lhe beije? Martha riu novamente.

— Não, eu não — respondeu ela. — Se ocê fosse diferente, talvez quisesse ser beijada. Mas ocê não é. Corra para fora e brinque com sua corda.

Dona Mary sentiu-se um pouco desajeitada quando saiu do quarto. As pessoas de Yorkshire pareciam estranhas, e Martha sempre foi mais do que um enigma para ela. A princípio, antipatizou -se muito com ela, mas não mais. A corda de pular era uma coisa maravilhosa. Contou e pulou, pulou e contou, até que suas bochechas ficassem muito vermelhas. Estava mais interessada do que jamais estivera por qualquer coisa, desde que nasceu. O sol estava brilhando, e um vento fraco estava soprando — não um vento agitado, mas um que veio em agradáveis rajadas fracas e trouxe um aroma fresco de terra recentemente remexida por ele. Pulou em volta do jardim da fonte, subiu um caminho e desceu outro. Pulou, finalmente, na horta e viu Ben Weatherstaff, cavando e conversando com seu pintarroxo, que estava saltitando perto dele. Pulou caminho abaixo, na direção dele, que levantou a cabeça e olhou para ela com uma estranha expressão. A menininha se perguntava se ele a perceberia. Esperava que ele a visse pular.

— Bem... — exclamou ele. — Palavra de honra! Talvez ocê seja uma menininha, apesar de tudo, e talvez ocê tenha sangue de criança em suas veias, em vez de leite azedo. Ocê pulou ao ponto de ficá com as bochechas vermelhas, e isso é tão certo quanto meu nome é Ben Weatherstaff. Não teria acreditado que ocê poderia fazê isso.

— Nunca pulei antes — disse Mary. — Estou só começando. Só consigo pular até vinte.

— Ocê está indo muito bem nisso, considerando que é uma senhorinha que mora com gentios. Veja como ele a está observando. — Ben moveu sua cabeça em direção ao pintarroxo. — Ele a seguiu ontem. E a seguirá novamente hoje. Vai se empenhá em descobrir o que é a corda de pular. Ele nunca viu uma. Eh! — disse, sacudindo a cabeça para o lugar onde o pássaro estava. — Sua curiosidade será sua morte algum dia, se não fica esperto.

Mary pulou corda em volta de todos os jardins e do pomar, descansando de poucos em poucos minutos. Fez a sua própria caminhada especial e decidiu tentar ver se conseguiria pular em toda a extensão do caminho. Seria uma boa e longa pulada, e começou devagar, mas antes que tivesse descido metade do caminho, estava com tanto calor e tão ofegante, que foi obrigada a parar. Não se importou muito, porque já tinha contado até trinta. Parou, com uma risadinha de prazer, e eis que estava lá o pintarroxo, balançando em um galho comprido de hera. O passarinho seguiu-a e saudou-a com um gorjeio. Enquanto Mary pulava em sua direção, sentiu algo pesado em seu bolso, batendo contra ela a cada pulo e, quando viu o pintarroxo, sorriu novamente.

— Ontem você me mostrou onde estava a chave — disse ela. — Hoje, quero que me mostre a porta; mas não creio que saiba onde ela está! — O pintarroxo voou de seu galho de hera, que balançava, para o topo do muro, e abriu seu bico, começando a cantar um ruidoso e encantador trinado, simplesmente para se exibir. Nada no mundo é tão adoravelmente encantador quanto um pintarroxo quando se exibe — e estão quase sempre fazendo isso.

Mary Lennox ouviu muito sobre Mágica, nas histórias que sua ama contava, e achou que o que aconteceu naquele momento foi exatamente isso. Uma das agradáveis rajadas suaves de vento soprou caminho abaixo e era mais forte do que as outras. Foi forte o suficiente para balançar os galhos das árvores, e mais do que isso, chegou a balançar os galhos rastejantes da hera não aparada que se pendurava do muro. Mary aproximou-se do pintarroxo e, de repente, a rajada de vento se movimentou ao lado de algumas trilhas formadas por heras soltas.

Mais repentinamente ainda, a menininha pulou na direção dele e o pegou na mão. Fez isso, porque viu algo sob o pássaro — uma maçaneta redonda, que tinha sido coberta pelas folhas que se penduravam sobre ela. Era a maçaneta de uma porta. Ela pôs as mãos sob as folhas e começou a puxar e empurrá-las para o lado. Espesso como a hera pendurada, quase tudo era como uma cortina solta que balançava, embora alguns ramos se arrastassem sobre a madeira e o ferro. O coração de Mary disparou, e suas mãos começaram a tremer um pouco em seu deleite e excitação. O pintarroxo continuou cantando, chilreando e inclinando a cabeça para o lado, como se estivesse tão excitado quanto ela. O que era aquilo sob as mãos, quadrado e feito de ferro, e onde seus dedos encontraram um buraco? Era a fechadura da porta que estivera fechada por dez anos. Ela pôs, então, a mão no bolso, retirou a chave e descobriu que se ajustava ao buraco. Pôs a chave e girou-a. Precisou das duas mãos para fazer isso, mas a chave girou. Então, respirou profundamente e olhou para trás e para cima do extenso caminho, para ver se alguém estava vindo. Ninguém estava. Ninguém nunca vinha, ao que parecia, e respirou bem fundo mais uma vez, porque não podia evitar, conteve a cortina de hera que balançava e recuou a porta, que abriu vagarosamente.

Esgueirou-se, então, pela porta, fechou-a atrás de si, encostando-se nela, olhando ao redor e respirando muito rápido, com excitação, espanto e deleite. E ficou ali, dentro do jardim secreto.

CAPITULO IX

A MAIS ESTRANHA CASA ONDE QUALQUER UM JAMAIS MOROU

Era o lugar mais encantador e de aparência mais misteriosa que qualquer um poderia imaginar. Os altos muros que o cercavam eram cobertos por hastes desfolhadas de roseiras trepadeiras, que eram espessas e estavam entrelaçadas. Mary Lennox sabia que eram roseiras, porque viu um grande número delas na Índia. Todo o chão estava coberto por uma grama de um marrom invernal, e fora dela cresciam moitas de arbustos, que certamente seriam roseiras, se estivessem vivos. Havia um grande número de roseiras comuns que espalharam tanto seus galhos, que eram como pequenas árvores. Tinha outras árvores no jardim, e uma das coisas que fez o lugar parecer o mais estranho e encantador de todos era que as trepadeiras se espalhavam por todas as árvores de onde pendiam extensas lavinhas, que se assimilavam a leves cortinas, que aqui e ali se prendiam umas às outras ou em um galho distante, e se arrastavam de uma árvore à outra, fazendo pontes encantadoras de si mesmas. Não havia folhas nem rosas naquele momento, e Mary não sabia se estavam mortas ou vivas, mas suas delgadas ramagens pardas ou marrons pareciam um tipo de manto sombrio, que se espalhava sobre tudo: muros, árvores e até a grama marrom de onde caíam seus entrelaçamentos que corriam pelo chão. Era esse emaranhado sombrio, de árvore a árvore, que fazia isso tudo parecer tão misterioso. Mary pensou que aquele devia ser diferente dos outros jardins que não foram abandonados por tanto tempo; era, de fato, diferente de qualquer outro lugar que já vira em sua vida.

— É tão calmo aqui! — sussurrou ela. — Tão silencioso!

A menininha esperou por um momento e ouviu o silêncio. O pintarroxo, que tinha voado para sua copa de árvore, estava silencioso como todo o resto. Nem mesmo bateu as asas, apenas empoleirou-se sem se mexer e olhou para Mary.

— Não é de se admirar que seja silencioso — sussurrou novamente. — Sou a primeira pessoa que fala alguma coisa aqui dentro nos últimos dez anos. — Afastou-se da porta, pisando com tanta suavidade como se estivesse com medo de acordar alguém. Estava feliz por haver grama sob seus pés e por seus passos não fazerem nenhum barulho.

Caminhou sob um dos arcos pardos de fada, por entre as árvores, e levantou os olhos para as ramagens e as lavinhas que os formavam.

— Não é de se admirar que tudo esteja completamente morto — disse ela. — Será que tudo se resume a um jardim completamente morto? Gostaria que não. — Se ela fosse Ben Weatherstaff, poderia avaliar se ainda existia vida no bosque apenas ao olhá-lo, mas só conseguia enxergar as ramagens pardas e marrons, e não havia quaisquer sinais de um minúsculo botão sequer em nenhum lugar. Mas estava dentro do maravilhoso jardim, poderia entrar e sair pela porta sob a hera a qualquer hora. Sentia como se tivesse descoberto um mundo todo seu. O sol estava brilhando dentro dos quatro muros, e o elevado arco do céu azul sobre aquele pedaço de Misselthwaite era até mais brilhante e suave do que parecia sobre o pântano.

O pintarroxo voou de sua copa de árvore até o chão e saltitou atrás da menininha, de um canteiro ao outro. Trinava bastante e tinha uma aparência muito responsável, como se lhe mostrasse as coisas. Tudo estava estranho e silencioso, e ela parecia estar a centenas de quilômetros de qualquer outra pessoa, mas, de alguma maneira, não se sentia nem um pouco solitária. Tudo o que a incomodava era seu desejo de saber se todas as roseiras estavam mortas ou se, talvez, algumas delas viveriam e se poderiam soltar folhas e botões quando o tempo ficasse mais quente. Seria maravilhoso se fosse um jardim cheio de vida, onde milhares de rosas poderiam crescer por todos os lados.

Carregava a corda de pular no braço quando entrou e, depois de caminhar de um lado para o outro, pensou se deveria pular corda em torno de todo o jardim, parando quando quisesse olhar as coisas. Parecia ter havido caminhos de grama aqui e ali e, em um ou dois cantos, havia caramanchões de sempre-vivas, com assentos de pedra, ou altos vasos de flores cobertos de musgos. Quando se aproximou do segundo desses caramanchões, parou de pular corda. Nele houvera, uma vez, um canteiro de flores, então ela pensou ter visto algo surgindo da terra escura, alguns delgados pontos verde-claros. Lembrou-se do que Ben Weatherstaff dissera e se ajoelhou para olhá-los.

— Sim, são minúsculas coisas que estão crescendo e podem ser açafrões, anêmonas ou narcisos — sussurrou ela.

Inclinou-se bem perto dos pontos verdes e cheirou o aroma fresco da terra úmida. Gostou muito disso.

— Talvez haja outras coisas brotando em outros lugares — disse ela. — Vou procurar por todo o jardim. — Não pulava corda, mas caminhava. Ia bem devagar e mantinha os olhos no chão. Olhava nos velhos canteiros da margem e entre a grama, e, depois de dar uma volta, tentando não deixar escapar nada, descobriu muitíssimos pontos verde-claros delgados e ficou muito animada.

— Não está completamente morto — falou em voz baixa, para si mesma. — Mesmo que as roseiras estejam mortas, há outras coisas com vida. — Não sabia nada sobre jardinagem, mas a grama mostrava-se tão espessa nos lugares onde os pontos verdes terminavam seus caminhos, que pensou que eles não pareciam ter espaço suficiente para crescer. Procurou por toda parte, até que encontrou um pedaço de madeira mais cortante, então, ajoelhou-se, e cavou, eliminando as ervas daninhas e a grama, até que preparou boas e pequenas áreas limpas em volta deles.

— Acho que agora eles podem respirar — disse ela, depois que terminou o trabalho com os primeiros espaços. — Vou preparar muitíssimos deles. Farei tudo que puder. Se não tiver tempo hoje, posso vir amanhã. — Foi de um lugar ao outro, cavou e eliminou mais ervas daninhas, e se divertiu tanto, que foi atraída de um canteiro ao outro e para a grama sob as árvores. O exercício a fez sentir tanto calor que, primeiro, tirou seu casaco e depois, seu chapéu e, sem perceber, sorria para a grama e para os pontos verde-claros o tempo todo. O pintarroxo estava tremendamente ocupado. Estava muito contente de ver a jardinagem em seu próprio cercado. Frequentemente, maravilhava-se com Ben Weatherstaff. Onde a jardinagem era feita, todos os tipos de coisas deliciosas para se comer acabam aparecendo no solo. Agora, cá estava esse novo tipo de criatura, que não tinha metade do tamanho de Ben, mas tivera o bom senso de entrar em seu jardim e começar a ajeitar as coisas de uma vez.

Dona Mary trabalhou no jardim até que fosse hora de seu almoço. Na verdade, demorou um pouco para se lembrar da refeição e, quando pôs seu casaco e seu chapéu e pegou sua corda de pular, não podia acreditar que estivera trabalhando por duas ou três horas. Estivera realmente feliz durante o tempo todo; e muitos dos pontos minúsculos e verde-claros podiam ser vistos em áreas limpas, aparentando o dobro de alegria que aparentavam antes, quando a grama e as ervas daninhas os sufocavam.

— Devo voltar ainda hoje, à tarde — disse ela, olhando tudo ao redor de seu novo reino, falando com as árvores e as roseiras, como se a ouvissem.

Então, correu ligeiramente pela grama, empurrou a vagarosa porta velha para abri-la e esgueirou-se por ela, sob a hera. Tinha as bochechas tão vermelhas, os olhos tão brilhantes e comeu tanto a refeição que Martha ficou encantada.

— Dois pedaços de carne e duas porções de arroz! — disse ela. — Eh! Mamãe vai fica feliz quando eu lhe conto o que a corda de pulá tem feito para ocê. Enquanto cavava com a vara pontiaguda, Dona Mary se viu desenterrando um tipo de raiz branca, um pouco semelhante a uma cebola. Colocou-a de volta em seu lugar e, cuidadosamente, aplanou a terra sobre ela, perguntando-se se Martha poderia lhe dizer o que era.

— Martha — disse ela. — O que são aquelas raízes brancas que parecem cebolas?

— São bulbos — respondeu Martha. — Muitas flores de primavera crescem deles. Os bulbos muito pequenos são anêmonas e açafrões, e os grandes são narcisos e junquilhos. Os maiores de todos são lírios e íris roxas. Eh! São bonitos. Dickon conseguiu plantá todos eles em nosso pequeno jardim.

— Dickon sabe tudo sobre eles? — perguntou Mary, com uma nova ideia tomando posse de sua mente.

— Nosso Dickon pode fazer uma flor desabrocha de uma parede de tijolos. Mamãe diz que ele simplesmente faz as coisas se desenvolverem sem a terra.

— Os bulbos vivem muito tempo? Viveriam anos e anos, mesmo que ninguém cuidasse deles? — perguntou Mary ansiosamente.

— Eles cuidam de si mesmos — disse Martha. — É por isso que os pobres podem se dar ao luxo de tê-los. Se você não os incomodá, a maioria deles continuará ativa debaixo da terra por toda a vida, e se alastrará, tendo apenas pequenas perdas. Aqui, há um lugar no bosque do parque, onde há anêmonas aos milhares.

É A cena mais linda em Yorshire quando chega a primavera. Ninguém sabe quando foram plantadas pela primeira vez.

— Queria que já estivéssemos na primavera agora — disse Mary. — Quero ver todas as coisas que são cultivadas na Inglaterra. Terminou seu almoço e foi para seu assento favorito no tapete da lareira. — Eu queria... queria ter uma pequena pá — disse ela.

— Para que ocê qué uma pá? — perguntou Martha, dando uma risada. — Ocê vai cavá? Tenho que contá isso para mamãe, também. — Mary olhou para o fogo e pensou um pouco. Deveria ser cuidadosa, se tivesse a intenção de não perder seu reino secreto.

Não estava fazendo nenhum mal, mas se o Sr. Craven descobrisse sobre a porta aberta, ficaria amedrontadoramente furioso e conseguiria uma nova chave para trancá-lo para todo o sempre. Não poderia suportar isso. — Esse é um lugar muito solitário — disse bem devagar, como se os assuntos em sua mente mudassem sem parar. — A casa é solitária, assim como o parque e os jardins. Muitos lugares parecem fechados. Nunca fiz muitas coisas na Índia, mas havia mais pessoas para ver; nativos e soldados que marchavam, e, às vezes, grupos que brincavam, e minha ama me contava histórias. Não há ninguém para conversar aqui, exceto você e Ben Weatherstaff. E você tem que fazer seu trabalho, e o jardineiro não vai conversar comigo com frequência. Eu pensei que, se tivesse uma pequena pá, poderia cavar em algum lugar, como ele faz, e poderia fazer um pequeno jardim, se ele me desse algumas sementes.

O rosto de Martha se iluminou.

— Vejam só! — exclamou ela. — Se essa não foi uma das coisas que mamãe disse. Ela disse: "Há muito espaço naquele imenso lugar; por que eles não dão um pedacinho para a própria menininha cuidar, mesmo que não plante nada, a não ser salsa e rabanetes? Ela cavaria, aplainaria a terra e ficaria completamente feliz por isso." Foi exatamente isso que mamãe disse.

— Foram essas as palavras dela? — perguntou Mary. — Quantas coisas ela sabe, não é?

— Isso mesmo! — disse Martha. — É como ela diz: "Uma mulher que cria doze filhos aprende alguma coisa, além de seu A B C. Os filhos são tão bons quanto aritmética para leva ocê a descobrir as coisas."

— Quanto custaria uma pá? Uma pequena pá? — perguntou Mary.

— Bem... — foi a resposta pensativa de Martha. — No vilarejo de Thwaite há uma loja, ou algo assim, onde vi pequenos jogos de ferramentas para jardim, contendo uma pá, um ancinho e um garfo, todos amarrados juntos, por dois xelins. E também eram resistentes o suficiente para serem usados para o trabalho.

— Tenho mais do que isso em meu porta-níqueis — disse

Mary. — A Sra. Morrison me deu cinco xelins, e a Sra. Medlock, algum dinheiro do Sr. Craven.

— Ele lembrou tanto assim de você?! — exclamou Martha.

— A Sra. Medlock disse que eu deveria ter um xelim por semana para gastar. Todos os sábados, ela me dá um. Não sei em que gastar o dinheiro.

— Palavra de honra! Assim são os ricos — disse Martha. — Você pode comprar qualquer coisa que queira no mundo. Aluguel do nosso chalé custa apenas uma libra e três centavos, e quase precisamos extrair dentes caninos superiores para se conseguir essa quantia. Bem, eu tive uma ideia — disse, colocando as mãos nos quadris.

— O quê? — disse Mary ansiosamente.

— Na loja de Thwaite, eles vendem pacotes de sementes de flores por um centavo de libra cada, e nosso Dickon sabe qual é a mais bela das flores e como fazê-las crescer. Ele vai até Thwaite muitas vezes por dia, apenas para se diverti. Ocê sabe como escrevê em letra de imprensa? — Martha perguntou repentinamente.

— Sei como escrever em letra cursiva. — Mary respondeu. Martha balançou a cabeça. — Nosso Dickon só sabe lê em letra de imprensa. Se ocê soubesse escrevê em letra de imprensa, poderíamos escrevê uma carta para ele e pedir-lhe para comprá as ferramentas de jardim e também as sementes.

— Oh! Você é uma boa garota! — gritou Mary. — Você realmente é! Não sabia que você era tão amável. Acho que consigo escrever em letra de imprensa, se tentar. Vamos pedir à Sra. Medlock uma caneta, tinta e papel.

— Tenho meus próprios materiais — disse Martha. — Eu os comprei, assim poderia escrever cartas para mamãe aos domingos. Vou pegá-los. — Ela saiu apressadamente do quarto, e Mary ficou de pé, ao lado do fogo, torcendo as pequenas mãos delgadas, em um gesto de pura excitação.

— Se eu tiver uma pá... — sussurrou. — Poderei fazer com que a terra fique boa e macia, e retirar as ervas daninhas. Se tiver sementes e puder transformá-las em flores que cresçam, o jardim não continuará morto, na verdade, ele voltará a viver.

Não voltou a sair naquela tarde, porque, quando Martha retornou com seus materiais de escrever, ela foi obrigada a limpar a mesa, levar os pratos e a louça para o andar de baixo, e, quando entrou na cozinha, a Sra. Medlock estava lá e lhe deu uma tarefa; assim, Mary esperou, o que lhe pareceu um longo tempo, até que ela voltasse. Então, foi um autêntico trabalho escrever para Dickon. Mary fora muito pouco ensinada, porque suas governantas não gostavam muito dela para permanecer em sua companhia. Não sabia escrever muito bem, mas descobriu que podia escrever cartas em letra de imprensa, quando tentava. E a carta que Martha ditou para ela foi a seguinte:

"Meu caro Dickon: espero que, ao receber esta carta, você esteja tão bem quanto estou agora. A Srta. Mary tem dinheiro de sobra e deseja que você vá a Thwaite para comprar algumas sementes de flores e um jogo de ferramentas de jardim para fazer um canteiro. Selecione as mais lindas e fáceis de crescer, porque ela nunca fez isso antes e morava na Índia, onde tudo é diferente. Recebam, a mamãe e cada um de vocês, meu amor. A Srta. Mary vai me contar muito mais histórias, de modo que no meu próximo dia de folga, você vai poder ouvi sobre elefantes, camelos e cavaleiros, caçadores de leões e tigres.

Sua carinhosa irmã,

Martha Phoeb Sowerby."

— Colocaremos o dinheiro no envelope e pedirei ao menino do açougue que o leve em sua carroça. É um grande amigo de Dickon — disse Martha.

— Quando Dickon comprar as coisas, como irei pegá-las?

— Ele mesmo vai trazê-las para você. Ele vai gostá de andá por esse caminho.

— Oh! — exclamou Mary. — Devo vê-lo, então! Nunca pensei que poderia ver Dickon.

— Ocê qué vê-lo? — perguntou Martha repentinamente, pois Mary olhou-a de um jeito muito feliz.

— Sim, quero. Nunca vi raposas nem corvos bem cuidados

por um menino. Quero muito vê-lo. Martha sobressaltou-se um pouco, como se lembrasse de alguma coisa.

— Agora, deixe-me pensá — Manifestou-se. — E pensá que eu quase me esqueci! E achei que seria a primeira coisa que iria lhe contá essa manhã. Perguntei à mamãe que, por sua vez, disse que perguntaria à Sra. Medlock.

— Você quer dizer... — começou Mary.

— O que eu disse na terça-feira. Ela irá perguntá à Sra. Medlock se você pode ser levada ao nosso chalé algum dia, para comê um pedaço quentinho de bolo de aveia com manteiga da mamãe e toma um copo de leite. Parecia como se todas as coisas interessantes estivessem acontecendo em um só dia. Atravessaria o pântano à luz do dia e quando o céu estivesse azul! Entraria no chalé com doze crianças!

— Sua mãe acha que a Sra. Medlock vai me deixar ir? — perguntou com ansiedade.

— Sim, é provável que deixe. A Sra. Medlock sabe que mamãe é uma mulher arrumada e que mantém o chalé muito limpo.

— Se for lá, quero ver sua mãe, tanto quanto Dickon — disse Mary, refletindo e gostando muito da ideia. — Ela não parece ser como as mães na Índia. Seu trabalho no jardim e a empolgação da tarde terminaram por torná-la silenciosa e pensativa. Martha ficou com ela até a hora do chá, mas mantiveram-se em um silêncio gostoso e conversaram muito pouco. Mas pouco antes de Martha ir para o andar de baixo arrumar a bandeja de chá, Mary fez uma pergunta:

— Martha... — começou Mary. — A copeira teve dor de dente hoje, novamente? — Martha sobressaltou-se.

— O que faz você perguntar isso? — disse ela.

— Porque, enquanto esperava que você voltasse, abri a porta e caminhei pelo corredor abaixo, para ver se você estava vindo. E ouvi aquele longínquo choro novamente, igual ao que ouvimos na noite passada. Não está ventando hoje, então deduz-se que não poderia ter sido o vento.

— Eh! — disse Martha de forma agitada. — Ocê não deveria está caminhando pelos corredores para ouvir alguma coisa. O Sr.

Craven ficaria com bastante raiva se soubesse, e não sabemos o que faria.

— Não estava ouvindo — disse Mary. — Estava simplesmente esperando por você quando ouvi um choro. Quer dizer, três vezes.

— Palavra de honra! É a campainha da Sra. Medlock — disse Martha, e quase saiu apressadamente do quarto.

— É a mais estranha casa onde qualquer um jamais morou — disse Mary sonolenta, enquanto baixava a cabeça sobre o assento acolchoado da poltrona perto dela. O ar fresco, a escavação e a corda de pular fizeram-na sentir-se tão confortavelmente cansada, que caiu no sono.

CAPITULO X

DICKON

O sol brilhou por aproximadamente uma semana sobre o jardim, que Mary chamava de Jardim Secreto, toda vez que pensava nele. Gostava do nome e gostava ainda mais da sensação de que, quando os belos muros antigos a trancavam, ninguém sabia onde estava. Parecia quase como estar isolada do mundo em algum reino de fadas. Os poucos livros que leu — e gostou — eram livros de contos de fada, onde leu sobre jardins secretos em alguma de suas histórias.

Às vezes, as pessoas iam dormir nesses jardins por cem anos, o que ela achava que devia ser muito estúpido. Não tinha intenção de dormir ali e, de fato, estava ficando mais e mais acordada todos os dias que passava em Misselthwaite. Estava começando a gostar de ficar fora de casa; não mais odiava o vento, até gostava dele. Podia correr mais rápido e mais distante, e podia pular corda até cem. Os bulbos no jardim secreto deviam ter estado muito espantados.

Algumas boas áreas livres foram criadas em torno deles, para que tivessem todo o espaço para respirar que precisavam e, realmente, se Dona Mary soubesse disso, eles começariam a se animar sob a terra escura e trabalhar tremendamente. O sol poderia atingi-los e aquecê-los e, quando a chuva caísse, poderia alcançá-los de uma vez; então, começaram a se sentir muito vivos. Mary era uma pessoinha estranha e determinada e, agora que tinha algo interessante pelo qual estar ainda mais determinada, estava, de fato, muito compenetrada. Trabalhava, cavava e arrancava as ervas daninhas constantemente, tornando-se mais contente com seu trabalho a cada hora que passava, ao invés de se cansar dele. Parecia-lhe um fascinante tipo de brincadeira. Encontrou muito mais outros pontos verde-claros, que pipocavam, do que alguma vez esperava encontrar. Pareciam estar surgindo por todos os lados, e a cada dia tinha certeza de que encontraria minúsculos pontos novos, alguns tão minúsculos que mal apareciam por sobre a terra. Havia tantos, que se lembrou do que Martha tinha dito sobre as "anêmonas aos milhares", e sobre os bulbos que se espalhavam e faziam surgir novos pontos.

Esses bulbos foram deixados ao acaso, por dez anos, e talvez tivessem se espalhado em milhares, como as anêmonas. Ela se perguntava quanto tempo demoraria antes que se transformassem em flores. Às vezes, parava de cavar para olhar para o jardim e tentar imaginar como seria quando ele estivesse coberto por milhares de coisas lindas na floração. Durante aquela semana de sol, Mary tornou-se mais íntima de Ben Weatherstaff. Surpreendeu-o várias vezes ao surgir ao lado dele, como se brotasse da terra. A verdade era que estava com medo de que, se a visse vindo, ele pegaria suas ferramentas e iria embora; então sempre caminhava em direção ao jardineiro tão silenciosamente quanto possível. Mas, na realidade, ele não lhe fazia mais tanta objeção quanto a princípio. Talvez estivesse secretamente lisonjeado por ela apreciar sua idosa companhia. E também ela parecia mais civilizada do que antes. Ele não sabia que, quando ela o viu pela primeira vez, falou-lhe como se estivesse falando com um nativo, e também não sabia que ele era um irritado, robusto e velho homem de Yorkshire que não estava acostumado a bajular seus patrões, apenas recebendo ordens.

— Ocê é como o pintarroxo. — O jardineiro disse à menininha em uma manhã, quando levantou a cabeça e a viu de pé, ao lado dele. — Nunca sei quando irei vê-la ou de que lado virá.

— Agora ele é meu amigo — disse Mary.

— Ele é assim mesmo — vociferou Ben Weatherstaff. — Enfeita-se para as mulheres só por vaidade e capricho. Não há nada que ele não faria para se exibir e sacudir as penas da cauda. É tão cheio de orgulho quanto um ovo é cheio de clara.

Era raro quando o jardineiro falava tanto e, muitas vezes, nem mesmo respondia às perguntas de Mary, a não ser por nada mais que um resmungo, mas naquela manhã falou mais do que o costumeiro. Ficou de pé e apoiou uma bota ferrada no cabo de sua pá, enquanto dava uma olhada na menininha.

— Há quanto tempo ocê tá aqui? — disse ele sem rodeios.

— Acho que estou aqui há cerca de um mês — respondeu ela.

— Ocê tá começando a sê motivo de honra para Misselthwaite — disse ele. — Ocê engordo um pouco e não está tão implicante. Ocê parecia com um jovem corvo depenado quando entrou nesse jardim pela primeira vez. Pelo que eu me lembro, tinha visto uma mocinha de rosto mais feio e rabugento.

Mary não era vaidosa e, como nunca pensou muito em sua aparência, não se sentiu muito perturbada.

— Sei que engordei — disse. — Minhas meias estão apertadas. Antes elas franziam. Lá está o pintarroxo, Ben Weatherstaff.

De fato, o pintarroxo estava lá, e ela achou que ele parecia mais amável do que nunca. Seu colete vermelho estava tão lustroso quanto cetim, enquanto sacudia as asas e a cauda. E então, inclinou a cabeça e saltitou por toda parte, demonstrando todos os tipos de alegres encantos. Parecia determinado a fazer Ben Weatherstaff admirá-lo. Mas Ben estava sarcástico.

— Sim, lá está ele! — disse o jardineiro. — Às vezes, ele me tolera por um momento, quando não tem ninguém melhó. Vem avermelhando seu colete e polindo suas penas nessas duas últimas semanas. Sei o motivo. Tá cortejando alguma jovem fêmea corajosa, em algum lugar, contando-lhe mentiras sobre ser o melhor pintarroxo no pântano de Missel, pronto para voar em todos os outros lugares.

— Oh! Olhe para ele! — exclamou Mary. O pintarroxo estava, evidentemente, em um fascinante e forte humor. Saltitava cada vez mais perto e olhava para Ben Wetherstaff de forma cada vez mais cativante. Voou sobre o canteiro de groselhas mais próximo, inclinou a cabeça e cantou uma musiquinha, justamente para o jardineiro.

— Acha que vai me ganha fazendo isso? — disse Ben, franzindo o rosto de tal maneira que Mary percebeu que ele estava tentando ser desagradável. — Acha que ninguém fica contra ele, mas isso é o que acha. — O pintarroxo abriu as asas, e Mary mal podia acreditar no que via. Voou justamente para o cabo da pá de Ben Weatherstaff e pousou em seu topo. Então, o velho homem franziu seu rosto novamente, lentamente começando a formar uma nova expressão.

Ficou ainda de pé, como se tivesse medo de respirar; como se ainda não tivesse se manifestado para o mundo, temendo que seu pintarroxo começasse a fugir. Falou, como se estivesse sussurrando.

— Bem, tenho a confirmação! — disse ele, tão baixinho quanto se estivesse dizendo algo completamente diferente. — Ele sabe como fazê amizades. Ah, ele sabe! Ele é muito extraordinário e esperto. — E ficou sem se mexer — quase sem respirar — até que o pintarroxo deu outra sacudida nas asas e voou.

Então, ficou olhando para o cabo da pá, como se pudesse haver mágica nele e,então, começou a cavar novamente, sem dizer nada por vários minutos. Mas, como ele se mantinha sorrindo, Mary não teve medo de conversar com ele.

— Você tem o seu próprio jardim? — perguntou ela.

— Não. Sou solteirão e me hospedo com Martin, próximo ao portão.

— Se você tivesse um... — disse Mary. — O que plantaria?

— Repolhos, cebolas e um ou outro vegetal.

— Mas se quisesse fazer um jardim... — persistiu Mary.

— O que plantaria?

— Bulbos e coisas de cheiro doce. Mas principalmente roseiras.

O rosto de Mary se iluminou.

— Você gosta de rosas? — perguntou ela.

Ben Weatherstaff desenterrou uma erva daninha e jogou-a para um lado, antes que respondesse.

— Bem, gosto sim. Aprendi isso com uma jovem senhorita, para quem trabalhei como jardineiro. Ela cultivava muitas rosas, em um lugá que gostava, e as amava, como se fossem crianças — ou pintarroxos. Eu a via debruçar-se e beijá-las. — Enquanto falava, ele arrancou outra erva daninha e olhou carrancudo para ela. — Isso foi há dez anos. No céu — respondeu e fincou sua pá profundamente no solo. — De acordo com o que o padre diz.

— O que aconteceu às roseiras? — Mary perguntou novamente, mais interessada do que nunca.

— Foram abandonadas. Mary foi ficando muito animada.

— Morreram completamente? As roseiras morrem completamente quando são abandonadas? — aventurou-se ela.

— Bem, eu gostava das rosas. E gostava da jovem senhora que, por sua vez, gostava das rosas também. — Ben Weatherstaff admitiu com relutância. — Uma ou duas vezes por ano, eu cuidava um pouco delas. Podava e cavava ao redor das raízes. Cresciam ao acaso, mas estavam em solo rico; então, algumas delas viveram.

— Quando não têm folhas e parecem estar secas, com uma coloração cinza e parda, como sabemos se estão mortas ou vivas? — perguntou Mary.

— Espere até que chegue a primavera. Espere até que o sol brilhe após a chuva, e a chuva caia após o sol, então, descobrirá.

— Como... como? — gritou Mary, esquecendo-se de ser cuidadosa.

— Observe os gravetos e galhos e, se ocê vê um pouco de um grumo marrom, inchando-se aqui e ali, observe-o depois da chuva morna e veja o que acontece. — Parou, repentinamente, e olhou com curiosidade para o rosto ansioso da menininha. — Por que ocê tá se interessando tanto por rosas e afins? — perguntou ele.

Dona Mary sentiu que seu rosto enrubesceu. Estava quase com medo de responder.

— Eu... eu quero brincar que... que tenho o meu próprio jardim — gaguejou ela. — Eu... não tenho nada para fazer. Não tenho nada... nem ninguém.

— Bem... — disse o jardineiro, bem devagar, enquanto a observava. — Isso é verdade. Ocê não tem. — Disse isso de uma maneira tão estranha, que Mary se perguntou se ele realmente sentia um pouco de pena dela. A menininha nunca sentiu pena de si mesma; apenas sentia-se cansada e irritada, porque não gostava tanto das pessoas e das coisas. Mas agora, o mundo parecia estar mudando e se tornando melhor. Se ninguém descobrisse sobre o jardim secreto, poderia se divertir sempre. Ficou com ele por mais dez ou quinze minutos, e fez tantas perguntas quantas se atreveu. Ele respondeu a cada uma delas, em sua estranha maneira de resmungar, mas sem parecer realmente irritado e sem pegar sua pá, abandonando a menininha. Disse algo sobre rosas, no exato momento em que ela estava indo embora, e lembrou-a das coisas que disse que gostava de fazer.

— Você vai ver as outras roseiras agora? — perguntou ela.

— Ainda não estive lá neste ano. Meu reumatismo tem feito minhas juntas doerem muito. — Disse isso em sua voz de resmungo e, então, muito repentinamente, pareceu ficar zangado com ela, embora Mary não entendesse o motivo.

— Agora, olhe aqui! — disse ele rispidamente. — Não faça tantas perguntas. Ocê sempre tem que fazê perguntas que me irritam. Vá brinca. Conversei o suficiente por hoje. — E falou de forma tão irritada, que ela soube que não haveria a menor serventia em ficar mais um minuto. Foi pular corda pelo passeio afora, refletindo sobre o jardineiro e dizendo para si mesma que, por mais estranho que fosse, ali estava outra pessoa de quem gostava, apesar de ele ser tão irritado. Ela gostava do velho Ben Weatherstaff. Sim, gostava dele. Sempre queria tentar conversar com ele. Começou também a acreditar que ele sabia tudo que poderia saber sobre flores. Havia um caminho adornado por sebe, que circundava o jardim secreto e terminava em um portão, que se abria para um bosque no parque. Ela pensou que poderia seguir por lá sem ser notada, investigar o bosque e ver se coelhos corriam por ali. Gostava muito de pular corda e, quando alcançou o pequeno portão, abriu-o e passou, porque ouviu um baixo e peculiar som de assobio que a fez querer descobrir o que era. Era, de fato, algo muito estranho.

Tomou bastante fôlego, enquanto parava para olhá-lo. Um menino estava sentado sob uma árvore, com suas costas contra ela, brincando com uma tosca flauta de madeira. Era um garoto de cerca de doze anos, de aparência engraçada. Parecia muito limpo; o nariz era arrebitado, e as bochechas, tão vermelhas quanto papoulas. Dona Mary nunca tinha visto olhos tão arredondados e azuis no rosto de qualquer menino. No tronco da árvore em que se apoiava, estava agarrado um esquilo marrom, observando-o. Atrás de um arbusto próximo, um faisão esticava delicadamente o pescoço para dar uma espiada e, muito perto dele, estavam dois coelhos, farejando com as narinas trêmulas. Na verdade, parecia como se estivessem todos se aproximando para observá-lo e ouvir o pequeno pio, estranho e baixo, que sua flauta parecia emitir.

Quando viu Mary, levantou a mão e lhe falou em uma voz baixa, bastante parecida com o som emitido pela flauta.

— Não se mova — disse ele. — Poderia afugentá-los. Mary permaneceu imóvel. Ele parou de tocar sua flauta e começou a se levantar do chão. Movia-se tão vagarosamente, que mal parecia fazê-lo — embora estivesse se movendo — mas, finalmente, pôs-se de pé e, então, o esquilo fugiu precipitadamente para suas costas. Subindo nos galhos da árvore, o faisão inclinou a cabeça, e os coelhos se dispuseram a se movimentar, começando a saltar dali, como se estivessem amedrontados. — Eu sou Dickon — disse o menino. — Sei que ocê é a senhorita Mary. — Mary, então, percebeu que de alguma maneira, soube desde o início que ele era Dickon. Quem mais poderia encantar coelhos e faisões, como os nativos encantam as serpentes na Índia? O menino tinha uma boca encurvada, grande e vermelha, e seu sorriso se espalhava por todo o rosto. — Levantei devagar... — explicou. — Porque, se ocê faz um movimento rápido, acaba os assustando. Uma pessoa deve movê o corpo com delicadeza e falar baixo, quando tem seres selvagens ao seu redor. — Ele não falava com a menininha como se nunca tivessem visto um ao outro, mas como se a conhecesse muito bem. Mary não sabia nada sobre meninos, então falou com ele formalmente, porque se sentia bastante tímida. Fez que sim com a cabeça, que era adornada por um cabelo cacheado, da cor de ferrugem.

— É por isso que estou aqui. — Ele parou para pegar algo que deixara no chão, ao seu lado, enquanto tocava flauta. — Há também uma colhé de pedreiro. E a mulhé da loja me deu de graça um pacote de papoula branca e um de espora azul, quando comprei as outras sementes.

— Você vai me mostrar as sementes? — perguntou Mary.

Queria saber conversar como ele fazia. Sua fala era rápida e fácil. Parecia como se gostasse da menininha e não tivesse o mínimo receio de que ela não gostasse dele, embora fosse apenas um simples menino do pântano, vestido com roupas remendadas, de rosto engraçado e uma abrutalhada cabeça, coberta por cabelos vermelhos como ferrugem. Quando chegou mais perto dele, percebeu que tinha um aroma fresco e puro de urze, grama e folhas, quase como se ele fosse feito dessas plantas. Gostou muito disso e, quando olhou para seu rosto engraçado, comas bochechas vermelhas e os olhos azuis arredondados, esqueceu-se de sua timidez.

— Vamos nos sentar sobre essa tora e olhá-las — disse ela. Sentaram-se, e ele tirou um amassado e pequeno pacote de papel marrom do bolso do casaco. Desamarrou o barbante e, dentro deste, encontraram muitos outros pacotes, menores e mais caprichados, com a figura de uma flor em cada um.

— Há muitas minhonetes e papoulas — disse ele. — Quando estão crescendo, as minhonetes são as flores de cheiro mais doce e crescem onde qué que ocê as jogue; o mesmo acontece com as papoulas. Quando brotam e florescem, se ocê simplesmente assovia para elas, tornam-se as mais belas de todas — ele parou e virou a cabeça rapidamente; então, seu rosto, bochechudo como a papoula, iluminou-se. — Onde está esse pintarroxo que está nos chamando? — perguntou ele. O trinado veio de um compacto arbusto de azevinho, que brilhava com seus frutos escarlates, e Mary achou que sabia a quem aquele som pertencia.

— Ele está realmente nos chamando? — perguntou ela

— Sim — disse Dickon, como se fosse a coisa mais natural do mundo. — Está chamando alguém com quem tem amizade. Isso é o mesmo que dizê: "Estou aqui. Olhe para mim. Quero conversá um pouco." Lá está ele no arbusto. De quem ele é?

— Ele é de Ben Weatherstaff, mas acho que me conhece um pouco — respondeu Mary.

— Sim, ele conhece ocê — disse Dickon, em sua voz baixa novamente. — E gosta de ocê. Ele a observa e vai me conta tudo a seu respeito em um minuto.

O menino se moveu vagarosamente para bem perto do arbusto, o que Mary logo percebeu. Ele, então, produziu um som quase igual ao próprio chilreio do pintarroxo, que foi ouvido com atenção por alguns segundos, e então, o pintarroxo realmente respondeu, como se estivesse respondendo a uma pergunta.

— Sim, ele é seu amigo — afirmou Dickon.

— Você acha que é? — gritou Mary ansiosamente, pois queria muito saber. — Você acha que ele realmente gosta de mim?

— Não se aproximaria de você se não gostasse — respondeu Dickon. — Pássaros são excelentes selecionadores, e um pintarroxo pode escarnece de uma pessoa, de uma forma muito pior do que um homem faria. Veja, ele está se enfeitando para ocê agora. "Ocê não percebe, camarada?". É o que ele está dizendo. E realmente parecia que era verdade. Então ele se esgueirou, gorjeou e inclinou-se enquanto pulava em seu arbusto.

— Você entende tudo o que os pássaros dizem? — disse Mary. O sorriso de Dickon se espalhou até que sua boca grande e vermelha encurvou-se. Ele, então, passou a mão sobre a cabeça abrutalhada.

— Eu acho que entendo, e acho que eles também entendem — disse ele. — Tenho convivido com eles no pântano há bastante tempo. Eu os vejo quando quebram a casca do ovo, quando saem dela, quando se emplumam, quando aprendem a voá e começam a cantá; até acho que sou um deles. Às vezes, acho que talvez eu seja um pássaro, ou uma raposa, ou um coelho, ou um esquilo, ou mesmo um besouro, e nem sequer conheço um. — Ele riu e voltou para a tora, começando a conversar sobre as sementes de flores novamente. Contou-lhe como elas eram quando eram flores; contou-lhe como plantá-las, observá-las, alimentá-las e regá-las. — Veja bem — disse ele, repentinamente, virando-se para olhar para ela. — Eu mesmo vou plantá-las para ocê. Onde é seu jardim? — As finas mãos de Mary se prenderam uma a outra, ao repousarem em seu colo. Não sabia o que dizer, então, por um minuto inteiro, não disse nada. Nunca tinha pensado naquilo. Sentiu-se miserável. E sentiu como se ruborizasse e, então, empalidecesse.

— Ocê tem um pequeno jardim, não tem? — indagou Dickon. Era verdade que ela havia ruborizado e, logo depois, empalidecido. Dickon a viu ficar assim e, como ela ainda não tinha dito nada, começou a ficar perplexo.

— Eles não lhe deram um pequeno jardim? — perguntou ele. — Ocê não tem nenhum ainda? Ela apertou ainda mais as mãos e virou os olhos na direção dele.

— Não sei nada sobre meninos — disse ela bem devagar. — Poderia manter um segredo, se lhe contasse um? Um grande segredo. Não sei o que faria se alguém o descobrisse. Acredito que morreria — falou a última frase como se fosse uma ameaça.

Dickon olhou mais perplexo do que nunca e até esfregou a mão sobre a cabeça abrutalhada novamente, contudo, respondeu de forma bastante bem humorada.

— Guardo segredos o tempo todo — disse ele. — Se não soubesse guardá os segredos de outras pessoas — segredos sobre os filhotes de raposa, ninhos de pássaros e esconderijos de animais selvagens — não haveria nada seguro no pântano. Sim, sei guardá segredos. Dona Mary não tinha a intenção de estender a mão e agarrar a manga do menino, mas o fez.

— Eu roubei um jardim — disse ela muito rápido. — Não é meu. Não é de ninguém. Ninguém o quer, ninguém cuida dele, ninguém jamais entra nele. Talvez tudo já esteja morto por lá. Não sei. — Começou a se sentir corada e tão rabugenta quanto jamais tinha se sentido em sua vida. — Não me importo, não me importo! Ninguém tem qualquer direito de tomá-lo de mim, quando eu cuido dele e eles não. Estão deixando o jardim morrer, tudo está confinado e abandonado — concluiu ela apaixonadamente, lançando os braços no rosto e irrompendo em choro, a pobre senhorinha Mary. Os curiosos olhos azuis de Dickon tornaram-se mais e mais arredondados.

— Eh-h-h! — disse ele, soltando sua exclamação devagar, e o modo como o fez, significava tanto admiração quanto simpatia.

— Não tenho nada para fazer — disse Mary. — Nada me pertence. Encontrei o jardim e entrei nele por mim mesma. Eu era exatamente como o pintarroxo, e eles não o tomariam do pássaro.

— Onde está ele? — perguntou Dickon, em uma voz baixa.

Dona Mary levantou-se da tora de uma vez. Sabia que se sentia rabugenta e obstinada, e não se importava de modo algum. Era arrogante e indiana e, ao mesmo tempo, acalorada e triste.

— Venha comigo e vou lhe mostrar — disse ela. Ela o conduziu pelo caminho adornado, até o passeio, onde a hera crescia espessa. Dickon a seguiu com uma aparência estranha no rosto, quase sentindo pena. Sentia-se como se estivesse sendo levado para olhar algum estranho ninho de pássaro e devesse se mover com suavidade.

Quando ela deu passos na direção do muro e levantou a hera que pendia, ele se assustou. Havia uma porta, e Mary a empurrou, abrindo-a com cautela. Eles entraram juntos e, então, Mary ficou parada, fazendo sinal com a mão para todos os lados, desafiadoramente.

— É isso — disse ela. — É um jardim secreto, e sou a única pessoa no mundo que o quer com vida. Dickon olhou várias vezes ao redor do jardim, e assim que terminou, o fez novamente.

— Eh! — ele quase sussurrou. — É um lugar estranho e lindo! É como se estivesse em um sonho.

CAPITULO XI

O NINHO DO SABIÁ

Por dois ou três minutos, Dickon ficou olhando à sua volta, enquanto Mary o observava, e então começou a caminhar quase suavemente, ainda com mais leveza do que Mary havia caminhado na primeira vez em que se viu dentro dos quatro muros. Seus olhos pareciam estar assimilando tudo — as árvores cinzentas, com as trepadeiras também cinzentas, que subiam sobre elas e pendiam de seus galhos, o emaranhado sobre os muros e entre a grama, os caramanchões de sempre-viva, que guardavam em seu interior os assentos de pedra e os altos vasos de flor.

— Nunca pensei que veria este lugar — disse ele finalmente, em um sussurro.

— Você sabia sobre ele? — perguntou Mary. Falou em voz alta, e ele fez um sinal para ela.

— Temos que falar baixo... — disse ele. — Ou alguém vai nos ouvir e perguntá o que estamos fazendo aqui.

— Oh! Esqueci! — disse Mary, sentindo-se com medo e pondo a mão rapidamente na boca. — Você sabia sobre o jardim? — perguntou novamente quando se recuperou. Dickon fez que sim com a cabeça.

— Martha me contou que havia um jardim onde ninguém entrava — respondeu ele. — Costumávamos imaginá como ele seria. Parou e olhou ao redor, para o encantador emaranhado cinzento sobre ele, e seus olhos arredondados pareciam estranhamente felizes. — Eh! Os ninhos estarão aqui quando a primavera vié — disse ele. — Seria o lugá mais seguro para ninhos na Inglaterra. Ninguém vem até aqui nem se aproxima dos emaranhados das árvores ou das roseiras para fazê construções. Eu me pergunto por que os pássaros do pântano não constroem aqui. Dona Mary pôs a mão no braço dele novamente, sem perceber.

— Haverá roseiras? — sussurrou ela. — Você consegue dizer? Acho que, talvez, estejam todas mortas.

— Eh! Não! Não estão, nem todas elas! — respondeu ele. — Olhe aqui! — Caminhou até a árvore mais próxima, uma bem antiga, com líquen cinza por toda sua casca, mas que ainda mantinha uma cortina de pequenos ramos emaranhados e galhos. Pegou uma faca grossa de seu bolso e abriu uma de suas lâminas. — Há muitas árvores mortas que deveriam ser cortadas — disse ele. — E há muitas árvores que envelheceram de um ano para cá. Aqui está uma porçãozinha nova. — E tocou um broto que tinha um tom verde acastanhado, ao invés de cinza seco e áspero. Mary também tomou a iniciativa de tocá-lo, de uma maneira ansiosa e reverente.

— Essa aí? — disse ela. — Essa aí está totalmente viva?

Dickon curvou a larga boca em um sorriso.

— Está tão "viva" quanto ocê ou eu — disse ele, e Mary lembrou que Martha tinha lhe dito o que significava a palavra "viva".

— Estou contente que esteja viva! — gritou ela, a meia voz. — Quero que todas estejam vivas. Vamos dar a volta no jardim e contar quantas árvores vivas ainda existem. Estava muito ofegante e ansiosa, e Dickon estava tão ansioso quanto ela. Foram de árvore a árvore, de arbusto a arbusto. Dickon carregava sua faca na mão e lhe mostrava coisas maravilhosas.

— Cresceram ao acaso — disse ele. — Mas as mais fortes se desenvolveram bastante. As mais delicadas desapareceram, mas as outras cresceram e se espalharam mais e mais, até ficarem maravilhosas. Olhe aqui! — E pegou um grosso galho cinza, de aparência seca. — Uma pessoa poderia pensá que isso pertencia a uma árvore seca, mas não creio que seja, se analisarmos a raiz. Vou fazê um corte na árvore, sob o galho, e vê. — Ajoelhou-se e, com sua faca, cortou cuidadosamente o galho, que parecia estar sem vida, não muito acima da terra. — Pronto! — disse ele alegremente. — Eu não lhe disse? Ainda há verde nesta árvore. Olhe para ela. — Mary já estava ajoelhada, antes que ele pedisse, olhando intensamente. — Quando parece um pouco esverdeada e seivosa, como essa, está viva — explicou ele. — Quando o interior está seco e se quebra fácil, como este pedaço aqui que cortei, está comprometido.

Se há uma árvore viva aqui, é porque há uma raiz grande, a partir da qual a árvore se desenvolveu; e se a árvore velha é cortada, e a terra ao seu redor é cavada e cuidada, haverá... — ele parou e levantou o rosto, para erguer os olhos para os pequenos ramos que pendiam sobre ele — Haverá muitas rosas surgindo aqui, no próximo verão.

Foram de arbusto a arbusto e de árvore a árvore. Ele era muito forte, hábil com sua faca e sabia como cortar a árvore seca e morta. Sabia avaliar quando um ramo ou graveto de aparência pouco promissora ainda continha alguma vida. No decorrer de uma hora e meia, Mary achou que poderia falar também e, quando ele cortasse um galho que parecesse estar morto, gritaria alegremente, à meia voz, quando avistasse o mínimo vestígio do líquido verde nele. A pá, a enxada e o rastelo foram muito úteis. Dickon mostrou-lhe como usar o rastelo, enquanto ele cavava em volta das raízes com a pá, mexia e aerava a terra. Estavam trabalhando diligentemente em torno de uma das maiores roseiras comuns, quando ele avistou algo que o fez soltar uma exclamação de surpresa.

— Ora essa! — gritou ele, apontando para a grama, a alguns centímetros de distância. — Quem fez aquilo ali? Era uma das pequenas áreas limpas que Mary havia preparado em torno dos pontos verde-claros.

— Eu fiz — disse Mary.

— Ora, eu pensei que ocê não sabia nada sobre jardinagem! — exclamou ele.

— E eu não sei — respondeu ela. — Mas eram tão pequenos, a grama estava tão espessa e resistente, que eles pareciam não ter espaço para respirar. Apenas limpei a área para eles, mas nem mesmo sei o que são.

Dickon se aproximou e se ajoelhou ao lado deles, abrindo o seu largo sorriso.

— Ocê tava certa — disse ele. — Um jardineiro não poderia ter lhe ensinado melhó. Agora vão crescê como qualqué caule de feijoeiro. São açafrões e anêmonas, e estes são narcisos. — ele se voltou para o outro caminho. — E aqui estão outros narcisos. Eh! Eles vão ficá medonhos. Ele correu de uma clareira a outra. — Para uma menininha, ocê fez muito trabalho — disse ele, dando uma olhada nela.

— Estou ficando mais gorda e mais forte — disse Mary. — Costumava ficar mais cansada. Quando cavo, não me sinto nem um pouco. Gosto de cheirar a terra quando está remexida.

— Faz bem para você — disse ele, fazendo que sim com a cabeça sabiamente. — Não há nada tão bom quanto o cheiro da boa terra limpa, exceto o cheiro das coisas novas que crescem, quando a chuva cai sobre elas. Saio no pântano muitas vezes ao dia, quando está chovendo, me deito sob um arbusto, e ouço o farfalhá suave dos pingos na urze, e simplesmente farejo e farejo. A ponta do meu nariz treme bastante, como a do coelho. É o que mamãe diz.

— Você nunca pegou um resfriado? — perguntou Mary, com olhar fixo e espantado para ele. Nunca tinha visto um menino tão engraçado ou tão bondoso.

— Eu não — disse ele, sorrindo largamente. — Nunca peguei resfriado desde que nasci. Não fui criado no berço o suficiente.

Corro pelo pântano, sem me importá com como está o tempo, da mesma forma como os coelhos fazem. Mamãe diz que tenho farejado ar fresco suficiente por doze anos para nunca pegá um resfriado. Sou tão resistente quanto uma vara de espinheiro branco. — Ele estava trabalhando durante todo o tempo em que conversava, e Mary o seguia, ajudando com seu rastelo ou sua colher de pedreiro.

— Há muito trabalho para fazer por aqui! — disse ele de uma vez, olhando por toda parte, muito exultante.

— Você virá novamente e me ajudará a fazê-lo? — implorou Mary. — Tenho certeza que posso ajudá-lo também. Posso cavar e arrancar as ervas daninhas, e fazer o que quer que mande. Oh! Venha, Dickon!

— Virei todos os dias, se ocê quisé, faça chuva ou faça sol. — respondeu ele resolutamente. — É a melhor diversão que já tive em minha vida, ficar confinado aqui, devolvendo vida ao jardim.

— Se você vier — disse Mary. — Se me ajudar a revivê-lo, farei... não sei o que farei — não foi capaz de concluir. O que poderia fazer por um menino como aquele?

— Eu lhe direi o que fará — disse Dickon, com um largo sorriso. — Ocê vai engordá e fica tão faminta quanto uma jovem raposa. Vai aprendê a conversá com o pintarroxo, da mesma forma que eu. Eh! Nós teremos muita diversão

Ele começou a caminhar por toda parte, erguendo os olhos para as árvores, para os muros e para os arbustos, com uma expressão pensativa.

— Não acho que queira fazê-lo parece um jardim de jardineiro, todo aparado e bem arrumado, não é? — disse ele. — É mais bonito como este, com as plantas crescendo ao acaso, se balançando e se agarrando umas às outras.

— Não vamos deixá-lo arrumado — disse Mary preocupada. — Não pareceria um jardim secreto, se ficasse arrumado. Dickon ficou esfregando a cabeça coberta de cabelos vermelhos como a ferrugem, com um olhar um tanto perplexo.

— É um jardim secreto, com toda a certeza — disse ele. — Mas parece como se alguém, além do pintarroxo, tivesse entrado nele, desde que foi fechado há dez anos.

— Mas a porta estava trancada, e a chave, enterrada — disse Mary. — Ninguém poderia entrar.

— É verdade — ele respondeu. — É um lugar estranho. Mas

me parece que houve um pouco de poda, feita aqui e acolá, depois de dez anos atrás.

— Mas como isso poderia ter sido feito? — disse Mary. Ele estava examinando um galho de roseira comum e balançou a cabeça.

— Sim! Como poderia?! — murmurou ele. — Sendo que a porta estava trancada e a chave enterrada. — Dona Mary sempre sentiu que, por mais que vivesse muitos anos, nunca se esqueceria daquela primeira manhã, quando seu jardim começou a crescer. É claro que ele pareceu começar acrescer para ela naquela manhã. Quando Dickon começou a limpar os lugares para plantar sementes, lembrou-se do que Basil cantava para ela, quando queria provocá-la.

— Existem mesmo algumas flores que parecem sinos? — perguntou ela.

— Sim. Os lírios do vale parecem — ele respondeu, cavando com a colher de pedreiro. — E as campânulas também. Vamos plantá alguns — disse Dickon. — Já há lírios do vale aqui; eu os vi. Eles cresceram muito próximos um do outro, e teremos que separá-los, mas há muitos. As campânulas levam dois anos para florescê, a partir do plantio da semente, mas posso lhe trazê um pouco de algumas plantas do jardim do nosso chalé. Por que ocê as quer?

Mary, então, lhe contou sobre Basil, seus irmãos e irmãs na Índia. Contou como os odiava, e como a chamavam: "Dona Mary, toda ao Contrário".

— Costumavam dançar à minha volta e cantar para mim. Eles cantavam: "Dona Mary, toda ao contrário, como cresce seu jardim? Com campânulas prateadas e conchas de berbigão, E cravos-de-defunto, todos enfileirados." Lembrei-me simplesmente disso, que me fez perguntar a mim mesma se realmente havia flores como as campânulas prateadas. — Ela amarrou um pouco a cara e fincou a sua pá de pedreiro na terra com mais rancor. — Eles eram mais ao contrário do que eu. — Mas Dickon riu.

— Eh! — disse ele, e enquanto Dickon esfarelava o rico solo negro, ela percebia que o menino estava farejando o aroma da terra. — Não acho que haja nenhuma necessidade de alguém sê rabugento, quando há flores e coisas desse tipo, além de outras tais como seres selvagens se espalhando por toda parte, fazendo abrigos para si mesmos ou construindo ninhos, cantando e soltando um gorjeio. Você acha que há? Mary, ajoelhando-se ao lado dele e segurando as sementes, olhou-o e parou de amarrar a cara.

— Dickon... — disse ela. — Você é tão bom quanto Martha disse que era. Gosto de você, e você já é a quinta pessoa. Nunca pensei que conseguiria gostar de cinco pessoas.

Dickon se agachou, como Martha fazia quando estava polindo a grelha. Parecia engraçado e agradável — Mary pensou —, com seus arredondados olhos azuis, bochechas avermelhadas e um nariz apropriado, que se curvava para cima. — Ocê só gosta de cinco pessoas? — disse ele. — Quem são as outras quatro?

— Sua mãe e Martha... — Mary contava-as nos dedos. — E o pintarroxo e Ben Weatherstaff. Dickon riu tanto, que foi obrigado a reprimir o som, colocando o braço sobre a boca.

— Sei que ocê acha que sou um garoto estranho... — disse ele. — Mas acho que ocê é a garotinha mais estranha que já vi.

Mary, então, fez uma coisa estranha. Inclinou-se para frente e fez-lhe uma pergunta que nunca sonhou fazer para qualquer pessoa antes. E tentou fazê-la com sotaque de Yorkshire, porque essa era a linguagem dele, e, na Índia, um nativo sempre ficava feliz quando você conhecia sua língua.

— Ocê gosta de mim? — perguntou ela.

— Eh! — respondeu ele cordialmente. — Como gosto! Gosto d'ocê de um jeito maravilhoso, e eu acho que o pintarroxo também gosta.

— São dois, então — disse Mary. — São dois que gostam de mim.

Começaram, então, a trabalhar mais árdua e alegremente do que nunca. Mary ficou surpresa e desolada quando ouviu o grande relógio do pátio anunciar a hora de seu almoço.

— Vou ter que ir — disse ela, com voz de

luto. — E você vai ter que ir também, não vai?

Dickon deu um largo sorriso. — É fácil carregar meu almoço comigo por toda parte — disse ele. — Mamãe sempre me deixa pôr um pouco de alguma coisa em meu bolso. Ele pegou seu casaco que estava caído na grama e tirou de um bolso um pacotinho pequeno, amarrado em um guardanapo azul e branco, muito limpo. Ele guardava dois grossos pedaços de pão, com uma fatia de alguma coisa posta entre eles.

— Normalmente não há nada no pão — disse ele. — Mas hoje tem uma gorda fatia de bacon nele. — Mary achou que aquilo parecia uma estranha refeição, mas ele parecia pronto para apreciá-la. — Vá logo comê sua comida. Vou comê meu lanche primeiro. Farei mais algum trabalho antes de volta para casa. Ele sentou, encostando-se a uma árvore.

— Chamarei o pintarroxo — disse ele. — E lhe darei a pele do bacon para bicar. Ele gosta dessa gordura maravilhosa. Mary mal podia suportar deixá-lo. Repentinamente, pareceu como se ele pudesse ser um tipo de fada do bosque, que iria sumir quando ela voltasse ao jardim. Ele parecia muito bom para ser verdade. Ela andou devagar, por metade do caminho até a porta do muro, e então parou e voltou.

— O que quer que aconteça, você... você nunca contaria, não é mesmo? — ela disse.

Suas bochechas, coloridas como a papoula, estavam distendidas por causa de sua primeira grande mordida no pão com bacon, mas ele conseguiu sorrir encorajadoramente.

— Se ocê fosse um sabiá e me mostrasse onde tava seu ninho, acha que eu contaria a alguém? Eu não! — disse ele. — Ocê tá tão segura quanto um sabiá.

CAPITULO XII

"POSSO TER UM PEDAÇO DE TERRA?"

Mary correu tão rápido que estava ofegante quando chegou ao seu quarto. O cabelo estava despenteado sobre a testa, e as bochechas tinham uma cor rosa brilhante. Seu almoço esperava sobre a mesa, e Martha estava perto dele.

— Onde ocê tava?

— Eu vi Dickon! — disse Mary. — Eu vi Dickon!

— Sabia que ele tinha vindo — disse Martha alegremente. — O que ocê acho dele?

— Eu o achei... eu o achei bonito! — disse Mary em uma voz firme.

Martha pareceu ficar muito espantada, mas alegre também.

— Bem... — disse ela. — Ele é o melhor garoto que já nasceu, mas nunca achamos que era bonito. Seu nariz se encurva muito para cima.

— Gosto do modo como se encurva para cima — disse Mary.

— E seus olhos são tão arredondados — disse Martha, um tanto indecisa. — Embora sejam de uma bela cor.

— Gosto que sejam arredondados — disse Mary. — E são exatamente da cor do céu sobre o pântano.

Martha sorriu com radiante satisfação.

— Mamãe diz que eles acabaram ficando dessa cor, porque ele está sempre erguendo os olhos para os pássaros e as nuvens. Mas ele tem uma boca grande, não tem?

— Adoro sua boca grande — disse Mary obstinadamente. — Queria que a minha fosse exatamente como a dele.

Martha, novamente, deu um leve sorriso de satisfação.

— Ficaria estranho e engraçado em seu pequeno rosto — disse ela. — Mas eu sabia que seria desse jeito, quando o visse. Ocê gostô das sementes e das ferramentas de jardim?

— Como sabe que ele as trouxe? — perguntou Mary.

— Eh! Nunca achei que ele não as traria. Sabia que iria trazê-las, se passasse por Yorkshire. Um garoto muito leal. — Mary estava com medo de que Martha pudesse começar a fazer perguntas difíceis, mas não fez. Estava muito interessada nas sementes e nas ferramentas para jardinagem, e houve só um momento em que Mary ficou assustada. Foi quando começou a perguntar onde as flores seriam plantadas.

— Para quem ocê pergunto sobre isso? — ela indagou.

— Não perguntei a ninguém ainda — disse Mary, hesitante. — Bem, não poderia perguntar ao jardineiro-chefe. Ele é grande demais, o Sr. Roach. Nunca o vejo — disse Mary. — Só vejo os auxiliares de jardineiro e Ben Weatherstaff.

— Se eu fosse ocê, perguntaria a Ben Weatherstaff — aconselhou Martha. — Não é tão mal quanto parece ser, apesar de ser muito ranzinza. O Sr. Craven o deixa fazê o que gosta, porque ele estava aqui quando a Sra. Craven ainda era viva, e costumava fazê-la rir. Talvez ele consiga achar um canto para você em algum lugar fora do caminho.

— Se fosse fora do caminho e ninguém o quisesse, ninguém poderia se importar por eu tê-lo, poderiam? — disse Mary com ansiedade.

— Não haveria nenhuma razão — respondeu Martha. — Ocê não faria nenhum mal. — Mary almoçou tão rápido quanto pôde e, quando se levantou da mesa, estava prestes a correr para seu quarto para pôr o chapéu novamente, mas Martha a impediu.

— Tenho algo para lhe dizê — disse ela. — Preferi lhe deixá almoça primeiro. O Sr. Craven retornou essa manhã e acho que qué vê-la.

Mary ficou muito pálida.

— Oh! — disse ela. — Ora! Ora! Não quis me ver quando cheguei. Ouvi Pitcher dizer que ele não queria.

— Bem... — explicou Martha. — A Sra. Medlock diz que é por causa da mamãe. Estava caminhando para o vilarejo de Thwaite e o encontrou. Nunca falou com ele antes, mas a Sra. Craven esteve em nosso chalé duas ou três vezes. Não sei o que mamãe lhe disse sobre ocê, mas disse alguma coisa como se lembrá de vê-la antes que vá embora novamente amanhã. — Oh! — gritou Mary. — Ele vai embora amanhã? Estou tão feliz! Vai viajá por um longo tempo. Não deve voltá até o outono ou o inverno. Vai para o exterior. Está sempre fazendo isso.

— Oh! Estou tão feliz. tão feliz! — disse Mary agradecida. Se não voltasse até o inverno, ou mesmo até o outono, haveria tempo para observar o jardim secreto voltar a ter vida. Mesmo se descobrisse ou o tirasse dela, teria, pelo menos, testemunhado isso.

— Quando você acha que ele vai querer me ver? Não terminou a frase, porque a porta se abriu, e a Sra. Medlock entrou. Estava usando seu melhor vestido preto, uma boina e seu colar se fechava em um pingente grande, com a foto do rosto de um homem nele. Era uma foto colorida do Sr. Medlock, que tinha morrido anos atrás, e ela sempre o usava quando se vestia de maneira formal. Parecia nervosa e excitada.

— Seu cabelo está desajeitado — disse ela rapidamente. — Vá e o escove. Martha, ajude-a a vestir rapidamente seu melhor vestido. O Sr. Craven me enviou para levá-la ao seu escritório. Toda a cor rosada deixou as bochechas de Mary. Seu coração começou a bater com força, e se sentiu tornar-se uma criança severa, sem graça e silenciosa novamente. Nem mesmo respondeu à Sra. Medlock, mas virou-se e entrou em seu quarto, seguida por Martha. Não disse nada enquanto seu vestido era trocado e seu cabelo escovado e, depois de ficar bem arrumada, seguiu a Sra. Medlock corredores abaixo, em silêncio. O que havia para ser dito? Foi obrigada a ver o Sr. Craven, e ambos não gostariam um do outro. Sabia o que pensaria dela.

Foi levada para uma parte da casa onde não havia estado antes. Finalmente, a Sra. Medlock bateu à porta e, quando alguém disse: “Entre”, entraram no escritório juntas. Um homem estava sentado em uma poltrona, diante do fogo, e a Sra. Medlock falou com ele.

— Esta é a senhorita Mary, senhor — disse ela.

— Pode ir e deixá-la aqui. Vou tocar a campainha para você quando quiser que a leve — disse o Sr. Craven. Quando saiu e fechou a porta, Mary ficou esperando — o que era um ato acanhado e sem graça — torcendo as finas mãos. Podia ver que o homem na poltrona não era tão corcunda, mas um homem com ombros altos e um tanto encurvados, e tinha cabelos grisalhos. Ele virou a cabeça por sobre o ombro e falou com a menininha. — Venha aqui! — disse ele. Mary foi até ele. Não era feio. A face poderia ser bonita, se ele não fosse tão miserável. Vendo-a, pareceu ficar preocupado e impaciente, como se não soubesse o que fazer com ela. — Você está bem? — perguntou ele.

— Sim — respondeu Mary.

— Eles cuidam bem de você?

— Sim. — Esfregou a testa impacientemente, enquanto dava uma olhada nela.

— Você está muito magra — disse ele.

— Estou engordando — respondeu Mary, usando o que sabia ser um de seus modos mais educados que rosto infeliz tinha ele! Os olhos pretos pareciam que mal olhavam para ela, como se estivessem vendo algo mais, como se mal pudesse focar os pensamentos nela.

— Esqueci-me de você — disse ele. — Como poderia me lembrar? Pretendia lhe enviar uma governanta ou uma enfermeira, ou alguém desse tipo, mas esqueci.

— Por favor! — Mary começou. — Por favor... — e então, um nó na garganta engasgou-a.

— O que está tentando dizer? — perguntou ele.

— Sou... sou grande demais para uma enfermeira — disse Mary. — E, por favor... por favor, não me faça ter uma governanta ainda. Esfregou a testa de novo e olhou fixamente para ela.

— Isso foi o que a Sra. Sowerby disse — ele resmungou distraidamente. Mary, então, juntou um fio de coragem.

— Ela é... ela é a mãe da Martha? — disse, gaguejando.

— Sim, acho que sim — respondeu ele.

— Ela sabe sobre crianças — disse Mary. — Ela tem doze. Ela sabe.

Ele pareceu se animar.

— O que quer fazer?

— Não quero brincar trancada aqui. — Mary respondeu, esperando que sua voz não tremesse. — Nunca gostei de brincar na Índia. Mas, aqui, brincar me faz ficar com fome, e estou engordando. Ele a observava.

— A Sra. Sowerby disse que isso lhe faria bem. Talvez faça mesmo — disse ele. — Ela achou que era melhor que você ficasse mais forte, antes que tivesse uma governanta.

— Sinto-me forte quando brinco e quando o vento vem sobre o pântano — argumentou Mary.

— Onde você brinca? — ele perguntou depois.

— Em todo lugar. — Mary falou com a voz entrecortada. — A mãe da Martha me enviou uma corda de pular. Pulo e corro... e olho por toda parte para ver se as coisas estão brotando da terra. Não faço nenhum mal.

— Não me olhe tão assustada — disse ele em uma voz preocupada. — Você não poderia fazer nenhum mal. Não uma criança como você! Pode fazer o que gosta. — Mary levantou a mão até a garganta, porque estava com medo de que ele pudesse ver o nó agitado que sentia pular dentro dela. Deu um passo para mais perto dele.

— Posso? — disse ela timidamente. A pequena face ansiosa de Mary parecia preocupá-lo mais do que nunca.

— Não me olhe tão assustada! — exclamou ele. — É claro que pode. Sou seu tutor, embora seja um péssimo tutor para qualquer criança. Não posso lhe dar tempo ou atenção. Sou também doente, horrível e distraído, mas desejo que esteja feliz e à vontade. Não sei nada sobre crianças, mas a Sra. Medlock é quem vai providenciar tudo o que precisar. Mandei chamá-la hoje, porque a Sra. Sowerby disse que deveria vê-la. Sua filha falou sobre você. Ela achava que você precisava de ar fresco, liberdade, e correr por toda parte.

— A Sra. Sowerby sabe tudo sobre crianças — disse Mary novamente.

— Deveria saber — disse o Sr. Craven. — Achei-a bastante ousada por me parar no pântano, mas ela disse que a Sra. Craven tinha sido amável com ela — parecia difícil para ele falar o nome de sua esposa falecida. — Uma mulher respeitável. Diante de você, agora, acho que ela disse coisas sensatas. Brinque lá fora, tanto quanto quiser. É um lugar grande, pode ir onde quiser e divertir-se como quiser. Há alguma coisa que queira? — disse ele, como se um súbito pensamento lhe tivesse ocorrido. — Quer brinquedos, livros, bonecas?

— Eu posso... — disse Mary com voz trêmula. — Eu posso ter um pedaço de terra? — Em sua ansiedade, não percebeu quão estranhas as palavras soariam, e que não foram as que queria dizer. O Sr. Craven pareceu muito surpreso.

— Terra! — repetiu ele. — O que quer dizer com isso?

— Quero plantar sementes nela, fazer as coisas crescerem, vê-las ganharem vida — titubeou Mary. Ele olhou atentamente para ela por um momento e, então, passou a mão nos olhos.

— Você... se interessa muito por jardins — disse ele vagarosamente.

— Não sabia nada sobre eles na Índia — disse Mary. — Estava sempre doente, cansada, e o tempo era muito quente. Às vezes eu fazia pequenos canteiros na areia e fincava flores neles. Mas aqui é diferente. — O Sr. Craven levantou e começou a caminhar vagarosamente pelo quarto.

— Um pedaço de terra — disse ele para si mesmo, e Mary achou que, de alguma maneira, devia tê-lo feito lembrar de alguma coisa. Quando parou e falou com ela, seus olhos pareciam quase suaves e amáveis. — Pode ter tanta terra quanto quiser — disse ele. — Você me lembrou uma pessoa que também amava a terra e as coisas que crescem. Quando vir o pedaço de terra que deseja... — disse, com algo como um sorriso no rosto. — Pegue-o, criança, e faça-o ganhar vida.

— Posso pegá-lo de qualquer lugar, se ninguém o quiser?

— Qualquer lugar — respondeu ele. — Pronto! Deve ir agora, estou cansado. E ele tocou a campainha para chamar a Sra. Medlock. — Até logo. Devo ficar fora todo o verão. A Sra. Medlock chegou tão rápido, que Mary achou que devia estar esperando no corredor. — Sra. Medlock... — disse-lhe o Sr. Craven. — Ao ver a criança, entendo o que a Sra. Sorweby quis dizer. Ela deve parecer menos frágil antes que comece as lições. Dê-lhe alimento simples e saudável. Deixe-a ficar à vontade no jardim. Não cuide tanto dela. Precisa de liberdade, ar fresco e de fazer travessuras por toda parte. A Sra. Sowerby virá vê-la de vez em quando, e ela pode ir, de vez em quando, ao chalé. — A Sra. Medlock parecia contente. Estava aliviada por ouvir que não precisava "cuidar" muito de Mary. Sentia que isso era uma tarefa chata e, na verdade, viu tão pouco da menininha quanto se atreveu. Além disso, gostava da mãe da Martha.

— Obrigada, senhor — disse ela. — Susan Sowerby e eu fomos à escola juntas, e é uma mulher tão sensata e de bom coração quanto você encontraria em uma caminhada de um dia. Nunca tive filhos, mas ela teve doze, e não conheço crianças melhores ou mais saudáveis. Não fará mal à senhorita Mary se passar tempo com elas. Sempre me aconselho com Susan Sowerby sobre crianças. Ela é uma pessoa com uma mente saudável, se você me entende.

— Entendo — respondeu o Sr. Craven. — Leve a senhorita Mary daqui agora e me mande Pitcher. — Quando a Sra. Medlock deixou-a no final de seu próprio corredor, Mary correu de volta para seu quarto. Encontrou Martha esperando lá. Na verdade, Martha apressou-se de volta, depois que retirou o serviço de almoço.

— Posso ter meu jardim! — gritou Mary. — E posso tê-lo onde quiser! Não terei uma governanta por um longo tempo! Sua mãe está vindo me ver, e posso ir ao seu chalé! Ele disse que uma menininha como eu não poderia fazer nenhum mal e posso fazer o que quiser, em qualquer lugar!

— Eh! — disse Martha com prazer. — Isso foi bom da parte dele, não foi?

— Martha... — disse Mary solenemente. — Ele é realmente um homem bom, apenas seu rosto é muito miserável e sua testa está toda contraída. — Depois de falar com Martha, correu tão rápido quanto podia para o jardim. Tinha se afastado por muito mais tempo do que achava que deveria, e sabia que Dickon teria que partir cedo para sua caminhada de oito quilômetros. Quando se esgueirou pela porta, sob a hera, viu que ele não estava trabalhando onde o tinha deixado. As ferramentas para jardinagem foram colocadas juntas sob uma árvore. A menininha correu na direção delas, olhando em toda voltado lugar, mas Dickon não estava mais ali. Tinha ido embora, e o jardim secreto estava vazio — exceto pelo pintarroxo, que tinha acabado de voar sobre o muro e pousar sobre um canteiro de rosas, observando-a. — Ele se foi — disse ela com pesar. — Oh! Será que ele era... era... era apenas uma fada do bosque?

Alguma coisa branca presa no canteiro de rosas chamou a atenção dela. Era um pedaço de papel, na verdade, era um pedaço da carta, que tinha sido escrito em letra de imprensa para Martha enviar para Dickon.

Estava preso no canteiro com um espinho comprido, e ela logo, soube que Dickon o tinha deixado lá. Havia algumas letras rudemente escritas e uma espécie de desenho. A princípio, não soube dizer o que era. Viu, então, que significava um ninho comum pássaro repousando nele. Embaixo, estava escrita uma frase em letra de imprensa, que dizia:

— Eu voltarei.

CAPITULO XIII

“EU SOU COLIN”

Mary levou o desenho para casa, quando foi jantar, e o mostrou para Martha.

— Eh! — disse Martha com grande orgulho. — Nunca soube que o nosso Dickon era tão inteligente. Aqui está o desenho de um sabiá no seu ninho, tão longo quanto a vida e duas vezes mais natural.

Mary, então, soube que Dickon teve a intenção de que o desenho servisse como uma mensagem. Teve a intenção de que ela soubesse que ele manteria o segredo. O ninho representava o jardim da menininha, que era como um sabiá. Oh, como gostava daquele menino tão simples e, ao mesmo tempo, tão estranho! Esperava que ele realmente voltasse no dia seguinte, então, adormeceu, ansiosa para que amanhã seguinte chegasse. Mas você nunca sabe como estará o tempo em Yorkshire, particularmente na primavera. Ela acordou, durante noite, com som da chuva batendo com pesados pingos contra sua janela. Estava chovendo torrencialmente, e o vento uivava pelos cantos e pelas chaminés da vasta casa antiga.

Mary sentou-se na cama, sentindo-se miserável e furiosa.

— A chuva é tão rabugenta quanto eu era — disse ela. — Veio porque sabia que eu não a queria. — Atirou-se para trás em seu travesseiro, onde enterrou o rosto. Não chorou, mas ficou deitada, e odiou o som da chuva que batia pesadamente, assim como odiou o vento e seus uivos. Não conseguiu dormir novamente. O som melancólico a manteve acordada, porque ela se sentia melancólica também. Caso se sentisse feliz, o som, provavelmente, a teria ninado para dormir. Como o vento uivava, e como os grossos pingos de chuva caíam abundantemente contra a vidraça! — Parece exatamente com uma pessoa perdida no pântano, perambulando e chorando sem parar — disse ela.

Ficou acordada e se virando de um lado para outro, por cerca de uma hora, quando repentinamente, algo a fez sentar-se na cama e virar a cabeça em direção à porta. Ficou ouvindo por um bom tempo.

— Não é o vento agora — disse em um forte sussurro. — Isso não é o vento. É diferente. É aquele choro que ouvi antes. A porta de seu quarto estava entreaberta, e o som vinha do andar de baixo. Um som fraco e longínquo de um choro irritante. Ela o ouviu por um breve instante e, a cada minuto, tinha mais e mais certeza. Sentia-se como se devesse descobrir o que era. Parecia até mais estranho do que o jardim secreto e a chave enterrada. Talvez, o fato de estar em um estado de espírito rebelde, a tornou ousada. Pôs os pés fora da cama e ficou descalça sobre o chão. — Vou descobrir o que é — disse ela. — Todos estão dormindo e não me importo com a Sra. Medlock. Não me importo! Havia uma vela ao lado da cama, que ela apanhou, saindo sorrateira do quarto. O corredor parecia muito comprido e escuro, mas ela estava muito excitada para se importar com isso. Achava que se lembrava de cada um dos cantos onde deveria se virar para encontrar o corredor pequeno, com a porta coberta por um tapete — aquele por onde a Sra. Medlock tinha aparecido no dia em que a menininha se perdeu. O som surgia daquela passagem. Continuou, então, com sua luz fraca, quase tateando seu caminho, o coração batendo tão alto, que quase podia ouvi-lo. O choro fraco e longínquo continuava e a conduzia. Às vezes, parava por um momento, ou algo assim, e começava novamente. Seria esse o canto certo onde devia virar? Parou e pensou. Sim, era. Seguiu por aquela passagem e, então, para a esquerda; depois deu mais dois passos largos e, então, virou à direita novamente. Sim, havia uma porta escondida por um tapete. Abriu-a com delicadeza e fechou-a atrás de si, ficando por ali mesmo. Foi então que ouviu o choro muito claramente, embora não estivesse alto. Era do outro lado da parede, à sua esquerda, e a poucos centímetros de onde havia outra porta. Pôde ver uma luz tênue vindo de debaixo dela. Alguém estava chorando naquele quarto, e era alguém muito jovem. Caminhou para a porta, abriu-a, e lá estava ela no quarto! Era um quarto grande, com uma mobília antiga e bonita. Havia um fogo baixo, brilhando fracamente na lareira, e uma candeia noturna, que queimava ao lado de uma cama entalhada e de quatro pilares, que estava pendurada com brocado. Sobre a cama estava deitado um menino, chorando irritantemente. Mary se perguntava se estava em um lugar real ou se tinha adormecido novamente e estava sonhando sem perceber. O menino tinha o rosto da cor de marfim, fino e delicado, e parecia ter olhos muito grandes e desproporcionais. Tinha também muito cabelo, que caía sobre a testa em pesados cachos, que faziam o delgado rosto parecer menor. Parecia doente, mas estava chorando, como se estivesse cansado e irritado, mais do que como se estivesse sentindo dor. Mary ficou perto da porta, com sua vela na mão, segurando a respiração. Então, moveu-se furtivamente pelo quarto e, ao se aproximar, a luz atraiu a atenção do menino, que virou a cabeça sobre seu travesseiro e olhou fixamente para ela. Seus olhos cinzentos se abriram tanto, que pareceram imensos.

— Quem é você? — disse ele, finalmente, em um sussurro meio amedrontado. — Você é um fantasma?

— Não, não sou — respondeu Mary, e o seu próprio sussurro parecia meio amedrontado. — E você, é um?

Ele ficou olhando para ela por um bom tempo. Mary não pôde deixar de perceber que ele tinha olhos estranhos. Eram cinza ágata e pareciam grandes demais para o rosto, porque havia muitos cílios pretos ao redor deles.

— Não — respondeu ele depois de esperar um momento ou coisa que o valha. — Eu sou Colin.

— Quem é Colin? — titubeou ela.

— Sou Colin Craven. Quem é você?

— Sou Mary Lennox. O Sr. Craven é meu tio.

— Ele é meu pai — disse o menino.

— Seu pai! — Mary falou com voz entrecortada. — Ninguém nunca me disse que ele tinha um filho! Por que não me disseram?

— Venha aqui — disse ele, ainda mantendo os estranhos olhos fixos nela, com uma expressão ansiosa. Ela aproximou-se da cama. O menino pôs a mão para fora e tocou-a. — Você é real, não é? — disse ele. — Tenho sonhos reais muito frequentemente. Você pode ser um deles.

Mary vestiu, às pressas, um roupão de lã antes de deixar seu quarto, então pôs um pedaço dele entre os dedos do menino.

— Esfregue isso e veja o quanto é grosso e quente — disse ela. — Posso beliscá-lo um pouco, se quiser, para lhe mostrar que sou bem real. Por um momento, achei que você pudesse ser um sonho também.

— De onde você veio? — perguntou ele.

— De meu próprio quarto. O vento uivava tanto, que não consegui dormir. Então ouvi alguém chorando e quis descobrir quem era. Por que estava chorando?

— Porque também não conseguia dormir e minha cabeça estava doendo. Diga-me seu nome novamente.

— Mary Lennox. Ninguém nunca lhe disse que vim morar aqui? — Ele ainda estava tocando a dobra do roupão dela com os dedos, mas começou a olhar para ela um pouco mais, como se começasse a acreditar que ela era real.

— Não — respondeu ele. — Não se atreveram.

— Por quê? — perguntou Mary.

— Porque devem ter ficado com medo de que me visse. Não costumo deixar que as pessoas me vejam e sejam forçadas a me aceitarem.

— Por quê? — perguntou Mary novamente, sentindo-se mais confusa a cada momento.

— Porque estou sempre assim, doente, e tendo que ficar deitado. Meu pai também não deixará que as pessoas sejam forçadas a me aceitarem. Os criados não têm permissão para falar sobre mim. Se viver, posso ser um corcunda, mas não devo viver. Meu pai odeia pensar que eu possa ser como ele.

— Oh, essa é uma casa muito estranha! — disse Mary. — Uma casa estranha! Tudo é uma espécie de segredo. Todos os quartos e jardins estão trancados. E você? Também está trancado?

— Não. Fico neste quarto, porque não quero sair dele. Cansa-me muito.

— Seu pai vem vê-lo? — aventurou-se Mary.

— Às vezes. Geralmente quando estou dormindo. Não quer me ver.

— Por quê? — Mary não pôde deixar de perguntar novamente. Uma espécie de raiva passou pelo rosto do menino.

— Minha mãe morreu quando nasci, e isso faz com que ele fique infeliz ao olhar para mim. Acha que não sei, mas tenho ouvido as pessoas conversarem. Ele quase me odeia.

— Ele odeia o jardim onde sua mãe morreu — disse Mary, como se estivesse falando para si mesma.

— Qual jardim? — perguntou o menino.

— Oh! É apenas... apenas um jardim que ela costumava gostar — disse Mary gaguejando. — Você sempre fica aqui?

— Quase sempre. Às vezes vou a lugares à beira-mar, mas não fico por muito tempo, porque as pessoas me olham assustadas. Costumava usar um dispositivo de ferro para manter minhas costas retas, mas um médico famoso veio de Londres para me ver e disse que era estúpido. Ele lhes disse para retirar o dispositivo e me manter do lado de fora, tomando ar fresco. Odeio ar fresco e não quero sair.

— Não soube de nada disso quando cheguei aqui — disse Mary. — Por que continua me olhando assim?

— Por causa dos sonhos que são tão reais — respondeu ele

com mais impaciência. — Às vezes, quando abro meus olhos, não acredito que estou acordado.

— Estamos ambos acordados — disse Mary. Então, deu uma olhada no quarto de teto alto e cantos sombrios, e na tênue luz das chamas. — Parece mesmo um sonho, já que estamos no meio da noite e todos na casa estão dormindo. Todos, exceto nós. Estamos bem acordados.

— Não quero que seja um sonho — disse o menino, de forma agitada. Mary pensou em algo repentinamente.

— Já que não gosta que as pessoas o vejam... — começou ela. — Quer que eu vá embora? — Ainda segurava a dobra do roupão e deu-lhe um leve puxão.

— Não — disse ele. — Primeiro tenho que ter certeza de você que não é um sonho. Se você é real, sente no escabelo grande e converse. Quero ouvir sobre você. — Mary deixou sua vela na mesa próxima à cama e sentou no banco almofadado. Não queria ir embora de modo algum. Queria ficar no misterioso quarto escondido e conversar com o misterioso menino.

— O que você quer que lhe diga? — ela disse. Ele queria saber há quanto tempo a menininha estava em Misselthwaite; em qual corredor era seu quarto; o que vinha fazendo; se não gostava do pântano, assim como ele; onde viveu antes que viesse para Yorkshire. Ela respondeu todas as perguntas e muitas mais, e ele se deitou sobre seu travesseiro e ouviu. Ele a fez dizer-lhe muitas coisas sobre a Índia e sobre sua viagem de travessia pelo oceano. Descobriu que, por ser um inválido, não havia aprendido coisas, como as outras crianças. Uma de suas enfermeiras lhe ensinou a ler, quando era muito pequeno, e estava sempre lendo e olhando as gravuras em livros esplêndidos. Embora seu pai raramente o visse quando estava acordado, o menino foi presenteado com todos os tipos de coisas maravilhosas com as quais poderia se divertir. Ele, entretanto, nunca parecia se divertir. Poderia ter qualquer coisa que pedisse e nunca foi forçado a fazer algo de que não gostasse.

— Todos são obrigados a fazer o que gosto — disse ele com indiferença. — Sinto-me mal quando estou com raiva. Ninguém acredita que vou chegar a viver para crescer. — Disse aquilo como se estivesse acostumado à ideia de que o pai tinha parado de se importar com ele. Parecia gostar do som da voz de Mary. Como ela continuava conversando, ele a ouvia com interesse, porém estava sonolento. Uma ou duas vezes, a menininha se perguntou se ele não estava prestes a cochilar. Mas, finalmente, fez uma pergunta que deu abertura para um novo assunto.

— Quantos anos você tem? — perguntou ele.

— Tenho dez — respondeu Mary, esquecendo-se de si própria por enquanto. — E você também.

— Como sabe disso? — ele procurou saber, com uma voz surpresa.

— Porque, quando você nasceu, a porta do jardim foi trancada, e a chave, enterrada. E está trancada por dez anos. Colin se colocou meio sentado, virando-se na direção dela e apoiando-se nos cotovelos.

— Qual porta, de qual jardim foi trancada? Quem fez isso? Onde a chave está enterrada?! — exclamou ele, como se estivesse repentinamente muito interessado.

— Era... era o jardim que o Sr. Craven odeia — disse Mary nervosamente. — Ele trancou a porta. Ninguém... ninguém sabe onde ele enterrou a chave.

— Que tipo de jardim é? — insistiu Colin ansiosamente.

— Ninguém tem permissão de entrar nele há dez anos — foi a resposta cautelosa de Mary. Mas era tarde demais para ser cautelosa. O menino era muito parecido com ela mesma. Também não tinha nada sobre o que pensar, e a ideia de um jardim escondido o atraiu, da mesma forma que a atraíra. Fez pergunta após pergunta. Onde era? Ela nunca procurou a porta? Nunca perguntou aos jardineiros?

— Eles não conversarão sobre isso — disse Mary. — Acho que lhes disseram para não responderem perguntas.

— Eu os faria responder — disse Colin.

— Você faria? — Mary titubeou, começando a se sentir com medo. Se ele pudesse fazer as pessoas responderem perguntas, quem sabia o que podia acontecer?

— Todos são obrigados a me agradar. Já lhe disse isso — comentou. — Se eu fosse viver, este lugar me pertenceria mais cedo ou mais tarde. Todos eles sabem disso. Eu os faria me contar.

Mary não sabia que ela própria fora mimada, mas podia perceber muito claramente que este misterioso menino o fora. Achava que o mundo inteiro lhe pertencia. Como ele era peculiar, e como falou friamente sobre não viver!

— Você acha que irá sobreviver? — perguntou ela, em parte porque estava curiosa, e em parte, na esperança de fazê-lo esquecer do jardim.

— Não acho que irei — respondeu ele da mesma forma fria que falou antes. — Desde que me lembro de qualquer coisa, ouço as pessoas dizerem que eu não iria. A princípio, achavam que eu era muito pequeno para entender e agora, pensam que não ouço. Mas eu ouço. Meu médico é primo do meu pai. É muito pobre e, se eu morrer, herdará toda Misselthwaite, quando meu pai estiver morto. Eu acho que ele não deve querer que eu viva.

— Você quer viver? — perguntou Mary.

— Não — respondeu ele, em uma forma irritada e cansada. — Mas não quero morrer. Quando me sinto doente, deito aqui e penso sobre isso até chorar.

— Eu o ouvi chorando três vezes — disse Mary. — Mas não sabia quem era. Estava chorando por causa disso? — falou aquilo na intenção de fazê-lo esquecer o jardim.

— Talvez... — respondeu ele. — Vamos falar sobre outra coisa. Fale sobre o jardim. Você não quer vê-lo?

— Sim — respondeu Mary, em uma voz muito baixa.

— Eu quero — continuou ele com persistência. — Não acho que já tenha desejado ver qualquer coisa antes, mas quero ver esse jardim. Quero a chave desenterrada. Quero a porta destrancada. Eu os deixaria me levar lá em minha cadeira. Isso seria como respirar ar fresco. Vou fazê-los abrir a porta. — Ficou muito excitado, e seus estranhos olhos começaram a brilhar como estrelas, parecendo mais imensos do que nunca. — Eles têm que me agradar — disse ele. — Eu os farei me levar até lá e deixarei que você vá também. As mãos de Mary se agarraram umas às outras. Tudo estaria arruinado — tudo! Dickon nunca voltaria. Ela nunca mais se sentiria como um sabiá com um ninho seguro e escondido.

— Oh, não... não...não... não faça isso! — gritou ela.

Olhou espantado, como se ela tivesse enlouquecido!

— Por quê?! — exclamou ele. — Você disse que queria vê-lo.

— Eu quero — respondeu ela, quase com um soluço na garganta. — Mas se os fizer abrir a porta e colocá-los lá dentro desse jeito, nunca mais será um segredo. — Se inclinou ainda mais para frente.

— Um segredo! — disse ele. — O que você quer dizer? Conte-me. — As palavras de Mary quase tropeçaram umas nas outras.

— Você entende...você entende... — ela ficou ofegante. — Ninguém precisa saber, exceto nós. Se houver mesmo uma porta, escondida em algum lugar sob a hera... Se houver, poderemos achá-la; e se, juntos, pudéssemos nos esgueirar por ela e fechá-la atrás de nós, e se ninguém soubesse que qualquer um estivesse lá dentro e o chamássemos de nosso jardim e fingíssemos que... que somos sabiás e que lá era nosso ninho... Se brincássemos lá quase todos os dias, cavássemos, plantássemos sementes e fizéssemos todo o jardim se tornar vivo...

— Ele está morto? — o garoto a interrompeu.

— Logo estará, se ninguém cuidar dele — continuou ela. — Os bulbos viverão, mas as roseiras... — O menino a interrompeu novamente, estava tão excitado quanto ela própria.

— O que são bulbos? — ele logo interpôs.

— São narcisos, lírios e anêmonas. Estão trabalhando na terra, agora, fazendo brotarem os pontos verde-claros, porque a primavera está chegando.

— A primavera está chegando? — disse ele. — Como que ela é? Você não a vê de dentro dos quartos quando está doente.

— É o sol brilhando sobre a chuva, a chuva caindo sobre o sol e as coisas brotando, trabalhando debaixo da terra — disse Mary. — Se o jardim fosse um segredo e conseguíssemos entrar nele, poderíamos observar as coisas crescerem todos os dias e ver quantas roseiras estão vivas. Você não entende? Oh, você não entende como seria melhor se fosse um segredo? — Repôs a cabeça sobre seu travesseiro e ficou deitado lá, com uma estranha expressão no rosto.

— Nunca tive um segredo — disse ele. — Exceto aquele sobre não viver para crescer. Eles não sabem que eu sei, então é um tipo de segredo. Mas gosto mais do seu segredo.

— Se você não fizer com que eles o levem para o jardim... — suplicou Mary. — Talvez... acho que é quase certo que eu possa descobrir como entrar lá, em algum momento. E então... se o médico quer que saia de sua cadeira, e se pode sempre fazer o que quer fazer, talvez... talvez possamos encontrar algum menino que possa empurrá-lo, e pudéssemos ir sozinhos, então seria sempre um jardim secreto.

— Acho que gostaria disso — disse ele bem devagar, com olhos que pareciam sonhadores. — Acho que gostaria disso. Não me importaria em sentir ar fresco em um jardim secreto.

Mary começou a recuperar a respiração e se sentir mais segura, porque a ideia de manter o segredo pareceu agradá-lo. Teve quase certeza que se não parasse de conversar e pudesse fazê-lo imaginar o jardim em sua mente, como ela o imaginou de fato, ele acabaria gostando tanto do jardim, que não suportaria pensar que qualquer um pudesse caminhar por ele quando preferisse.

— Eu lhe direi como acho que seria, se pudéssemos entrar nele — disse ela. — Está fechado por muito tempo, mas as coisas crescem, talvez, em um emaranhado. — Ainda ficou deitado por muito tempo e ouvia, enquanto ela continuava conversando sobre as roseiras, que podiam estar subindo de árvore em árvore, dependurando-se, e sobre os muitos pássaros que podiam ter construído seus ninhos lá, porque era tão seguro. E, então, falou-lhe sobre o pintarroxo e Bem Weatherstaff. Havia tanto para falar sobre o pintarroxo, e era tão fácil e seguro conversar sobre isso, que parou de ter medo. O pintarroxo o agradou tanto, que sorriu, até que pareceu quase bonito, e, a princípio, Mary achou que estava até mais interessado do que ela própria, com seus grandes olhos e pesados cachos de cabelo.

— Não sabia que os pássaros poderiam ser desse jeito — disse ele. — Mas se você fica em um quarto, nunca vê as coisas. Quantas coisas você sabe! Sinto como se você já tivesse entrado naquele jardim. — Ela não sabia o que dizer, então não disse nada. Ele, evidentemente, não esperava uma resposta e, no momento seguinte, surpreendeu-a.

— Vou deixar que veja uma coisa — disse ele. — Você vê aquela cortina de seda cor-de-rosa, pendurada na parede, acima do console da lareira? — Mary não a tinha percebido antes, mas levantou os olhos e a viu. Era uma cortina de seda macia, que se dependurava sobre o que parecia ser alguma foto.

— Sim — respondeu ela.

— Há um cordão dependurado nela — disse Colin. — Vá e puxe-o. — Mary levantou muito confusa e achou o cordão. Quando o puxou, a cortina de seda recuou sobre os anéis, deixando uma foto à mostra. Era a foto de uma menina com um rosto risonho. Tinha os cabelos brilhantes, amarrados com uma fita azul, e os olhos lindos e alegres eram exatamente iguais aos olhos infelizes de Colin, daquela cor cinza-ágata, e parecendo duas vezes maiores do que verdadeiramente eram, por causa dos cílios pretos em todo o seu contorno.

— É minha mãe — disse Colin queixoso. — Não entendo porque ela morreu. Às vezes a odeio por ter morrido.

— Que estranho! — disse Mary.

— Se ela estivesse viva, creio que eu não estaria sempre doente — resmungou ele. — Ouso dizer que eu acabaria sobrevivendo também. E meu pai não odiaria olhar para mim. Ouso dizer, ainda, que eu teria as costas fortes. Puxe a cortina novamente. — Mary obedeceu e retornou ao seu escabelo.

Ele se moveu desconfortavelmente.

— Eu os obriguei a fazer isso — disse ele. — Às vezes, não gosto de vê-la olhando para mim. Ela sorri muito, enquanto estou doente e miserável. Além disso, ela é minha e não quero que ninguém a veja — houve alguns momentos de silêncio, e, então, Mary falou:

— O que a Sra. Medlock faria se descobrisse que vim aqui? — perguntou ela.

— Faria o que quer que eu lhe dissesse para fazer — respondeu ele. — E eu lhe diria que queria que você viesse aqui e conversasse comigo todos os dias. Estou feliz que veio.

— Eu também — disse Mary. — Virei sempre que puder, mas... — hesitou. — Vou procurar a porta do jardim todos os dias.

— Sim, faça isso — disse Colin. — E me conte tudo depois. Ele ficou pensando por alguns minutos, como fizera antes, e então falou novamente: — Também acho que deve ser um segredo — disse ele.

— Não lhes direi nada até que descubram. Posso mandar sempre a enfermeira para fora do quarto e dizer que quero ficar sozinho. Você conhece a Martha?

— Sim, conheço-a muito bem — disse Mary.

— Ela me serve. Ele fez sinal com a cabeça em direção ao corredor externo. — Ela está dormindo no outro quarto. A enfermeira foi embora ontem para ficar a noite toda com a irmã, e sempre faz Martha me atender quando quer sair. Martha deve dizer-lhe quando vir aqui. — Mary, então, compreendeu a aparência perturbada de Martha quando lhe fez perguntas sobre o choro.

— Martha sabia de você o tempo todo? — disse ela.

— Sim, ela me atende com frequência. A enfermeira gosta de escapar de mim e, então, Martha vem.

— Já estou aqui por muito tempo — disse Mary. — Devo ir embora agora? Seus olhos parecem sonolentos.

— Queria dormir antes que me deixe — disse ele com timidez.

— Feche os olhos — disse Mary, puxando seu escabelo para mais perto. — Farei o que minha ama costumava fazer na Índia. Darei tapinhas em sua mão e a afagarei, cantando algo bem baixinho.

— Talvez eu goste disso — disse ele sonolentamente. De alguma maneira, sentia pena dele e não queria que ficasse acordado;

apoiou-se, então, na cama e começou a afagar e dar tapinhas nas mãos dele, enquanto entoava um cântico bem baixinho, em um dialeto hindu.

— Isso é bom — disse ele com ainda mais sono, e ela continuou a cantar e afagar. Mas quando o olhou novamente, os cílios pretos pousavam próximos do rosto, porque os olhos estavam fechados, e ele estava dormindo profundamente. Levantou-se devagar, pegou sua vela e saiu furtivamente, sem fazer barulho.

CAPITULO XIV

UM JOVEM RAJÁ

O pântano estava escondido na névoa quando a manhã chegou, e a chuva não parava de se derramar. Não poderia haver nenhuma saída de casa. Martha estava tão ocupada que Mary não teve oportunidade de conversar com ela, mas, à tarde, pediu à criada que viesse e se sentasse com ela no quarto. Veio trazendo a meia que estava sempre tricotando, quando não tinha mais nada para fazer.

— Qual o problema contigo? — perguntou Martha, tão logo se sentaram. — Ocê olha como se tivesse alguma coisa para dizê.

— Eu tenho. Descobri o que era o choro — disse Mary. Martha deixou seu tricô cair em seu joelho e olhou-a atentamente, com olhos sobressaltados.

— Ocê não descobriu! — exclamou ela. — Nunca!

— Ouvi o choro à noite. — Mary continuou. — Então levantei e fui ver de onde vinha. Era Colin. Eu o descobri.

O rosto de Martha ficou vermelho com o susto.

— Eh! Senhorita Mary! — disse ela quase chorando. — Ocê não deveria tê feito isso... não deveria! Ocê vai me trazê problemas.

Nunca lhe disse nada sobre ele, mas ocê vai me trazê problemas. Vou perde meu emprego e o que mamãe vai fazê?!

— Não vai perder seu emprego — disse Mary. — Ele ficou feliz por eu ter ido. Conversamos bastante, e ele disse que estava feliz.

— Estava? — gritou Martha. — Ocê tem certeza? Não sabe como ele fica quando qualqué coisa o irrita. É um garoto grande que chora como um bebê, mas quando fica furioso, grita bastante só para nos amedronta. Ele sabe que não somos donas de nossos próprios narizes.

— Ele não estava irritado — disse Mary. — Perguntei a ele se deveria ir embora e me fez ficar. Ele me fez perguntas, me sentei em um grande escabelo, e conversei com ele sobre a Índia, o pintarroxo e os jardins. Não me deixou ir, mas me deixou ver a foto de sua mãe. Antes de ir embora, cantei para ele dormir. Martha falou bastante, com voz entrecortada e com espanto.

— Mal consigo acreditá em você! — protestou ela. — É como se ocê tivesse caminhado diretamente para uma cova de leão. Se ele tivesse agido como na maioria das vezes, teria tido um acesso de raiva e despertado a casa inteira. Nunca deixa que estranhos olhem para ele.

— Ele me deixou olhá-lo. Eu o olhei o tempo todo, e ele me olhou. Olhamos espantados um para o outro! — disse Mary.

— Não sei o que fazê! — Martha gritou agitada. — Se a Sra. Medlock descobrí, vai achá que desobedeci e lhe que contei sobre o menino, então vou sê levada de volta para mamãe.

— Ele ainda não vai dizer nada sobre isso à Sra. Medlock. Será um tipo de segredo, pelo menos no princípio — disse Mary com firmeza. — Ele diz que todos são obrigados a fazer o que ele quer.

— Sim, isso é verdade, é um mau garoto! — suspirou Martha, limpando a testa com o avental.

— Ele disse que a Sra. Medlock também o obedece. E ele quer que eu vá conversar com ele todos os dias. E você deve me avisar quando ele me quiser.

— Eu! — disse Martha. — Vou perde meu

emprego... com certeza!

— Não vai perder, está fazendo o que ele quer que faça, e todos têm ordens para obedecê-lo — argumentou Mary.

— Ocê está querendo dizê... — gritou Martha com os olhos bem abertos. — Que ele foi bom para ocê.

— Acho que ele quase gostou de mim — respondeu Mary.

— Então, ocê deve tê enfeitiçado ele! — decidiu Martha, soltando um longo suspiro.

— Você quer dizer com Mágica? — perguntou Mary. — Ouvi muito sobre Mágica na Índia, mas não sei fazê-la. Simplesmente, entrei em seu quarto e fiquei tão surpresa ao vê-lo, que fiquei olhando para ele assustada. Ele se virou, então, e me olhou assustado também. E ele pensou que eu era um fantasma ou um sonho, como eu também achava que ele o fosse. E foi tão estranho estarmos ali sozinhos, no meio da noite, e não conhecendo um ao outro, que começamos a nos fazer perguntas. E, quando lhe perguntei se devia ir embora, ele disse que não.

— O mundo tá acabando! — disse Martha com uma voz entrecortada.

— Qual é o problema com ele? — perguntou Mary.

— Ninguém sabe ao certo — disse Martha. — O Sr. Craven enlouqueceu, logo que o menino nasceu. Os médicos achavam que ele teria que sê posto em um manicômio. Foi porque a Sra. Craven morreu, como lhe disse. Ele não queria vê o bebê. Ele só esbravejou, dizendo que seria outro corcunda como ele e que seria melhó que morresse.

— O Colin é um corcunda? — perguntou Mary. — Não aparenta ser.

— Não é ainda — disse Martha. — Mas ele começou tudo errado. Mamãe dizia que havia problemas suficientes e emoções fortes na casa para fazê qualqué criança tê comportamentos errados. Estavam com medo de que suas costas fossem fracas e cuidam disso sempre, mantendo-o deitado e não o deixando caminhá. Uma vez, fizeram-no usá um dispositivo para escorá, mas ele se queixou tanto, que ficou doente por completo. Um médico famoso, então, veio vê-lo e os fez tirá o dispositivo. Ele conversou com o outro médico de uma maneira bastante áspera, porém educada. Disse que houve muito medicamento e que deixaram o menino muito à vontade.

— Acho que ele é um menino muito mimado — disse Mary.

— Ele tá pior agora do que sempre foi! — disse Martha. — Não vou dizê que não estivesse bastante doente. Teve tosses e resfriados, que quase o mataram, duas ou três vezes. Uma vez teve febre reumática e outra vez, febre tifoide. Eh! A Sra. Medlock levou um susto na ocasião. Ele enlouqueceu, porque ela estava conversando com a enfermeira, simplesmente achando que ele não estava escutando nada, então, disse: "Ele vai morrê dessa vez, com toda certeza, e vai sê a melhó coisa para ele e para todos." E quando foi olhá-lo, lá estava ele com os grandes olhos abertos, olhando-a assustado, tão sensível quanto ela própria estava. Ela não sabia o que aconteceria, mas ele simplesmente olhou assustado para a governanta e disse: "Dê-me um pouco d'água e pare de conversá."

— Acha que ele vai morrer? — perguntou Mary.

— Mamãe diz que não há como uma criança vivê, uma vez que não respira ar fresco e não faz nada, exceto deitá de costas, lê livros ilustrados, e tomá remédios. Ele está fraco e odeia quando é levado para fora de casa, além disso, fica resfriado com tanta facilidade, que diz que é isso o torna doente. — Mary sentou-se e olhou para o fogo.

— Eu me pergunto... — disse devagar. — Se não lhe faria bem sair para o jardim e ver as coisas crescerem. Isso me fez bem.

— Um dos piores ataques que já teve... — disse Martha. — Foi uma vez que o convidaram para sair até onde as roseiras estão, ao lado da fonte. Ele vinha lendo uma notícia em um jornal sobre pessoas que adquiriram algo chamado "resfriado das rosas", então começo a espirrá e dizê que o tinha contraído. Então, um novo jardineiro, por não sabê das regras, passou por ali e o olhou curioso. Ele se enfureceu e disse que o jardineiro o olhou porque estava ficando corcunda. Chorou até pegá uma febre e fica doente a noite toda.

— Se alguma vez ficar furioso comigo, nunca vou vê-lo novamente — disse Mary.

— Ele vai vê-la, se quisé — disse Marta. — É melhó que saiba logo disso. — Bem pouco tempo depois, uma campainha tocou, e Martha parou de tricotar. — Acredito que a enfermeira queira que eu fique com ele um pouco — disse ela. — Espero que esteja de bom humô. Ficou fora do quarto por cerca de dez minutos e voltou, então, com uma expressão perplexa. — Bem, ocê o enfeitiçou — disse ela. — Ele se levantou e está em seu sofá, com seus livros ilustrados. Disse para a enfermeira se ausentá até às seis horas. Fiquei esperando no quarto ao lado. Logo que ela se foi, me chamô e disse: "Quero que Mary Lennnox venha conversa comigo, e lembre-se que você não pode conta para ninguém. Vá tão rápido quanto possa."

Mary estava disposta a ir logo. Não queria ver Colin tanto quanto queria ver Dickon, mas queria muito vê-lo.

Havia um fogo crepitando na lareira quando ela entrou no quarto e, à luz do dia, viu que era, de fato, um quarto muito bonito. Havia ricas cores nos tapetes, nos objetos dependurados, nas fotos e nos livros que estavam nas estantes, fazendo-o parecer brilhante e confortável, apesar do céu acinzentado e da chuva que caía. Colin parecia mais como uma foto de si mesmo. Estava envolto em um roupão de veludo e sentado contra uma grande almofada de brocado. Tinha uma mancha vermelha em cada bochecha.

— Entre — disse ele. — Fiquei pensando em você a manhã toda.

— Fiquei pensando em você também — respondeu Mary. — Você não sabe como a Martha é medrosa. Diz que a Sra. Medlock vai achar que ela me contou sobre você e, então, vai ser mandada embora. — Ele amarrou a cara.

— Vá e peça que ela venha até aqui — disse ele. — Está no quarto ao lado. — Mary foi e a trouxe. A pobre Martha tremia de medo. Colin ainda estava de cara amarrada.

— Você tem que fazer o que me agrada ou não? — reivindicou ele.

— Tenho que fazê o que lhe agrada, senhor — titubeou Martha, enrubescendo.

— Medlock tem que fazer o que me agrada?

— Todos têm, senhor — disse Martha.

— Bem, então, se eu lhe ordenar que me traga a Srta. Mary, como Medlock pode mandá-la embora, se descobrir?

— Por favor, não a deixe fazer isso, senhor — suplicou Martha.

— Vou mandá-la embora, se ela ousar dizer uma palavra sobre tal coisa — disse o Mestre Craven de forma imponente.

— Ela não gostaria disso, posso lhe garantir. — Obrigada, senhor — fez uma reverência. — Quero cumprir meu dever, senhor.

— Fazer o que quero é seu dever — disse Colin, de forma mais imponente ainda. — Vou cuidar de você. Agora, vá embora.

Quando a porta se fechou atrás de Martha, Colin viu que a Srta. Mary o estava olhando fixamente, como se estivesse especulando.

— Por que me olha assim? — perguntou-lhe o menino. — No que está pensando?

— Estou pensando em duas coisas.

— Quais são? Sente-se e diga-me.

— Eis a primeira coisa — disse Mary, sentando-se no banco grande. — Uma vez, na Índia, vi um menino que era um rajá. Tinha rubis, esmeraldas e diamantes grudados por ele todo. Falava com seu povo exatamente como você falou com Martha. Todos tinham que fazer tudo que ele mandava... imediatamente. Acho que ele os matarias, se não fizessem.

— Farei com que me fale sobre rajás — disse ele. — Mas primeiro me diga qual era a segunda coisa.

— Estava pensando... — disse Mary. — Como você é diferente do Dickon.

— Quem é Dickon? — perguntou ele. — Que nome estranho!
Ela podia muito bem lhe dizer, pois achava que conseguiria conversar sobre Dickon sem mencionar o jardim secreto. Gostou de ouvir Martha conversar sobre ele. Além disso, estava louca para

conversar sobre ele. Isso iria parecer trazê-lo mais perto.

— É o irmão da Martha. Tem doze anos — explicou ela. — Ele não é como nenhum outro menino no mundo. Pode encantar raposas, esquilos e pássaros, exatamente como os nativos na Índia encantam as serpentes. Toca uma música muito suave em uma flauta, e eles vêm e ouvem. Havia alguns livros grandes sobre a mesa a seu lado, e ele puxou um para perto de si, repentinamente.

— Há uma foto de um encantador de serpentes neste livro — exclamou ele. — Venha vê-lo. — Era um livro lindo com maravilhosas ilustrações coloridas, e ele mostrou-lhe uma delas. — Ele consegue fazer isso? — perguntou o menino, mostrando ansiedade.

— Ele toca sua flauta, e eles ouvem — explicou Mary. — Mas não chama isso de Mágica. Diz que é porque vive muito no pântano e conhece os jeitos dos animais. Diz que, às vezes, se sente como se fosse, ele próprio, um pássaro ou um coelho pois gosta deles. Acho que fez perguntas ao pintarroxo. Foi como se conversassem um com o outro em suaves trinados. — Colin retornou para sua almofada. Seus olhos se tornaram cada vez maiores, e as manchas nas bochechas pareciam queimar.

— Fale-me mais sobre ele — disse o menino.

— Ele sabe tudo sobre ovos e ninhos — continuou Mary. — E sabe onde as focas, os texugos e as lontras vivem. Ele os mantém em segredo para que os outros meninos não achem seus buracos e os assustem. Sabe sobre tudo que cresce ou vive no pântano.

— Ele gosta do pântano? — disse Colin. — Como pode? É um lugar tão grande, vazio e melancólico!

— É o lugar mais bonito — protestou Mary. — Milhares de coisas lindas crescem nele, e há milhares de pequenas criaturas, todas empenhadas em construir ninhos, e fazendo buracos e tocas, se sentindo felizes, cantando ou conversando em vozes esganiçadas uns com os outros. Estão tão ocupados e se divertindo muito sob a terra ou nas árvores e nas urzes. É o mundo deles.

— Como sabe tudo isso? — disse Colin, apoiando-se no cotovelo para olhá-la.

— Eu nunca estive lá realmente — disse Mary, lembrando-se de repente. — Apenas passei de carro por ele na escuridão. Achei-o horroroso. Martha me falou sobre ele primeiro e depois, sobre Dickon. Quando Dickon conversa sobre o pântano, você sente como se visse e ouvisse os seres e como se ficasse nas urzes, com o sol brilhando e a carqueja cheirando como o mel... e tudo cheio de abelhas e borboletas.

— Você nunca vê nada se está doente — disse Colin com agitação. Parecia uma pessoa que ouvia um novo som ao longe e se perguntava o que era.

— Você não vai ver se ficar em um quarto — disse Mary.

— Eu não poderia ir ao pântano — disse ele em um tom de ressentimento.

Mary ficou em silêncio por um instante, então disse algo ousado.

— Você poderia... algum dia.

Ele se moveu, como se estivesse surpreso.

— Ir ao pântano? Como eu poderia? Vou morrer.

— Como sabe? — disse Mary de forma não muito penalizada. Ela não gostava do modo como ele conversava sobre a morte. Não se sentia muito penalizada. Era como se ele se gabasse daquilo.

— Oh, ouço isso desde as minhas primeiras lembranças — ele respondeu de forma irritada. — Estão sempre cochichando sobre isso e achando que não percebo. Eles também desejam que eu morra. Dona Mary sentiu-se muito rabugenta e comprimiu os lábios.

— Mesmo que desejassem que eu morresse... — ela disse. — Eu não desejaria. Quem deseja que você morra?

— Os criados... e, é claro, Dr. Craven, porque ficaria com Misselthwaite e seria rico em vez de pobre. Ele não ousa me dizer, mas sempre parece alegre quando me vê pior. Quando tive febre tifoide, seu rosto chegou até a engordar. Acho que até meu pai também deseja isso.

— Não acredito que deseje — disse Mary com obstinação. Isso fez Colin se virar e olhá-la novamente.

— Você não acredita? — disse ele. E retornou, então, para sua almofada e parecia estar pensando ainda. E se fez um silêncio muito longo. Talvez ambos estivessem pensando coisas estranhas, que as crianças normalmente não pensam.

— Gosto do famoso médico de Londres, porque os fez tirar o dispositivo de ferro — disse Mary finalmente. — Ele também disse que você vai morrer?

— Não.

— O que disse?

— Ele não cochichou. — Colin respondeu. — Talvez soubesse que odeio que cochichem. Eu o ouvi dizer uma coisa em voz alta. Disse: "O garoto poderá viver, se estiver disposto a isso. Faça-o ficar de bom humor." Ele parecia estar zangado.

— Vou lhe dizer quem, talvez, conseguisse deixá-lo de bom humor — disse Mary, refletindo. Ela queria que esse problema fosse resolvido de um jeito ou de outro. — Acho que Dickon conseguiria. Está sempre conversando sobre coisas vivas. Nunca conversa sobre coisas mortas ou doentes. Está sempre levantando os olhos para o céu, para observar os pássaros que voam... ou abaixando os olhos para a terra para ver alguma coisa crescendo. Tem olhos azuis tão arredondados e tão escancarados, que parecem sempre alertas. E tem um sorriso tão grande em sua enorme boca... e as bochechas são tão vermelhas quanto as cerejas. — Ela puxou seu banco para mais perto do sofá, e sua expressão mudou, com a lembrança da boca encurvada e dos olhos escancarados. — Veja bem... — disse ela. — Não vamos conversar sobre a morte; não gosto disso. Vamos conversar sobre a vida. Vamos conversar cada vez mais sobre Dickon. E vamos olhar, então, as fotos dos livros. — Foi a melhor coisa que ela poderia ter dito. Conversar sobre Dickon significava conversar sobre o pântano, sobre o chalé e as quatorze pessoas que moravam nele, vivendo com dezesseis xelins por semana... e as crianças que engordavam na grama do pântano, como pôneis selvagens. Falou também sobre a mãe de Dickon, sobre a corda de pular, sobre o pântano iluminado pelo sol e sobre os pontos verde-claros que se projetavam para fora do relvado negro. E era tudo tão vivo, que Mary conversou mais do que nunca.

E ambos começavam a rir sem explicação como as crianças fazem quando estão felizes juntas. E riram tanto, que, no fim, estavam fazendo barulho como se fossem duas saudáveis e comuns criaturas de dez anos, em vez de uma menina severa, pequena e antipática e um menino doentio que acreditava que ia morrer. Divertiram-se tanto, que se esqueceram das figuras e do tempo. Riam muito alto, mais do que Ben Weatherstaff e seu pintarroxo faziam, e Colin estava realmente sentado, como se tivesse esquecido de suas costas fracas, quando repentinamente se lembrou de algo.

— Você sabe que há uma coisa na qual nunca pensamos? — perguntou ele. — Nós somos primos. — Pareceu estranho que conversassem tanto e nunca tivessem comentado esse fato simples, que riram mais do que nunca, porque estavam bem-humorados para rirem de qualquer coisa. E, no meio do divertimento, a porta se abriu, e o Dr. Craven e a Sra. Medlock entraram no quarto. O Dr. Craven ficou realmente alarmado, e a Sra. Medlock quase caiu de costas, porque ele se chocou acidentalmente contra ela.

— Bom Deus! — exclamou a pobre Sra. Medlock, com os olhos quase saltando do rosto.

— Bom Deus! O que é isso? — manifestou-se o Dr. Craven. — O que isso significa?

Mary, então, lembrou-se do menino rajá novamente. Colin respondeu como se nem o rosto alarmado do Dr. Craven nem o terror da Sra. Medlock pudessem ter consequências. Estava tão perturbado ou amedrontado quanto se um gato ou cão velho tivesse entrado no quarto.

— Esta é minha prima, Mary Lennox — disse ele. — Eu lhe pedi que viesse e conversasse comigo. Gosto dela. Deve vir conversar comigo, sempre que eu mandar chamá-la. — O Dr. Craven voltou-se para a Sra. Medlock com ar de reprovação.

— Oh, senhor! — ela disse, ofegando. — Não sei como isso aconteceu. Nenhum criado na casa que ousaria falar. Todos sabem de suas ordens.

— Ninguém lhe disse nada — disse Colin. — Ela me ouviu chorando e me encontrou sozinha. Estou feliz que tenha vindo. Não seja boba, Medlock. — Mary viu que o Dr. Craven não parecia agradado, mas estava muito claro que não ousaria se opor ao seu paciente. Sentou-se ao lado de Colin e sentiu seu pulso.

— Tenho medo que tenha havido muita agitação, o que não é bom para você, meu menino — disse ele.

— Ficaria agitado, se a afastassem — respondeu Colin, com os olhos começando a cintilar perigosamente. — Estou melhor. Ela faz com que eu me sinta melhor. A enfermeira deve servir o seu chá com o meu. Vamos tomar chá juntos.

A Sra. Medlock e o Dr. Craven se entreolharam de um jeito confuso, mas não havia, evidentemente, nada a ser feito.

— Ele parece bem melhor, senhor — aventurou-se a Sra. Medlock. — Mas, refletindo sobre o assunto, também parecia melhor essa manhã, antes que ela entrasse no quarto.

— Ela entrou no quarto na noite passada. Ficou comigo um longo tempo. Cantou uma canção do Indostão[5] para mim e me fez dormir — disse Colin. — Eu estava melhor quando acordei e quis meu café da manhã. Quero meu chá agora. Peça-o para a enfermeira, Medlock.

O Dr. Craven não ficou por muito tempo. Conversou com a enfermeira por alguns minutos, quando ela entrou no quarto, e disse algumas palavras de advertência para Colin. Ele não devia conversar muito, não devia se esquecer de que estava doente e não devia se esquecer de que ficava cansado com facilidade. Mary achou que era um bom número de coisas desagradáveis para ele não se esquecer. Colin parecia mal-humorado e manteve os estranhos olhos de cílios pretos fixos no rosto do Dr. Craven.

— Quero esquecer isso — disse ele finalmente. — Ela me faz esquecer isso. É por isso que a quero.

O Dr. Craven não parecia feliz quando deixou o quarto. Deu uma olhada perplexa para a menininha que estava sentada no banco grande. Tornara-se uma criança severa e silenciosa novamente, tão logo ele entrou, e ele não pôde ver qual era seu atrativo. O menino, entretanto, parecia realmente estar com uma cor mais viva... e ele suspirou profundamente enquanto descia o corredor.

---

5 Indostão - Língua falada na India e Paquistão antes da separação em Hindu.

— Eles estão sempre querendo que eu coma coisas quando eu não quero comer — disse Colin quando a enfermeira trouxe o chá e o colocou na mesa, ao lado do sofá. — Agora, se você comer, eu como também. Esses bolinhos parecem tão bons e quentes! Fale-me sobre rajás.

CAPITULO XV

A CONSTRUÇÃO DO NINHO

Depois de outra semana de chuva, o elevado arco do céu azul apareceu novamente, e o sol que se espalhou estava muito quente. Embora não houvesse chance de ver o jardim secreto nem Dickon, a Srta. Mary se divertiu muito. A semana não pareceu longa. Passou horas diárias com Colin, no quarto dele, conversando sobre rajás, jardins, sobre Dickon e o chalé. Eles olharam os esplêndidos livros e ilustrações, e, às vezes, Mary lia coisas para Colin; outras vezes, era ele quem lia um pouco para ela. Quando Colin estava entretido e interessado, a menininha achava que ele mal parecia um inválido, exceto pela face tão pálida e por ele estar sempre em seu sofá.

— Você é uma jovem astuta para ouvir, sair de sua cama e investigar as coisas, como fez naquela noite — disse uma vez a Sra. Medlock. — Mas não posso dizer que isso não foi uma espécie de bênção para muitos de nós. Ele não tem tido um acesso de raiva ou ataque de lamúrias desde que vocês fizeram amizade. A enfermeira ia simplesmente abandonar o caso, porque estava ficando doente devido ao comportamento dele, mas diz que não se importa de ficar, agora que você divide o serviço com ela — concluiu a governanta, rindo um pouco. Em suas conversas com Colin, Mary tentava ser muito cautelosa ao falar sobre o jardim secreto. Havia certas coisas que queria descobrir com ele, mas sentia que devia descobri-las sem lhe fazer perguntas diretas. Em primeiro lugar, por ter começado a gostar de estar com ele, queria descobrir se era o tipo de menino para quem você poderia contar um segredo. Não era nem um pouco como Dickon, mas estava, evidentemente, tão satisfeito com a ideia de um jardim, sobre o qual ninguém soubesse nada, que achou que talvez ele pudesse ser confiável. Mas não o conhecia o suficiente para ter certeza. A segunda coisa que queria descobrir era essa: se ele pudesse ser confiável — se realmente pudesse — seria possível levá-lo ao jardim sem que alguém o descobrisse? O médico famoso disse que ele deveria tomar ar fresco, e Colin disse que não se importaria com o ar fresco em um jardim secreto. Talvez, se tomasse uma grande quantidade de ar fresco, conhecesse Dickon e o pintarroxo e visse as coisas crescerem, passaria a não pensar tanto em morrer. Às vezes, quando Mary se olhava no espelho, nos últimos dias, percebia que parecia uma criatura muito diferente da criança que viu quando chegou da Índia. A criança de agora parecia mais agradável. Até Martha percebera uma mudança nela.

— O ar do pântano tem lhe feito bem — disse ela. — Ocê não está mais tão implicante e magricela. Até esse cabelo, nessa cabeça tão chata, não é mais sem graça. Tem alguma vida nele que acaba se sobressaindo um pouco.

— É como eu — disse Mary. — Está cada vez mais forte e encorpado. Tenho certeza de que até cresceu.

— Parece mesmo — disse Martha, despenteando-o um pouco, em torno do rosto da menininha. — Ocê já não parece tão feia quando o cabelo tá desse jeito e suas bochechas tão avermelhadas.

Se os jardins e o ar fresco foram bons para ela, talvez também fossem para Colin. Mas, se ele odiava que as pessoas o olhassem, talvez não gostasse de ver Dickon.

— Por que fica furioso quando olham para você? — ela perguntou um dia.

— Sempre odiei isso — respondeu ele. — Mesmo quando era muito pequeno. Nessa época, quando me levavam à beira mar, deitado em minha carruagem, todos me olharam espantados, e as senhoritas pararam e conversaram com minha enfermeira, começando a cochichar, e eu sabia que estavam dizendo que eu não sobreviveria para crescer. Então, às vezes, as senhoritas davam tapinhas nas minhas bochechas e diziam: "Pobre criança!". Uma vez, quando uma senhorita fez isso, gritei alto e mordi sua mão. Ficou tão assustada que fugiu.

— Ela achou que você tinha enlouquecido como um cão — disse Mary, nem um pouco admirada.

— Não me importo com o que ela pensava — disse Colin amarrando a cara.

— Eu me pergunto, por que você não gritou e me mordeu quando entrei em seu quarto? — disse Mary. Ela começou a sorrir devagar.

— Achava que você era um fantasma ou um sonho — disse ele. — Você não pode morder um fantasma ou um sonho e, se gritar, eles não se importam.

— Você odiaria se... se um menino olhasse para você? — Mary perguntou incerta. Ele se pôs de volta em sua almofada e fez uma pausa, pensativo.

— Há um menino — disse ele bem devagar, como se estivesse refletindo sobre cada palavra. — Há um menino que não me importaria se me olhasse. É aquele menino que conhece onde as raposas vivem, Dickon.

— Tenho certeza que você não se importaria com ele — disse Mary.

— Os pássaros e os outros animais não se importam — disse ele, ainda refletindo sobre a questão. — Talvez seja por isso que eu não deveria me importar. Ele é um tipo de encantador de animais, e eu sou um menino com jeito de animal. — Riu, então, assim como ela; na verdade, isso terminou em ambos rindo muito e achando mesmo muito engraçada a ideia de um menino com jeito de animal, se escondendo em seu buraco. O que Mary sentiu depois disso, foi que não precisava temer sobre Dickon.

Naquela primeira manhã, quando o céu ficou azul novamente,

Mary acordou muito cedo. O sol se espalhava em raios que se inclinavam através das persianas, e havia algo de tão estonteante naquela cena, que ela pulou da cama e correu para a janela. Levantou as persianas, abriu-a e uma enorme brisa de ar fresco perfumado soprou sobre ela. O pântano estava azul, e era como se algo mágico tivesse acontecido no mundo inteiro. Havia suaves e tênues sons, como os de flauta, por toda parte, como se milhares de pássaros estivessem começando a se afinar para um concerto. Mary pôs a mão para fora da janela e a manteve sob o sol.

— Está quente... quente! — disse ela. — Isso vai fazer com que os pontos verdes brotem cada vez mais, e os bulbos e as raízes trabalharão e se esforçarão, com todo seu poder, sob a terra. Ela se ajoelhou e se debruçou na janela, ficando tão distante quanto pôde, respirando de forma prolongada e farejando o ar, até que riu, porque se lembrou do que a mãe de Dickon disse sobre a ponta do nariz dele, que tremia como a de um coelho. — Deve ser muito cedo ainda — disse ela. — As pequenas nuvens estão todas cor-de-rosa, e nunca vi o céu desse jeito. Ninguém está acordado. Nem mesmo ouço os meninos do estábulo.

Um pensamento repentino a fez se levantar. "Não posso esperar! Vou ver o jardim!" Durante aquele tempo, aprendeu a se vestir, e o fez em cinco minutos. Conhecia uma pequena porta lateral, que conseguiu abrir por si mesma, então correu escada abaixo, usando somente as meias nos pés, deixando para calçar os sapatos no hall. Soltou as correntes, destravou e abriu a porta e, tendo feito isso, saltou o degrau com um passo, pondo-se de pé, sobre a grama, que parecia ter se tornado verde, com o sol se espalhando sobre ela, assim como as brisas doces e quentes. Havia sons como os de flauta, os chilreios e as canções, vindos de todos os arbustos e árvores. Ela apertou as mãos, por pura alegria, e ergueu os olhos para o céu, que estava azul, cor-de-rosa, perolado, branco e inundado pela luz da primavera, fazendo-a sentir como se devesse tocar flauta e cantar alto, e ela sabia que sabiás, pintarroxos e cotovias não poderiam ajudá-la nisso. Correu em volta dos arbustos e dos caminhos na direção do jardim secreto.

— Tudo já está diferente — disse ela.

— A grama está mais verde, e as coisas estão brotando por todos os lugares, se soltando, e os brotos das folhas estão se mostrando. Tenho certeza de que Dickon vai vir esta tarde. — A demorada chuva quente fizera coisas estranhas com os canteiros de ervas, que beiravam o caminho pelo muro mais baixo. Havia coisas brotando e se soltando das raízes das moitas de plantas, e tinha, também, aqui e ali, vislumbres de púrpura real e amarelo, se soltando entre as hastes de açafrões. Seis meses antes, a Srta. Mary não teria visto como o mundo despertava, mas agora não sentia falta de nada. Quando ela alcançou o lugar onde a porta se escondia sob a hera, ficou assustada por ouvir um curioso som alto. Era um grasnido... o grasnido de uma gralha, e veio do topo do muro. Quando ela levantou os olhos, viu, empoleirado ali, um pássaro preto-azulado, de plumagem lustrosa, baixando os olhos para ela de um jeito bastante prudente. Nunca tinha visto um corvo tão de perto antes, e ele a deixou um pouco nervosa, mas, logo no momento seguinte, ele abriu as asas e saiu voando pelo jardim. Ela esperava que o pássaro não ficasse do lado de dentro, por isso empurrou a porta aberta, se perguntando se ele ficaria. Quando entrou no jardim, viu que, provavelmente, ele pretendia ficar, porque pousou sobre uma macieira anã, sob a qual estava deitado um pequeno animal avermelhado, com um rabo espesso.

Ambos estavam olhando para o corpo abaixado e para a cabeça com o cabelo vermelho-ferrugem de Dickon, que estava ajoelhado sobre a grama, trabalhando muito. Mary saiu correndo pela grama, na direção dele.

— Oh, Dickon! Dickon! — gritou ela. — Como chegou aqui tão cedo?! Como conseguiu?! O sol acabou de nascer! Ele se levantou, rindo, descabelado e com o rosto vermelho; os olhos parecendo um pedaço do céu.

— Eh! — disse ele. — Eu acordei bem antes do sol. Como poderia ter ficado na cama?! O mundo nasceu todo lindo esta manhã; sim, ele nasceu. E ele tá trabalhando intensamente, sussurrando, arranhando, tocando flauta, construindo ninhos e exalando aromas. E eu não podia ficar de fora de tudo isso. Quando o sol se levantô, o pântano enlouqueceu de alegria, e eu tava no meio da urze, então corri como louco, gritando e cantando. E vim direto para cá. Não poderia tê ficado longe, porque o jardim tava de repouso aqui, esperando!

Mary pôs as mãos no peito, ofegando, como se estivesse correndo.

— Oh, Dickon! Dickon! — disse ela. — Estou tão feliz que mal posso respirar! — Vendo-o conversar com uma estranha, o animalzinho de rabo espesso levantou-se de seu lugar sob a árvore e veio para perto dele, e a gralha, grasnindo mais uma vez, voou de seu galho, pousando sobre seu ombro.

— Este é o filhotinho da raposa — disse ele, afagando a cabecinha avermelhada do animal. — Eu o chamo de Capitão. E este aqui é Fuligem. — Fuligem, que voou pelo pântano me fazendo companhia, e Capitão, correu da mesma forma, como se os cães de caça o perseguissem. Ambos sentiram o mesmo que eu. Nenhuma das criaturas sentiu que ele tinha medo de Mary. Quando Dickon começou a caminhar por toda parte, Fuligem permaneceu em seu ombro, e Capitão trotou silenciosamente perto dele. — Veja aqui! — disse Dickon. — Veja como estes tão brotando, e veja todos estes outros! Eh! Olha estes aqui!

Ele se ajoelhou rapidamente, e Mary se abaixou ao seu lado. Aproximaram-se de uma moita inteira de açafrões, que pipocavam em púrpura, laranja e dourado. Mary abaixou o rosto e os beijou repetidas vezes.

— Não há de beijar uma pessoa desse jeito — disse ela, quando levantou a cabeça. — As flores são tão diferentes.

Ele olhou perplexo, mas sorriu.

— Eh! — disse ele. — Eu beijo a mamãe muitas vezes desse jeito quando venho do pântano, depois das andanças de um dia, e ela fica ao sol lá na porta, parecendo feliz e à vontade. Correram de uma parte à outra do jardim e acharam tantas maravilhas, que foram obrigados ase lembrar de que deviam cochichar ou falar baixo. Ele mostrou à menininha, botões desenvolvidos nos galhos de roseiras que antes pareciam mortos. Mostrou-lhe, ainda, milhares de novos pontos verdes que estavam surgindo do humo. Puseram seus ansiosos e jovens narizes perto da terra e farejaram seu cálido bafejo de primavera; cavaram, puxaram e riram baixo em êxtase, até que os cabelos da Srta. Mary ficaram tão desarrumados quanto os de Dickon, e as bochechas ficaram quase parecendo como uma papoula vermelha, como as dele. Eles encontraram todas as alegrias da terra no jardim secreto naquela manhã, e no meio delas, encontraram um prazer mais agradável do que todos, por ser ainda mais maravilhoso. Rapidamente, algo voou pelo muro, disparando pelas árvores até um canto cultivado e próximo. Viram, então, um pequeno clarão do pássaro de peito vermelho, segurando alguma coisa que se dependurava de seu bico. Dickon ficou bastante quieto e pôs a mão em Mary, quase como se eles, de repente, percebessem que estavam rindo em uma igreja.

— Num devemos nos mexê — ele cochichou, usando um amplo sotaque de Yorkshire. — Mal devemos respirá. Soube que ele era um amigo, assim que o vi pela última vez. É o pintarroxo de Ben Weatherstaff. Ele tá construindo seu ninho. Vai continua aqui, se não brigarmos com ele. As crianças acomodaram-se suavemente na grama e ficaram sentadas lá, sem se mover.

— Temos que fingi que não tamo observando tão de perto — disse Dickon. — Ele ia fica zangado conosco para sempre, se percebesse que estamos interferindo. Ele vai parece um bocado diferente até que tudo isso termine. Ele tá construindo o ninho e vai parecê mais acanhado e mais disposto a levá as coisas a mal. Não tem tempo para visita nem fica fofocando. Devemos ficá assim por mais um tempo e tentá parece como se fôssemos grama, árvores e arbustos. Quando, então, ele tivé se acostumado a nós, vou triná um pouco, e ele vai sabê que não vamos ficá em seu caminho.

A Srta. Mary não sabia, como Dickon demonstrava saber, como tentar parecer com a grama, árvores e arbustos. Mas ele falou aquilo de uma forma estranha, como se fosse a coisa mais simples e natural do mundo, e ela sentiu que devia ser algo muito fácil. Na verdade, ela o observou por alguns minutos com atenção, se perguntando se era possível se tornar verde e se cobrir de galhos e folhas. Mas ele apenas permanecia sentado e, quando falou, suavizando a voz, que era curioso que ela conseguisse ouvi-lo, a menininha, entretanto, o ouviu.

— Essa construção de ninhos faz parte da primavera — disse ele. — Garanto que acontece do mesmo jeito todos os anos, desde que o mundo começô. Eles têm seu jeito de pensa e fazê as coisas, e é melhó a gente não se intrometê. É mais fácil perde um amigo na primavera do que em qualquer outra estação, se você for curioso.

— Se continuarmos conversando sobre ele, não vou conseguir não o olhar — disse Mary, sussurrando o máximo que pôde. — Vamos conversar sobre outra coisa. Há algo que quero lhe dizer.

— Ele vai gosta mais, se conversarmos de outra coisa — disse Dickon. — O que é que ocê tem para me dizê?

— Bem... você sabe sobre Colin? — cochichou ela. Ele virou a cabeça para olhá-la.

— O que ocê sabe sobre ele? — perguntou o menino.

— Eu o tenho visto. Tenho conversado com ele todos os dias dessa semana. Ele quer que eu vá vê-lo. Diz que faço com que ele esqueça sobre estar doente e morrer — respondeu Mary. Dickon pareceu verdadeiramente aliviado, no momento em que a expressão de surpresa desapareceu de seu rosto arredondado.

— Tô feliz por isso! — exclamou ele. — Tô muito feliz. Isso facilita mais as coisas. Sabia que não devia dizê nada sobre ele e não gosto de tê que escondê as coisas.

— Você não gosta de manter o jardim em segredo? — disse Mary.

— Nunca vou fala sobre ele — respondeu o menino. — Mas digo para mamãe: "Tenho um segredo guardado. Não é um segredo ruim, ocê sabe disso. Não é pior do que escondê onde tá um ninho de pássaro. Ocê não se importa com isso, se importa?". Mary sempre queria ouvir sobre a mãe.

— O que ela disse? — perguntou a menininha, sem medo de ouvir a resposta. Dickon deu um sorriso largo, pacífico.

— O que mamãe disse foi bem típico dela — respondeu ele. — Esfregô um pouco minha cabeça, riu e disse: "Eh! Garoto, ocê pode tê todos os segredos que quisé. Eu o conheço há doze anos."

— Como soube sobre Colin? — perguntou Mary.

— Todos que sabiam sobre o Sr. Craven, também sabiam que havia um garotinho que poderia se torná um aleijado. E todos sabiam que o Sr. Craven não gostava que conversassem sobre ele. O pessoal lamentava pelo Sr. Craven, porque a Sra. Craven era uma jovem muito linda, e eles gostavam um do outro. A Sra. Medlock nos visita em nosso chalé, sempre que vai a Thwaite, e não se importa de conversa com mamãe diante de nós, crianças, porque sabe que somos criados para sermos de confiança. Como ocê descobriu sobre ele? Martha estava com sérios problemas na última vez que foi para casa. Disse que você o ouviu chorá, e que estava fazendo perguntas que ela não sabia como responde.

Mary contou-lhe sua história, como quando o vento uivou à meia-noite, acordando-a, e falou sobre os fracos sons longínquos da voz que reclamava, que a conduziram pelos corredores escuros do andar de baixo, segurando sua vela, e terminaram por levar a menininha a abrir a porta do quarto fracamente iluminado, com a cama talhada, de quatro pilares, escondida no canto. Quando ela descreveu o pequeno rosto, branco como o marfim, e os estranhos olhos de contorno escuro, Dickon sacudiu a cabeça.

— Os olhos dele são exatamente como os da mãe, mas os dela estavam sempre sorridentes, como todos comentavam — disse ele. — Dizem que o Sr. Craven não suporta vê-lo acordado, porque os olhos são como os de sua mãe, embora pareçam tão diferentes em seu rosto miserável.

— Você acha que ele quer morrer? — cochichou Mary.

— Não, mas deseja que nunca tivesse nascido. Mamãe diz que isso é a pió coisa para uma criança. Quando não são desejadas, as crianças quase nunca prosperam.

O Sr. Craven compraria qualquer coisa que o dinheiro pudesse comprá para o pobre garoto, mas gostaria de esquecê que ele existe. Para começá, tem medo de que o garoto venha a se parecê com ele algum dia e descubra que cresceu corcunda.

— Colin tem tanto medo disso que nem tenta se sentar — disse Mary. — Ele diz que está sempre pensando que, se sentisse um caroço aparecendo, enlouqueceria e gritaria até a morte.

— Eh! Ele não deveria ficar deitado lá, pensando em coisas

como essa — disse Dickon. — Nenhum garoto poderia ser saudável, pensando nesse tipo de coisas. — A raposa repousava na grama, perto dele, levantando os olhos para pedir um carinho de vezem quando. Dickon se encurvou, esfregou seu pescoço delicadamente, e pensou por alguns minutos, em silêncio. Logo em seguida, levantou a cabeça e olhou ao redor do jardim.

— Quando estivemos aqui pela primeira vez... — disse ele. — Tudo parecia muito cinza. Olhe em volta agora e me diga se ocê não vê uma diferença. — Mary olhou e tomou um pouco de fôlego.

— Ora essa! — gritou ela. — O muro cinza está mudando. É como se uma névoa verde estivesse se movendo furtivamente sobre ele. É quase como se fosse um véu de gaze verde.

— Sim — disse Dickon. — E vai ficá cada vez mais verde até que todo o cinza desapareça. Ocê consegue adivinhá o que eu estava pensando?

— Sei que era algo bom — disse Mary com ansiedade. — Creio que era algo sobre Colin.

— Estava pensando que, se ele estivesse aqui fora, não estaria atento aos caroços que crescem nas costas; estaria atento aos brotos que surgem nas roseiras e, provavelmente, estaria mais saudável. — explicou Dickon. — Estava me perguntando se poderíamos, alguma vez, melhorá o seu humor, trazendo-o aqui fora e deixando-o fica sob as árvores, em sua carruagem.

— Venho me perguntando sobre isso. Penso nisso quase todas as vezes que converso com ele — disse Mary. — Eu me pergunto se ele conseguiria manter um segredo e, ainda, se poderíamos trazê-lo aqui sem que ninguém nos veja. Achei que, talvez, você pudesse empurrar a carruagem. O médico disse que ele deve tomar ar fresco e, se ele quiser que nós o levemos para fora, ninguém ousará desobedecer-lhe. Ele não vai sair com a ajuda de outras pessoas, e elas, talvez, vão ficar felizes se ele sair conosco.

— Vamos trazê-lo aqui fora em alguma ocasião, com certeza — disse Dickon. — Eu poderia empurrá sua carruagem sem problemas. Ocê percebeu como o pintarroxo e sua companheira estão trabalhando, enquanto estamos sentados aqui? Olhe para ele, empoleirado naquele galho, se perguntando onde seria melhó coloca aquele graveto, que leva em seu bico. — Assobiou baixo, para chamar o pássaro, que virou a cabeça e o olhou com ar de indagação, ainda segurando seu graveto. Dickon falou com ele, como Ben Weatherstaff fazia, mas o seu tom de voz soou como um conselho amigável.

— Em qualqué lugá que ocê coloque... — disse ele para o pintarroxo. — Vai ficá tudo bem. Ocê já sabia como construí esse ninho antes mesmo de sair do ovo. Vai se dar bem com isso, garoto. Ocê não tem tempo a perde.

— Oh, gosto de ouvir você conversar com ele! — disse Mary, rindo agradavelmente.

— Ben Weatherstaff o repreende e zomba dele, e ele saltita por toda parte, como se entendesse todas as palavras. Sei que gosta disso.

Ben Weatherstaff diz que o pássaro é tão convencido que preferiria que jogassem nele a não ser percebido. Dickon riu também e continuou conversando.

— Ocê sabe que não vamos lhe Incomodá — disse ele ao pintarroxo. — Estamos familiarizados com as coisas selvagens e com a construção de ninhos também, abençoado seja ocê. Cuide para que ocê não nos dedure.

E embora o pintarroxo não tenha respondido, porque estava com o bico ocupado, Mary sabia que quando voasse com seu graveto para seu próprio canto do jardim, a escuridão que apareceria em seu olho, brilhante como o orvalho, significaria que ele não contaria o segredo deles para o mundo.

CAPITULO XVI

"NÃO VOU!" DISSE MARY

Acharam muitas coisas para fazer naquela manhã, e Mary estava atrasada ao retornar para casa, e, também, tão apressada para voltar ao trabalho, que esqueceu completamente de Colin até o último momento.

— Diga para o Colin que não posso ir vê-lo ainda — disse ela para Martha. — Estou muito ocupada no jardim. Martha parecia bastante assustada.

— Eh! Senhorita Mary! — disse ela. — Se eu lhe disser isso, pode ficar irritado. — Mas Mary não tinha medo dele, como as outras pessoas, e não iria se sacrificar.

— Não posso ficar — respondeu ela. — Dickon está me esperando. — E se afastou rapidamente.

A tarde foi mais encantadora e ocupada do que fora a manhã. Quase todas as ervas daninhas foram removidas do jardim, e a maioria das roseiras e árvores foi podada, tendo a terra escavada ao seu redor. Dickon trouxe a própria pá e ensinou Mary a usar todas as ferramentas, de modo que, àquela altura, já dava para perceber que o encantador lugar selvagem provavelmente não se transformaria em um "jardim de jardineiro", mas seria uma imensidão de coisas vivas, antes que a primavera terminasse.

— Haverá muitas flores de macieiras e cerejeiras — disse Dickon, continuando a trabalhar com toda sua força. — E haverá pessegueiros e ameixeiras em floração nos muros, e a grama será um carpete de flores. — A pequena raposa e a gralha estavam tão felizes e ocupadas quanto as crianças, e o pintarroxo e sua companheira voavam para trás e para frente, como minúsculos sinais de relâmpago. Às vezes, a gralha batia as asas negras e voava sobre as copas das árvores no parque. Cada vez que fazia isso, voltava e pousava perto de Dickon, grasnando várias vezes, como se estivesse relatando suas aventuras, e Dickon conversava com ele da mesma forma como conversava com o pintarroxo. Uma vez, quando Dickon estava tão ocupado que não conseguiu lhe responder a princípio, Fuligem voou para seus ombros e, gentilmente, beliscou seu ouvido com seu bico comprido.

Sempre que Mary queria descansar um pouco, Dickon se sentava com ela sob uma árvore e, numa certa vez, pegou sua flauta do bolso e soltou pequenas notas musicais, suaves e estranhas, e dois esquilos apareceram no muro, observando e ouvindo.

— Ocê tá um pouco mais forte do que era — disse Dickon, observando-a, enquanto ela cavava. — Ocê tá começando a parecê diferente, com toda a certeza. Mary irradiava disposição e bom ânimo.

— Estou ficando mais e mais gorda a cada dia — disse ela exultante. — A Sra. Medlock vai ter que me conseguir alguns vestidos maiores. Martha diz que meu cabelo está se tornando mais grosso. Ele não é mais tão liso e fino. — O sol já começava a se pôr e enviar intensos raios cor de ouro, que se inclinavam sob as árvores, quando eles se separaram.

— Vai sê bom amanhã — disse Dickon. — Já vô tá trabalhando ao nascê do sol.

— Eu também vou — disse Mary.

Ela correu de volta para casa, tão rápido quanto os pés podiam acompanhá-la. Queria contar para Colin sobre o filhote de raposa de Dickon, sobre a gralha e o que a primavera vinha fazendo. Tinha certeza que ele gostaria de ouvir. Porém, não foi muito agradável abrir a porta de seu quarto e ver Martha de pé, com um rosto triste, a esperá-la.

— Qual é o problema? — perguntou ela. — O que disse Colin, quando lhe contou que eu não poderia ir vê-lo?

— Eh! — disse Martha. — Eu queria que ocê chegasse logo. Ele estava quase entrando em um de seus acessos de raiva. Tivemos muito o que fazê durante toda a tarde, para mantê-lo quieto. Ele olhava para o relógio o tempo todo. — Os lábios de Mary se apertaram. Não estava muito mais acostumada do que Colin a considerar as outras pessoas, e não via razão para que um menino mal-humorado interferisse no que ela mais gostava. Não sabia nada sobre a miserabilidade das pessoas que estavam doentes, nervosas, e que não sabiam como controlar seus gênios, precisando tornar as outras pessoas doentes e nervosas também.

Quando teve uma dor de cabeça na Índia, fez o possível para fazer com que todos também tivessem uma dor de cabeça ou algo igualmente ruim. Naquela época sentia que estava certa; mas, é claro, agora, sentia que Colin estava muito errado. O garoto não estava no seu sofá quando ela entrou em seu quarto. Estava deitado de costas na cama e não virou a cabeça em sua direção. Era um mau começo, e Mary se aproximou dele, com seu jeito severo.

— Por que você não se levantou? — disse ela.

— Levantei-me esta manhã, quando pensei que você estava vindo — respondeu ele, sem olhar para ela. — Eu os fiz me colocar de volta na cama esta tarde. Minhas costas e minha cabeça doíam e estava cansado. Por que você não veio?

— Estava trabalhando com Dickon no jardim — disse Mary. Colin amarrou a cara, mas se dignou a olhá-la.

— Não vou deixar que esse menino volte aqui, se você for ficar com ele em vez de vir conversar comigo — disse ele. Mary se enfureceu muito. Podia ficar furiosa sem fazer nenhum barulho. Simplesmente, comportava-se de maneira mais ácida e obstinada, e não se importava com o que acontecia.

— Se você expulsar Dickon, nunca mais vou entrar neste quarto! — ela retrucou.

— Você vai ter que entrar, se eu quiser que entre — disse Colin.

— Não vou! — disse Mary.

— Vou fazer você entrar — disse Colin. — Eles vão arrastá-la para dentro.

— Eles vão, Sr. Rajá?! — disse Mary ameaçadoramente. — Podem me forçar a entrar, mas não podem me fazer conversar quando me puserem aqui. Vou sentar, cerrar os dentes e nunca mais vou falar com você. Não vou nem olhar para você. Vou ficar olhando fixamente para o chão! — Formavam um par muito agradável, quando se olhavam com ódio. Se fossem dois menininhos de rua, poderiam ter se lançado um sobre o outro e tido uma luta dura, a ponto de se jogarem ao chão. O que fizeram a seguir, foi como se, de fato, o fossem.

— Você é uma egoísta! — gritou Colin.

— E o que você é? — disse Mary. — Pessoas egoístas sempre dizem isso. Consideram egoísta qualquer um que não faz o que querem. Você é mais egoísta do que eu. É o menino mais egoísta que já vi.

— Não sou! — vociferou Colin. — Não sou tão egoísta quanto seu perfeito Dickon é. Ele a mantém brincando na terra, quando sabe que estou sozinho. Ele é egoísta, se quer saber. — Os olhos de Mary chisparam fogo.

— Ele é melhor do que qualquer outro menino que conheci! — disse ela. — Ele é... é como um anjo! — parecia bobo dizer aquilo, mas ela não se importou. — Um bom anjo!

Colin desdenhou ferozmente.

— Ele é apenas um menino que vive em um chalé ao largo do pântano!

— Ele é melhor do que um simples rajá! — retrucou Mary. — É mil vezes melhor! — Por ser a mais forte dos dois, ela estava começando a conseguir uma vantagem sobre ele. Verdade era que ele nunca brigara com alguém que o enfrentasse, em toda sua vida e, de um modo geral, foi muito bom para ele, embora nem ele nem Mary compreendessem. Ele virou a cabeça em seu travesseiro e fechou os olhos. Uma lágrima grande se formou com esforço e desceu correndo pelo rosto. Estava começando a se sentir patético e ter pena de si próprio, não de qualquer outra pessoa.

— Não sou tão egoísta quanto você, porque estou sempre doente, e tenho certeza de que há um caroço se formando nas minhas costas — disse ele. — E, além disso, vou morrer.

— Você não vai! — contradisse Mary friamente. — Ele arregalou bastante os olhos, com indignação. Nunca ouviu ninguém dizer aquilo antes. Estava, ao mesmo tempo, furioso e ligeiramente satisfeito, se é que uma pessoa poderia manifestar ambos os sentimentos de uma só vez.

— Eu não vou? — gritou ele. — Vou, sim. Você sabe que vou! Todos dizem que sim.

— Não creio nisso! — disse Mary com irritação. — Você só diz isso para que as pessoas tenham pena. Creio que se orgulha disso. Mal posso acreditar! Se você fosse um bom menino, poderia ser verdade... mas você é tão desagradável!

Apesar das costas inválidas, Colin se sentou na cama, expressando uma fúria muito saudável.

— Saia do meu quarto! — ele gritou e se agarrou ao seu travesseiro, atirando-o nela. Não estava forte o suficiente para atirá-lo longe, e o travesseiro apenas caiu aos pés dela, mas o rosto de Mary parecia tão contraído quanto um quebra-nozes.

— Estou indo — disse ela. — E não vou mais voltar! — Ela caminhou para a porta e, quando a alcançou, virou-se e falou novamente: — Ia lhe contar tantas coisas boas! — disse ela. — Dickon trouxe sua raposa e sua gralha, e eu ia lhe contar tudo sobre elas. Agora, não vou lhe contar nada! — Saiu pisando forte pela porta e fechou-a atrás de si, e do lado de fora, para seu espanto, encontrou a enfermeira diplomada de pé, como se estivesse ouvindo e, mais surpreendente ainda... ela estava rindo. Era uma mulher jovem, bonita e grande, que não parecia uma enfermeira formada, sendo que não conseguia suportar pessoas inválidas e estava sempre apresentando desculpas para deixar Colin com Martha ou qualquer outra pessoa que pudesse tomar seu lugar. Mary nunca gostou dela, tanto que simplesmente ficou de pé a encará-la, enquanto permanecia contendo o riso, escondido em seu lenço.

— Do que está rindo? — Mary lhe perguntou.

— De vocês dois — disse a enfermeira. — O melhor que poderia acontecer para a "coisa" doentiamente mimada é ter alguém a enfrentá-lo, que seja tão mimado quanto ele próprio. — E conteve o riso em seu lenço novamente. — Se tivesse que enfrentar uma jovem irmã, que se comportasse como uma megera, seria a salvação dele.

— Ele vai morrer?

— Não sei e não me importo — disse a enfermeira. — Metade do que o aflige é histeria e mau-humor.

— O que é histeria? — perguntou Mary.

— Vai descobrir, se o dominar em um acesso de raiva depois desse. Mas, de qualquer forma, você lhe provocou histeria, e estou feliz com isso. — Mary voltou para seu quarto, não se sentindo, de forma alguma, como se sentiu, quando chegou do jardim. Estava irritada e desapontada, mas nem um pouco penalizada por Colin. Estivera ansiosa por lhe contar um grande número de coisas e tinha a intenção de tentar decidir se seria seguro lhe confiar o grande segredo. Estava começando a pensar que seria, mas mudara de ideia completamente. Nunca lhe contaria, e ele poderia ficar em seu quarto, nunca respirar qualquer ar fresco e morrer se quisesse! Seria bem feito para ele! Sentia-se tão amarga e inflexível, que, por alguns minutos, quase se esqueceu de Dickon, do véu verde se movendo furtivamente sobre o mundo e do vento suave soprando do pântano. Martha a estava esperando, e a preocupação em seu rosto foi temporariamente substituída por interesse e curiosidade. Havia uma caixa de madeira na mesa, cuja cobertura fora removida, revelando que estava cheia de pacotes caprichados.

— O Sr. Craven a enviou para você — disse Martha. — Acho que há alguns livros ilustrados aí.

Mary lembrou o que ele lhe perguntou no dia em que foi ao quarto do tio, se queria alguma coisa: bonecas, brinquedos, livros. Abriu o pacote, imaginando se ele tinha enviado uma boneca e, também, o que faria com ela, se o tivesse feito. Mas ele não enviara nenhuma. Havia vários livros bonitos, tais como os que Colin tinha, e dois deles eram sobre jardins, repletos de fotos. Havia dois ou três jogos, além de uma linda e pequena pasta com material de escrita, com uma monograma de ouro sobre ela, contendo uma caneta de ouro e um tinteiro porta-canetas. Tudo era tão bonito que o prazer que sentia, começou a eliminar a raiva de sua mente. Não esperava que o tio se lembrasse dela, e seu duro e pequeno coração se tornou muito caloroso.

— Posso escrever com letra cursiva melhor do que com letra de forma — disse ela. — E a primeira coisa que vou escrever com essa caneta será uma carta para lhe dizer que estou muito agradecida.

Se fosse amiga de Colin, teria corrido para lhe mostrar seus presentes, e teriam olhado as fotos, lido alguns dos livros de jardinagem e, talvez, tentado brincar com os jogos, e ele teria se divertido tanto, que não teria pensado uma vez sequer sobre morte, nem teria posto a mão na espinha para ver se um caroço estava aparecendo. O garoto fazia aquilo de uma forma que ela não suportava. Aquilo a fazia sentir um medo desconfortável, porque ele sempre parecia muito assustado consigo mesmo. Disse que se percebesse qualquer pequeno caroço algum dia, ele saberia que sua corcova estava começando a crescer. Uma vez ouviu a Sra. Medlock cochichando com a enfermeira sobre isso, então passou a refletir sobre o assunto em segredo, até que estivesse muito fixo em sua mente. A Sra. Medlock disse que as costas de seu pai começaram a mostrar sua deformidade quando ele ainda era uma criança. Nunca disse a ninguém, exceto Mary, que a maioria de seus "acessos de raiva" - como os chamavam — se originou de seu medo oculto e histérico. Mary se desculpou com ele, quando ficou sabendo disso.

— Ele sempre pensava sobre isso quando estava irritado ou cansado — disse para si mesma. — E está irritado hoje. Talvez... talvez tivesse pensado sobre isso durante toda a tarde. Ela ficou parada, baixando os olhos para o tapete, pensando — disse que nunca mais o veria novamente — ela hesitou, franzindo a testa. — Mas talvez, apenas talvez, vá vê-lo, se ele me quiser, pela manhã. Talvez atire seu travesseiro em mim novamente, mas... acho que... vou vê-lo.

CAPITULO XVII

UM ACESSO DE RAIVA

Ela teve que se levantar muito cedo pela manhã, e por ter trabalhado muito no jardim, estava cansada e sonolenta. Então, tão logo Martha lhe trouxe o jantar e o comeu, estava feliz de ir para a cama. Quando pôs a cabeça no travesseiro, murmurou para si mesma:

— Vou sair antes do café da manhã e trabalhar com Dickon. Depois disso, talvez, vá ver Colin. Achou que ainda era madrugada, quando foi acordada por sons tão terríveis, que a fizeram pular da cama em um instante.

O que foi isso?... O que foi isso? No minuto seguinte, já tinha certeza de que sabia o que era. Portas eram abertas e fechadas, pés apressados passavam pelos corredores, e alguém estava chorando e gritando ao mesmo tempo. Gritando e chorando de uma maneira horrível.

— É Colin — disse ela. — Está tendo um daqueles acessos de raiva, que a enfermeira chamou de histeria. Parece terrível. — Quando ouviu gritos acompanhados de soluços, não se surpreendeu que as pessoas estivessem tão assustadas, acabando por tratar o menino fazendo tudo que ele queria, deixando de seguir suas próprias orientações. Tapou os ouvidos com as mãos, sentindo-se doente e atemorizada.

— Não sei o que fazer. Não sei o que fazer — ela continuou dizendo. — Não posso suportar isso. Uma vez ela se perguntou se o menino pararia, se ousasse ir até ele. Então, lembrou-se de como a expulsara do quarto e achou que, ao vê-la, ele podia ficar pior. Mesmo quando pressionava os ouvidos com as mãos com mais firmeza, não conseguia parar de ouvir os terríveis sons. Ela os odiava tanto e estava com tanto medo deles, que, repentinamente, começou a ficar zangada, sentindo como se devesse ter o seu próprio acesso de raiva e assustá-lo, como ele a estava assustando. Não estava acostumada com o mau-humor de qualquer pessoa, exceto com o seu próprio. Tirou as mãos dos ouvidos, e levantou-se de repente, batendo o pé.

— Ele precisa ser controlado! Alguém deve fazê-lo parar! Alguém deve bater nele! — gritou ela. Nesse exato momento, ouviu pés correndo pelo corredor abaixo. Sua porta foi aberta, e a enfermeira entrou. Não estava mais rindo. Parecia até muito pálida.

— Ele ficou histérico — disse a enfermeira com muita pressa. — Ele vai se prejudicar. Ninguém pode fazer nada com ele. Como uma boa criança, você deve ir e tentar. Ele gosta de você.

— Ele me expulsou do quarto esta manhã — disse Mary, batendo o pé com força. A batida com o pé agradou bastante à enfermeira.

A verdade era que tinha medo de que pudesse encontrar Mary chorando e escondendo a cabeça sob as roupas de cama.

— Isso mesmo — disse ela. — Você está com a disposição certa. Deve repreendê-lo. Dê-lhe algo novo em que pensar. Vá, criança, tão rápido quanto possa. — Foi só depois, que Mary percebeu que o fato era tão engraçado quanto terrível. Era engraçado ver que todos os adultos estavam tão assustados que tiveram que recorrer a uma menininha, simplesmente porque achavam que ela era tão má quanto o próprio Colin. Correu pelo corredor e, quanto mais se aproximava dos gritos, maior se tornava seu mau humor. Sentia-se muito malvada, quando alcançou a porta, abrindo-a rapidamente com a mão, atravessando o quarto até a cama de quatro pilares.

— Pare! — ela quase gritou. — Pare! Odeio você! Todos o odeiam! Queria que todos saíssem de casa e o deixassem gritar sozinho até a morte. Vai morrer de tanto gritar em apenas um minuto, e queria que morresse! Uma boa e compreensiva criança não poderia ter pensamentos como aquele nem dizer tais coisas, mas simplesmente aconteceu, e o choque de ouvi-las foi a melhor coisa para o menino histérico, que ninguém jamais ousava conter ou contradizer. Estava deitado de bruços, com o rosto apoiado no travesseiro, no qual batia com as mãos. Na verdade, quase pulou, virando-se rapidamente ao som da pequena e furiosa voz. O rosto parecia terrível, ora pálido, ora avermelhado e ora inchado, e ele falava com uma voz entrecortada e sufocante, mas a pequena e selvagem Mary não se importou nem um pouco com aquilo.

— Se soltar outro grito — disse ela. — Vou gritar também. Posso gritar mais alto do que você, e vou assustá-lo, vou assustá-lo! — Na verdade, ele parou de gritar, porque ela realmente o assustou, falando daquele jeito. O grito que ele conteve quase o sufocou. As lágrimas escorriam pelo rosto, e todo seu corpo tremia.

— Não consigo parar! — falou com voz embargada e soluçou. — Não posso... Não posso!

— Você pode! — gritou Mary. — Metade do que o aflige é histeria e mau-humor... apenas histeria... histeria... histeria! — E batia com o pé cada vez que dizia isso.

— Eu sinto o caroço... eu o sinto! — Colin disse, de forma escandalosa. — Sabia que acabaria aparecendo. Acho que tenho um caroço nas costas e, por isso, vou morrer. — E começou a se contorcer novamente, virando o rosto, soluçando, e gemendo, mas não gritou.

— Você não está sentindo um caroço! — contradisse Mary em um tom ameaçador. — Se o tivesse, seria apenas um caroço derivado de histeria. A histeria cria caroços. Não há nada de errado com suas costas horríveis... nada, exceto histeria! Vire-se para o outro lado e me deixe olhá-las. — Gostava da palavra "histeria" e sentia, de alguma maneira, como se tivesse um efeito sobre o menino. Ela imaginava que, assim como ela, ele nunca tinha ouvido aquela palavra.

A enfermeira, a Sra. Medlock e Martha estavam paradas, amontoadas perto da porta, olhando-a espantadas, com suas bocas semiabertas. Todas as três, apavoradas, falaram em sussurros mais de uma vez. A enfermeira se apresentou como se estivesse com um pouco de medo. Colin estava fazendo esforço para emitir grandes soluços ofegantes.

— Talvez ele... ele não me deixe — hesitou ela em uma voz baixa. Colin a ouviu, entretanto, e falou com voz entrecortada entre dois soluços:

— Mos... mostre-lhe! Ela... ela vai ver então!

Eram pobres costas magras para se olhar, quando estavam à vista. Cada costela poderia ser contada, assim como cada junta da coluna, embora a Srta. Mary não as estivesse contando, quando se dobrou e as examinou com um ar solene, quase selvagem no pequeno rosto. Seus olhos tinham uma expressão tão azeda e antiquada, que a enfermeira virou a cabeça de lado para esconder o tremor da boca. Houve um minuto de silêncio, pois mesmo Colin tentou prender a respiração, enquanto Mary levantava e baixava os olhos sobre sua coluna, e baixava e levantava com tanta atenção, como se fosse o famoso médico de Londres.

— Não há um simples caroço aqui! — disse ela finalmente. — Não há um caroço, nem mesmo do tamanho de um alfinete... exceto os nódulos da coluna, e você pode senti-los porque é magro. Eu mesma tenho nódulos na coluna, e eles costumavam se mostrar tanto quanto os seus, até que comecei a engordar, embora ainda não esteja gorda o suficiente para escondê-los. Não há um caroço, nem mesmo do tamanho de um alfinete! Se mais alguma vez você disser que há, terei que rir. — Ninguém, exceto o próprio Colin, soube que efeito aquelas palavras infantis, ditas com irritação, tiveram sobre ele. Se ele alguma vez tivesse alguém para conversar sobre seus terrores secretos, se alguma vez se atrevesse a se permitir fazer perguntas... se tivesse companhias infantis e não ficasse deitado de costas na enorme casa fechada, respirando uma atmosfera pesada, devido aos medos das pessoas que eram, na sua maioria, ignorantes e cansadas dele, teria descoberto que seus medos e doenças foram criadas por ele próprio. Mas estava sempre deitado, pensando apenas em si mesmo, em suas dores e cansaços por horas, dias, meses e anos. E agora que uma menininha incompreensiva e zangada insistia obstinadamente que ele não estava tão doente quanto pensava, verdadeiramente sentia como se ela estivesse falando a verdade.

— Não sabia — aventurou-se a enfermeira. — Que ele achava que tinha um caroço na coluna. Suas costas são fracas, porque não tenta se sentar. Poderia ter lhe dito que não há nenhum caroço. — Colin engoliu em seco e virou um pouco o rosto para olhá-la.

— Po... poderia? — disse ele pateticamente.

— Sim, senhor.

— Pronto! — disse Mary, engolindo em seco também

Colin mostrou o rosto novamente e, exceto por sua respiração interrompida e prolongada, que ocorria por ele ter terminado sua tempestade de soluços, ficou imóvel por um instante, embora grandes lágrimas escorressem pelo rosto e molhassem o travesseiro. Verdadeiramente, as lágrimas significavam que um curioso e grande alívio lhe sobreviera. Logo em seguida, virou-se e olhou para a enfermeira de novo, e, curiosamente, não parecia mais com um rajá quando lhe falou.

— Você acha que... eu poderia... viver para crescer? — disse ele. A enfermeira não era inteligente nem generosa, mas poderia repetir algumas das palavras do médico de Londres.

— Provavelmente é o que vai lhe acontecer se fizer o que lhe é recomendado e não alimentar seu mau-humor, além de ficar bastante lá fora, tomando ar fresco.

O acesso de raiva de Colin passou, o que o fez ficar fraco e exausto com o choro. Talvez isso o tenha feito se sentir gentil. Estendeu um pouco a mão na direção de Mary, que ficou feliz em perceber que, tendo passado seu próprio acesso de raiva, estava atenuada também, e o encontrou no meio caminho com a mão, de modo que esse gesto era como fazer as pazes.

— Vou... vou sair com você, Mary — disse ele. — Não vou

odiar o ar fresco, se conseguirmos achar... — lembrou-se de evitar dizer "se conseguirmos achar o jardim secreto" e concluiu: —Vou gostar de sair com você, se Dickon vier e empurrar minha cadeira. Vou me comportar, porque quero ver Dickon, a raposa e o corvo.

A enfermeira deixou a cama arrumada novamente, sacudiu e endireitou os travesseiros. Serviu, então, uma xícara de caldo de carne para Colin e Mary, o que deixou a menina realmente muito feliz, após sua excitação. A Sra. Medlock e Martha escaparam alegremente e, depois que tudo estava arrumado e calmo, a enfermeira pareceu querer escapar também. Era uma mulher jovem e saudável, que se ressentia quando era privada de seu sono, por isso, bocejou muito abertamente quando olhou para Mary, que tinha puxado seu grande escabelo para perto da cama de quatro pilares, e estava segurando a mão de Colin.

— Você deve voltar para seu quarto e dormir — disse ela. — Ele vai cair no sono muito em breve se não se aborrecer novamente. Vou me deitar. Estarei no quarto ao lado.

— Gostaria que cantasse para você aquela canção que aprendi com minha ama? — Mary sussurrou para Colin. Sua mão puxou a dela com delicadeza, e ele voltou os olhos cansados em sua direção, em súplica.

— Oh, sim! — respondeu ele. — É uma canção tão suave. Vai me fazer dormir logo.

— Vou fazê-lo dormir — disse Mary para a enfermeira que bocejava. — Você pode ir, se quiser.

— Bem... — disse a enfermeira, tentando relutar. — Se ele não dormir em meia hora, você pode me chamar.

— Tudo bem — respondeu Mary. A enfermeira logo saiu do quarto e, assim que se foi, Colin puxou a mão de Mary novamente.

— Quase falei... — disse ele. — Mas evitei a tempo. Não vou conversar, pois preciso dormir, mas você disse que tinha um monte de coisas boas para me dizer. Você descobriu... acha que descobriu alguma coisa, sobre o caminho para o jardim secreto? — Mary olhou para seu rostinho pobre e cansado e para seus olhos inchados, então seu coração cedeu.

— Si... sim — respondeu ela. — Acho que descobri. E se vai dormir, é melhor que eu lhe conte amanhã. — A mão do menino tremia muito.

— Oh, Mary! — disse ele. — Oh, Mary! Se eu pudesse entrar no jardim, conseguiria viver e crescer! Você acha que, em vez de cantar a música da ama, poderia apenas me contar baixinho, como o fez naquele primeiro dia, como você imagina que o jardim se parece por dentro? Tenho certeza que isso vai me fazer dormir.

— Sim — respondeu Mary. — Feche os olhos.

Ele fechou os olhos, ficando completamente imóvel, e a menininha segurou sua mão, começando a falar devagar e em uma voz muito baixa.

— Acho que o jardim foi deixado sozinho por tanto tempo que cresceu todo dentro de um emaranhado encantador. Acho que as roseiras subiram cada vez mais, até se dependurarem dos galhos e muros, e surgirem sobre o chão quase como uma estranha névoa cinza. Algumas delas morreram, mas muitas estão vivas e, quando o verão vier, haverá cortinas e fontes de rosas. Acho que o chão está cheio de narcisos, anêmonas, lírios e íris, trabalhando sua saída do escuro. Agora, talvez... talvez a primavera tenha começado. — O tom monótono e suave de sua voz foi fazendo o menino ficar cada vez mais silencioso, e, percebendo isso, ela continuou.

— Talvez estejam surgindo através da grama... talvez haja amontoados de açafrões roxos e dourados mesmo agora. Talvez as folhas estejam começando a se manifestar e se soltar e talvez o cinza esteja mudando, um véu como uma gaze verde esteja surgindo... e surgindo sobre... tudo. E os pássaros estão vindo para observar tudo isso... porque é... tão seguro e silencioso. E talvez... talvez... talvez... — A menininha continuou falando de maneira muito suave e lenta. — O pintarroxo tenha achado uma companheira... e esteja construindo um ninho. — E Colin estava dormindo.

CAPITULO XVIII

"OCÊ NÃO DEVE PERDE TEMPO"

É claro que Mary não acordou cedo na manhã seguinte. Dormiu tarde, porque estava cansada, e, quando Martha lhe trouxe o café da manhã, foi exatamente sobre isso, que falou com a menininha. Comentou ainda que Colin estava bastante silencioso, mostrando-se doente e febril, como sempre ficava depois que se sentia exausto por um acesso de choro. Mary tomou seu café da manhã vagarosamente, enquanto ouvia.

— Por favô, ele diz que deseja que ocê vá vê-lo assim que pudé — disse Martha. — É estranha a confiança que um garoto sofisticado, como ele é, lhe depositô. Ocê lhe transmitiu confiança na noite passada, com certeza, não transmitiu? Ninguém mais teria ousado fazê o que fez. Eh! Pobre garoto! Ele tem sido tão mimado que nem sal poderia mais salvá-lo. A mamãe diz que as duas piores coisas que podem acontecê a uma criança é nunca tê seu próprio caminho... ou sempre tê-lo. Ela não sabe qual é o pió. Ocê também estava de bom humor. Mas ele me disse, quando entrei em seu quarto: "Por favô, pergunte para a Srta. Mary se vai vir conversá comigo." Pense nele dizendo "por favô Ocê irá, Srta.?

— Vou me apressar e ver Dickon primeiro — disse Mary. — Não, vou ver Colin primeiro e falar com ele... sei o que vou lhe dizer. — Decidiu, com uma inspiração repentina. Ela estava usando seu chapéu, quando apareceu no quarto de Colin, e, por um segundo, pareceu desapontada. Ele estava na cama. O rosto estava miseravelmente pálido, e havia círculos escuros em torno dos olhos.

— Estou feliz que veio — disse ele. — Minha cabeça dói e sinto dores por toda parte, porque estou tão cansado. Está indo para algum lugar? — Mary se adiantou e se inclinou para a cama dele.

— Não vou demorar — disse ela. — Vou me encontrar com Dickon, mas vou voltar. Colin, é... é algo sobre o jardim. — Seu rosto inteiro brilhou e adquiriu uma leve cor.

— Oh! É? — gritou ele. — Sonhei com isso a noite toda, desde que ouvi você dizer algo sobre cinza se transformando em verde. Sonhei que estava de pé em um lugar todo cheio de pequenas folhas verdes que se agitavam...e havia pássaros nos ninhos por toda parte, tão delicados e silenciosos. Vou me deitar e pensar sobre isso até que você volte.

Em cinco minutos, Mary estava com Dickon no jardim deles. A raposa e o corvo acompanhavam-no novamente, e desta vez ele trouxe dois esquilos domesticados.

— Vim montado no pônei esta manhã — disse ele. — Eh! É um bom companheirinho, eu o chamo de Pulo. Trouxe estes dois nos bolsos. Este aqui eu chamo de Noz e este outro aqui, Casca. — Quando disse "Noz", um esquilo pulou em seu ombro direito, e, quando disse "Casca", o outro pulou em seu ombro esquerdo. E, quando se sentaram na grama, com Capitão enroscado nos seus pés, Fuligem ouvindo solenemente de cima uma árvore, e Noz e Casca, farejando por ali, perto deles, fizeram parecer a Mary que seria dificilmente suportável abandonar tal maravilha. Mas, quando começou a contar sua história, algo no rosto engraçado de Dickon fez com que ela, pouco a pouco, mudasse de ideia. Pôde ver que ele sentia mais pena de Colin do que ela. Dickon erguia os olhos para o céu e tudo que havia nele.

— Apenas ouça os pássaros. O mundo parece repleto deles, todos gorjeando e emitindo sons como os da flauta — disse ele. — Olhe para eles, correndo por toda parte, e ouça-os chamando um ao outro. A chegada da primavera é como se todo o mundo tivesse clamando. As folhas tão se soltando tanto, que ocê pode vê-las... e, palavra de honra, há cheiros agradáveis por toda parte! — disse, sentindo o cheiro com seu alegre nariz arrebitado. — E aquele pobre garoto deitado e calado, viu tão pouco, que começa a pensá coisas quando dispara a gritá. Eh! Palavra de honra! Devemos trazê-lo aqui fora, devemos fazê-lo vê, ouvi e cheirá o ar. Devemos fazê-lo ficá encharcado pelo sol. E devemos fazê isso sem perde tempo.

Quando estava muito interessado, usava com frequência o sotaque de Yorkshire de um modo muito forte, embora em outras ocasiões tentasse modificá-lo, para que Mary pudesse melhor entender. Mas ela amava seu sotaque e vinha, verdadeiramente, tentando aprender a falá-lo sozinha. Falou um pouco, então, com aquele sotaque naquele momento.

— Sim, devemos! — disse ela. — Vou lhe dizê o que vamos fazê primeiro. — prosseguiu ela, e Dickon deu um largo sorriso, porque, quando a menininha tentava torcer a língua para falar com o sotaque de Yorkshire, isso o divertia muito.

— Ele realmente gostô de ocê. Qué vê-lo e também qué vê Fuligem e Capitão.

Quando voltá para casa para conversá com ele, sobre ocê ir vê-lo amanhã de manhã, levando essas criaturas consigo... e, então... em pouco tempo, quando mais folhas surgirem, e um ou dois botões aparecerem, vamos fazê-lo saí, e ocê deverá empurrá-lo em sua cadeira, e vamos trazê-lo aqui e lhe mostrar tudo. — Quando parou de falar, estava muito orgulhosa de si mesma. Nunca tinha feito um longo discurso com o sotaque de Yorkshire antes e se saíra muito bem.

— Ocê deve conversá com o Mestre Colin usando um pouco do sotaque de Yorshire como fez agora — disse Dickon, dando um leve sorriso de satisfação. — Isso vai fazê-lo rir, e não há nada tão bom para uma pessoa doente quanto o riso. Mamãe diz que acredita que fica dando umas boas risadas por meia hora, todas as manhãs, pode curá um camarada até da febre tifoide.

— Vou conversa com ele hoje mesmo, usando o sotaque de

Yorkshire — disse Mary, sorrindo satisfeita para si mesma. O jardim tinha alcançado a época em que, todos os dias e todas as noites, parecia como se os magos estivessem passando por ele, desenhando com as varinhas o encanto da terra e dos ramos. Era difícil ir embora e deixar tudo, particularmente, quando Noz roçava furtivamente seu vestido, e Casca descia pelo tronco da macieira sob a qual os meninos estavam sentados e ficava ali, olhando-a com olhos indagadores. Mas, voltou para casa e, quando se sentou perto da cama de Colin, ele começou a cheirar como Dickon fazia, embora não de um jeito tão experiente.

— Você cheira a flores e coisas frescas — gritou ele muito alegremente. — Que cheiro é esse? É fresco quente e doce, tudo ao mesmo tempo.

— É o vento do pântano — disse Mary. — O cheiro vem de sentá na grama, sob uma árvore, com Dickon, Capitão, Fuligem, Noz e Casca. É a primavera, tempo de ficá do lado de fora, e do sol quando tem seu cheiro mais forte. — Disse isso, usando um sotaque cerrado, e você não sabe o quão cerrado o dialeto de Yorshire pode parecer, até que se ouça alguém a usá-lo. Colin começou a rir.

— O que você está fazendo? — disse ele. — Nunca a ouvi falar assim antes. Que engraçado!

— Tô lhe mostrando um pouco do dialeto de Yorkshire — respondeu Mary triunfantemente. — Não consigo fala de forma tão cerrada quanto Dickon e Martha, mas como ocê vê, posso dá uma pequena demonstração. Ocê não entende um pouco do dialeto de Yorkshire quando o ouve. E ocê é um garoto de Yorshire, nascido aqui! Eh! Eu me pergunto se ocê não tá envergonhado de seu rosto. — E, então, ela começou a rir também, e ambos riram, até que não pudessem parar, até que se formasse um eco no quarto, e a Sra. Medlock, abrindo a porta para entrar, recuasse para o corredor e ficasse ouvindo maravilhada.

— Bem, palavra de honra! — disse ela, usando bem largamente o sotaque de Yorkshire, porque não havia ninguém para ouvi-la. E estava tão espantada. Qualquer um que ouvisse gostaria daquilo! Qualquer um na terra teria pensado assim! Havia muito sobre o que conversar. Parecia como se Colin nunca ficasse cansado de ouvir sobre Dickon, Capitão, Fuligem, Noz, Casca e o pônei, cujo nome era Pulo. Mary correu os olhos pelo bosque, onde estava Dickon, para ver Pulo. Era um minúsculo e peludo pônei do pântano, com espessas cabeleiras pendendo dos olhos, com um rosto bonito e narinas aveludadas para focinhar. Era bem magro por causa da vida no pântano, mas tão resistente e rijo, como se os músculos das pequenas pernas fossem feitos de molas de aço. Ergueu a cabeça e relinchou baixinho, no momento em que viu Dickon, trotando até ele, colocando a cabeça sobre seu ombro, e então o garoto falou na sua orelha e o animalzinho respondeu com relinchos pequenos e estranhos, baforadas e bufos. Dickon o fizera dar a pequena pata dianteira para Mary e beijá-la em sua face com seu focinho aveludado.

— Ele realmente entende tudo que Dickon diz? — perguntou Colin.

— Parece que sim — respondeu Mary.

— Dickon diz que qualquer coisa pode ser entendida quando se é amigo do animalzinho, mas vocês têm que se tornar amigos primeiro. — Colin ficou em silêncio por um pouquinho de tempo, e seus estranhos olhos acinzentados pareciam estar olhando para a parede fixamente, mas Mary percebeu que ele estava pensando.

— Queria ser amigo dessas criaturas — disse ele finalmente. — Mas não sou. Nunca fui amigo de nada e não suporto as pessoas.

— Não me suporta? — perguntou Mary.

— Suporto, sim — respondeu ele. — É engraçado, porque até gosto de você.

— Ben Weatherstaff disse que eu era como ele — disse Mary. — Disse que poderia garantir que ambos tínhamos o mesmo temperamento desagradável. Acho que você é como ele também. Nós três somos parecidos, você, eu e Ben Weatherstaff. Disse que nenhum de nós devemos ser muito observados e que éramos tão azedos quanto parecíamos. Mas não me sinto tão azeda quanto costumava sentir, antes de conhecer o pintarroxo e Dickon.

— Você sente como se odiasse as pessoas?

— Sim — respondeu Mary, sem nenhum fingimento. — Eu o teria detestado, se o tivesse visto antes do pintarroxo e de Dickon.

Collin estendeu a mão frágil e a tocou.

— Mary. — disse ele. — Queria que eu não tivesse dito o que disse sobre expulsar Dickon. Eu a odiei quando disse que ele era como um anjo e até ri de você, talvez ele seja.

— Bem, foi muito engraçado você dizer isso. — Ela admitiu francamente. — Porque o nariz dele é arrebitado, tem uma boca enorme, há remendos por todas as suas roupas e fala com um pesado sotaque de Yorshire, mas se um anjo viesse a Yorkshire e vivesse no pântano... se houvesse um anjo de Yorkshire... creio que entenderia as coisas verdes, saberia como fazê-las crescer e saberia como conversar com as criaturas selvagens, como Dickon conversa, e elas saberiam com certeza que ele era amigo.

— Não vou me importar com Dickon olhando para mim — disse Colin. — Quero vê-lo.

— Estou feliz que tenha dito isso... — respondeu Mary. — Porque... porquê... — Muito repentinamente, veio-lhe à mente que esse era o momento de contar para Colin, pois ele percebeu que algo novo estava vindo.

— Por que, o quê? — gritou ele com ansiedade. Mary estava tão ansiosa que levantou de seu banco e foi até ele, agarrando suas duas mãos.

— Posso confiar em você? Confiei em Dickon, porque os pássaros confiam nele. Posso confiar em você... posso... posso? — implorou ela.

O rosto dela estava tão solene, que ele quase sussurrou sua resposta.

— Sim... sim!

— Bem, Dickon vai vir vê-lo amanhã de manhã e vai trazer suas criaturas consigo.

— Oh! Oh! — Colin gritou de prazer.

— Mas isso não é tudo. — Mary continuou, quase pálida com a empolgação solene. — O resto é melhor. Há uma porta para o jardim. Eu a encontrei. Está sob a hera, na parede. Se Colin fosse um garoto forte e saudável, gritaria provavelmente: "Hurra! Hurra! Hurra!" Mas era fraco e muito histérico, então, os olhos se tornaram cada vez maiores, e ele ficou se fôlego.

— Oh! Mary! — gritou ele, quase soluçando. — Vou vê-lo? Vou entrar no jardim? Vou viver para entrar nele? — E agarrou as mãos dela e a puxou em sua direção.

— É claro que vai vê-lo! — vociferou Mary. — Claro que vai viver para entrar nele. Não seja bobo! — E ela estava tão sem histeria, tão natural e infantil, que o fez cair em si, e ele começou a rir de si mesmo. Depois de alguns minutos, ela estava sentando em seu banco novamente, falando-lhe não do que imaginava que o jardim secreto fosse, mas do que realmente era, e as dores e o cansaço de Colin foram esquecidos, enquanto ele ouvia extasiado.

— O jardim é exatamente o que você pensava que seria — disse ele finalmente. — Parece exatamente como se você o tivesse visto de verdade. Você sabe que eu disse isso, quando me falou dele pela primeira vez. — Mary hesitou por uns dois minutos e, então, falou a verdade com ousadia.

— Eu o tenho visto e tenho estado nele — disse ela. —Encontrei a chave e entrei lá semanas atrás. Mas não ousei lhe dizer. Agi assim, porque estava com tanto medo de que não pudesse confiar em você...

CAPITULO XIX

CHEGOU

É claro que o Dr. Craven apareceu na manhã seguinte ao ataque de Colin. Ele sempre aparecia, uma vez ou outra, quando tal coisa acontecia e sempre encontrava, ao chegar, um menino pálido e agitado, deitado em sua cama, carrancudo, e ainda tão histérico que poderia romper-se em soluços mediante a palavra mais ínfima. Na verdade, o Dr. Craven temia e detestava as dificuldades dessas visitas. Nesta ocasião, ele ficou longe de Misselthwaite Manor até a tarde.

— Como ele está? — ele perguntou à Sra. Medlock quando chegou, mostrando-se bastante irritado. — Ele vai acabar quebrando um vaso sanguíneo em um desses ataques algum dia. Este menino é meio louco com toda essa histeria e autoindulgência.

— Bem, senhor... — respondeu Sra. Medlock. — O senhor mal vai acreditar em seus olhos quando vê-lo. Aquela criança, dona daquela cara azeda, que é quase tão má quanto ele, o enfeitiçou. Como ela o fez, não há como dizer. Deus sabe que ela não é agradável de se olhar e quase nunca a ouvimos falar, mas fez o que nenhum de nós atreveu-se a fazer. Ela apenas foi até ele como um pequeno gato na noite passada, bateu os pés, ordenando que parasse de gritar e, de alguma forma, assustou-o, fazendo com que ele realmente parasse, e nesta tarde... bem, apenas suba e veja, senhor. É difícil de acreditar.

A cena que o Dr. Craven viu quando entrou no quarto de seu paciente foi bastante surpreendente para ele. Enquanto a Sra. Medlock abria a porta, ele podia ouvir risadas e conversa. Colin estava em seu sofá, vestindo seu roupão, sentado bem ereto, observando uma figura em um dos livros sobre jardins, e conversando com aquela criança simples que, naquele momento, dificilmente poderia ser chamada de simples, uma vez que seu rosto brilhava de prazer.

— Esses longos espirais azuis... vamos ter um monte deles. — Colin anunciava. — Eles são chamados de Del-fi-ni-os.

— Dickon diz que são Larkspurs[6], maiores e grandiosas — a senhorita Mary falou empolgada. — Já temos várias delas lá.

Então eles viram o Dr. Craven e pararam. Mary ficou completamente parada, e Colin pareceu impaciente.

— Lamento saber que se sentiu mal na noite passada, meu garoto — Dr. Craven disse um pouco nervoso. Ele era normalmente um homem muito nervoso.

— Estou melhor agora, muito melhor. — Colin respondeu, quase como um rajá. — Eu vou passar a sair todos os dias em minha cadeira, dentro de um dia ou dois, se não houver problema. Quero um pouco de ar fresco. — Dr. Craven sentou ao seu lado e mediu sua pulsação, olhando para ele com curiosidade.

— Deve sair em um dia bem bonito — ele disse. — E deve tomar muito cuidado para não se cansar.

— Ar fresco não irá me cansar — disse o jovem rajá.

Como houve ocasiões em que aquele mesmo jovem cavalheiro gritou em voz alta com raiva, insistindo que o ar fresco lhe faria sentir frio e o mataria, não era de se admirar que o médico estivesse se sentindo um pouco assustado.

— Pensei que não gostasse de ar fresco — ele disse.

— E não gosto, quando estou sozinho — respondeu o rajá. — Mas minha prima irá comigo.

---

6 Larkspur é uma espécie de flor que varia entre as cores azul, lilás e derivadas.

— E a enfermeira, é claro? — sugeriu Dr. Craven.

— Não, eu irei sem a enfermeira — ele disse, tão magnificamente que Mary não pôde deixar de lembrar a forma como o jovem príncipe nativo havia olhado para seus diamantes, esmeraldas, para as pérolas coladas ao redor de seu corpo e para os grandes rubis em sua mão pequena e escura, acenando para ordenar a seus servos que se aproximassem dele com mesuras e que obedecessem suas ordens.— Minha prima sabe como tomar conta de mim. Sinto-me sempre melhor quando ela está comigo. Ela fez com que eu me sentisse melhor na noite passada. Um rapaz bem forte que eu conheço irá empurrar minha cadeira. — Dr. Craven sentiu-se alarmado. Se aquele rapaz desgastante e histérico conseguisse se curar, ele perderia toda a chance de herdar Misselthwaite; mas ele não era um homem inescrupuloso, apesar de fraco, e não tinha a intenção de deixá-lo correr qualquer perigo real.

— Ele tem que ser um rapaz forte e firme — ele disse. — E eu preciso saber um pouco sobre ele. Quem é? Qual o seu nome?

— É o Dickon. — Mary falou de repente. De alguma forma ela sentiu que qualquer um que conhecesse o pântano, deveria também conhecer Dickon. E ela estava certa. Ela percebeu isso no momento em que o rosto sério do Dr. Craven relaxou em um sorriso de alívio.

— Oh, Dickon. — Ele falou. — Se for Dickon você estará seguro. Ele é tão forte quanto um pônei charneca.

— E podemos confiá nele — Mary disse. — Ele é o rapaz em quem mais se pode confiá em Yorkshire. — Ela andou falando com o sotaque Yorkshire para Colin e acabou se esquecendo de retirá-lo.

— Foi Dickon que lhe ensinou isso? — Dr. Craven perguntou, rindo abertamente.

— Estou aprendendo como se fosse francês — Mary disse friamente. — É como um dialeto nativo na Índia. Muitas pessoas inteligentes tentam aprendê-lo. Eu gosto dele, e Colin também.

— Bem, bem... — ele disse. — Se isso os diverte, talvez não o fará mal. Tomou seu brometo na noite passada, Colin?

— Não. — Colin respondeu. — Eu não iria tomá-lo de qualquer forma, então, depois, Mary me fez ficar quieto. Ela conversou comigo até eu dormir, em uma voz baixa, falando sobre a primavera que se rasteja até um jardim.

— Parece realmente calmante — disse o Dr. Craven, mais perplexo do que nunca e olhando para a senhorita Mary, sentada em um banquinho, com os olhos baixos, olhando silenciosamente para o tapete. — Você está evidentemente melhor, mas deve se lembrar...

— Eu não quero me lembrar. — O rajá o interrompeu, aparecendo outra vez. — Quando deito aqui sozinho e lembro que comecei a ter dores por todos os lugares, penso nas coisas que me fazem começar a gritar porque as odeio. Se houvesse um médico em qualquer lugar capaz de me fazer esquecer que estou doente ao invés de me fazer lembrar, eu gostaria de trazê-lo aqui. — E ele acenou com a mão magra, que deveria realmente estar coberta por anéis de sinete reais feitos de rubis. — E é por minha prima me fazer esquecer, que ela me faz me sentir melhor.

Dr. Craven nunca fizera uma visita tão curta depois de um “ataque”. Normalmente ele era obrigado a permanecer por um longo tempo e a fazer muitas coisas. Naquela tarde, ele não administrou nenhum remédio, não deixou nenhuma nova ordem e foi poupado de cenas desagradáveis. Enquanto descia as escadas, ele parecia muito pensativo, e quando falou com a Sra. Medlock na biblioteca, ela sentiu que ele estava um tanto quanto confuso.

— Bem, senhor... — ela arriscou. — Pode acreditar nisso?

— É certamente uma nova situação — disse o médico. — E não há como negar que é bem melhor do que a antiga.

— Eu acredito que Susan Sowerby esteja certa. Realmente acredito — disse a Sra. Medlock. — Eu parei em sua casa ontem, no caminho para Thwaite e conversei um pouco com ela. Ela me disse: “Bem, Sarah Ann, ele pode não sê um bom filho, ela pode não sê uma menina bonita, mas são crianças, e crianças são crianças.”

Nós frequentamos a escola juntas, Susan Sowerby e eu.

— Ela é a melhor enfermeira que eu conheço — disse o Dr.

Craven. — Quando eu a encontro em uma cabana onde sou chamado, sei que tenho chances de salvar meu paciente.

Sra. Medlock sorriu. Ela gostava de Susan Sowerby. — Ela tem um jeito só dela, a Susan.

— Ela prosseguiu, com bastante volubilidade. — Eu fiquei a manhã inteira pensando em uma coisa que ela me disse ontem. Ela disse: "Certa vez, quando eu estava ensinando algumas orações para as crianças, depois de pegá-los brigando, eu disse para todos eles: 'Quando eu estava na escola, meu professor de geografia disse que o mundo tinha o formato de uma laranja, e eu descobri, antes de completar dez anos, que a laranja inteira não pertence a ninguém. Ninguém possui mais de uma parte de um quarto, e tem vezes que parece que não há quartos suficientes a girar. Mas que nenhum de vocês pense que possui a laranja inteira ou verá que está errado, e você não descobrirá isso sem duros golpes.' O que as crianças aprendem com outras crianças, ela disse, é que não há sentido em pegar a laranja inteira com casca e tudo. Se fizer, você provavelmente não vai conseguir nem as sementes, e elas são muito amargas para comer."

— Ela é uma mulher perspicaz — Dr. Craven disse, colocando seu casaco.

— Bem, ela tem um modo de dizer as coisas — a Sra. Medlock finalizou, muito satisfeita. — Por vezes eu disse a ela:

"Ei, Susan, se você fosse uma mulher diferente e não falasse com sotaque de Yorkshire, muitas vezes eu deveria ter dito que você é inteligente."

Naquela noite, Colin dormiu sem acordar uma vez sequer e quando abriu seus olhos pela manhã, ele ainda estava deitado, e sorriu sem nem mesmo perceber. Sorriu porque sentiu-se curiosamente confortável. Na verdade, era bom estar acordado, e ele virou-se e espreguiçou os membros luxuriosamente. Ele sentia como se as fortes amarras que o prenderam por tanto tempo houvessem se soltado e o deixado livre. Ele não sabia que o Dr. Craven iria dizer que seus nervos estavam relaxados e descansados. Ao invés de ficar deitado olhando para as paredes, desejando que não tivesse despertado, sua mente estava repleta dos planos que havia feito com Mary no dia anterior, de fotos de jardins, de Dickon e suas criaturas selvagens. Era tão bom ter coisas para pensar. E ele não estava acordado nem há dez minutos quando ouviu pés correndo pelo corredor, e logo Mary estava à sua porta. No minuto seguinte ela já estava dentro do quarto, correndo na direção de sua cama, trazendo uma rajada de ar puro, cheio do perfume da manhã, com ela.

— Você esteve lá fora! Você esteve lá fora! Sinto aquele cheiro agradável de folhagem! — choramingou ele. Ela esteve correndo, seu cabelo estava solto e embaraçado, e parecia luminosa como o ar, com as faces rosadas, embora ele não pudesse ver.

— Está tão lindo! — ela disse, um pouco ofegante por ter corrido. — Você nunca viu algo tão lindo. Já chegou. Pensei que havia chegado naquela outra manhã, mas estava apenas chegando. Está aqui agora! Já chegou, a Primavera! Dickon disse que sim!

— Já chegou? — Colin disse choroso, e apesar de não saber nada sobre aquilo, ele sentiu seu coração palpitar. Ele até se sentou na cama.

— Abra a janela! — ele acrescentou, rindo, uma parte de alegre excitação, e outra parte por sua própria fantasia. — Talvez possamos ouvir trompetes de ouro.

E apesar de ele ter rido, Mary foi até a janela por um momento e, no instante seguinte, já a abria, escancarando-a de frescor, suavidade, aromas e canções de pássaros que entravam por ela.

— Isso é ar fresco — ela disse. — Deite de costas e respire-o. É isso que Dickon faz quando está deitado no pântano. Ele diz que pode senti-lo em suas veias, tornando-o mais forte, como se fosse capaz de viver eternamente. Inspire-o e expire-o! — Ela estava apenas repetindo o que Dickon havia falado, mas adivinhou exatamente a fantasia de Colin.

— Eternamente?! Isso o faz se sentir assim? — ele disse, e fez exatamente o que ela disse para ele fazer, respirando profundamente, uma e outra vez, até que sentiu que algo novo e maravilhoso estava acontecendo com ele.

— As coisas estão se aglomerando para fora da terra. — Ela falou com pressa. — E há flores desabrochando, botões em todo lugar, um véu verde cobrindo quase todo o cinza, e os pássaros estão voando com tanta pressa para seus ninhos, com medo que seja tarde demais, que alguns deles estão até lutando por seus lugares no jardim secreto. E as roseiras estão tão abertas quanto poderiam estar. Há prímulas nas vias e nas madeiras, as sementes que plantamos estão crescendo, e Dickon trouxe a raposa, o corvo, os esquilos e um cordeiro recém-nascido. — E mais uma vez ela parou para respirar. — Dickon havia encontrado o cordeiro recém-nascido três dias antes, deitado ao lado de sua mãe, morta em meio aos tojos no pântano. Não foi o primeiro cordeiro órfão que ele encontrou, então já sabia o que fazer. Ele o levou para a cabana, envolto em seu casaco, deixou-o deitado perto do fogo e alimentou-o com leite morno. Era uma criatura suave, com um rostinho de bebê e pernas muito longas para seu corpo. Dickon o carregou em seus braços através do pântano levando sua mamadeira em seu bolso, ao lado de um esquilo, e quando Mary sentou-se sob uma árvore, com aquele flácido aconchego amontoado em seu colo, ela sentiu que estava repleta de uma alegria tão estranha que a impedia de falar.

Um cordeiro, um cordeiro! Um cordeiro vivo estava deitado em seu colo como se fosse um bebê. — Ela descrevia a cena com muita alegria, e Colin a escutava, enquanto respirava longas lufadas de ar, quando a enfermeira entrou. Ela estranhou um pouco a visão da janela aberta. Muitas vezes ela se sentia sufocada dentro do quarto em dias mais quentes, porque seu paciente insistia que janelas abertas provocavam resfriados nas pessoas.

— Tem certeza que não está com frio, Mestre Colin? — ela perguntou.

— Não. — Foi a resposta. — Estou tomando lufadas de ar fresco. Elas me fortalecem. Eu vou até o sofá para tomar o café da manhã. Minha prima irá tomá-lo comigo.

A enfermeira foi embora, ocultando um sorriso, para fazer o pedido por dois cafés da manhã. Ela achava o refeitório dos criados um lugar mais divertido do que os aposentos do inválido, mas, naquele momento, todos queriam saber sobre as novidades do andar de cima. Eles faziam uma boa quantidade de piadas sobre o recluso e impopular jovem que, como o cozinheiro dizia, "havia encontrado uma menina para lhe ensinar, e que era bom para ele". Os criados também já estavam cansados dos ataques, e o mordomo, que era pai de família, mais de uma vez havia expressado sua opinião, dizendo que o que o inválido merecia era "uma boa surra".

Quando Colin já estava em seu sofá e o desjejum para dois já havia sido posto sobre a mesa, ele fez um anúncio à enfermeira, daquele jeito que o fazia parecer um rajá.

— Um menino, uma raposa, um corvo, dois esquilos e um cordeiro recém-nascido estão vindo me ver esta manhã. Eu quero que eles sejam trazidos para cá assim que chegarem — ele disse. — Vocês não devem começar a brincar com os animais no refeitório dos criados e mantê-los lá. Quero-os aqui. — A enfermeira deu um suspiro de leve e tentou escondê-lo com uma tosse.

— Sim, senhor — ela respondeu.

— Eu lhe direi o que você pode fazer — Colin acrescentou, acenando com a mão. — Você pode dizer à Martha para trazê-los aqui. O rapaz que virá é irmão dela. Seu nome é Dickon, e ele é um encantador de animais.

— Espero que os animais não mordam, Mestre Colin — disse a enfermeira.

— Eu lhe disse que ele é um encantador — Colin disse de maneira austera. — Animais encantados nunca mordem.

— Há encantadores de serpentes na Índia — disse Mary. — E eles conseguem colocar serpentes dentro de suas bocas.

— Santo Deus! — a enfermeira estremeceu.

Eles tomaram o café da manhã com o ar da manhã sobre eles. O café da manhã de Colin parecia muito bom, e Mary o observou com sério interesse.

— Você vai começar a engordar exatamente como aconteceu comigo — ela disse. — Eu nunca tomava meu desjejum quando estava na Índia, mas agora sempre o tomo.

— Eu quis tomar o meu esta manhã — Colin falou. — Talvez

tenha sido o ar fresco. Quando você acha que Dickon irá chegar? Ele não demorou a chegar. Depois de cerca de dez minutos, Mary ergueu a mão.

— Ouça! — ela disse. — Ouviu um grasnado? — Colin ouviu e ouviu, o som mais estranho para se ouvir dentro de uma casa: um rouco grasnado.

— Sim — ele respondeu.

— Este é Fuligem — Mary disse. — Ouça novamente. Você ouvirá um balido, um bem pequenino.

— Oh, sim! — Colin choramingou, quase ruborizando.

— É o cordeirinho — disse Mary. — Ele está chegando. — As botas de pântano de Dickon eram grossas e desajeitadas, e, embora ele tentasse caminhar tranquilamente, elas faziam um som aglutinado, conforme ele andava pelos longos corredores. Mary e Colin o ouviram marchando, marchando, até que ele passou pela porta, atravessando o tapete macio da própria passagem de Colin.

— Se me permite, senhô... — Martha anunciou, abrindo a porta. — Se me permite, senhô, aqui está Dickon e suas criaturas.

Dickon chegou sorrindo seu melhor sorriso. O cordeiro recém-nascido estava em seus braços, e a raposinha vermelha trotava ao seu lado. Noz estava sentado em seu ombro esquerdo, Fuligem à sua direita, e a cabeça e as patas de Casca estavam para fora de seus bolsos.

Colin se sentou devagar e olhou, olhou, da mesma forma como havia olhado para Mary quando a viu pela primeira vez, mas era um olhar maravilhado e encantado. A verdade era que, apesar de tudo que ele tinha ouvido, ele não tinha sequer imaginado como aquele garoto seria, e sua raposa, seu corvo, seus esquilos e seu cordeiro estavam tão próximos a ele e à sua amizade, que quase parecia que todos faziam parte dele. Colin nunca havia falado com um garoto em sua vida, e ele estava tão consumido por seu próprio prazer e curiosidade que nem mesmo pensou em falar. Mas Dickon não sentiu timidez ou estranheza. Ele não se sentiu embaraçado, porque o corvo também não conhecia sua linguagem e apenas o olhou sem lhe dizer nada na primeira vez em que se encontraram. Com as criaturas era sempre assim até que elas descobrissem sobre você. Ele caminhou na direção do sofá onde Colin estava e colocou o cordeiro recém-nascido gentilmente em seu colo. Imediatamente, a pequena criatura virou-se para o veludo quente do roupão, começando a se aconchegar em suas pregas e a se intrometer em seus cabelos cacheados com uma suave impaciência. É claro que nenhum garoto conseguiria falar naquele momento.

— O que ele está fazendo? — choramingou Colin. — O que ele quer?

— Ele qué a mãe — disse Dickon, sorrindo mais e mais.

— Eu o trouxe com um pouquinho de fome, porque imaginei que ocê ia querê vê-lo comê. — Ele ajoelhou em frente ao sofá e tirou uma mamadeira de seu bolso. — Venha, pequenino — ele disse, virando para si a branca cabecinha lanosa com sua suave mão morena. — Ocê tem que vê o que vem depois. Ele vai tirá muito mais desse leite aqui do que de casacos de veludo e seda. Veja agora. — E ele empurrou a ponta de borracha da mamadeira na boquinha aconchegada, e o cordeiro começou a sugar o líquido com êxtase voraz. Depois daquilo, não havia como saber o que dizer. No momento em que o cordeiro adormeceu, perguntas foram derramadas, e Dickon respondeu a todas. Ele lhes contou como havia encontrado o cordeiro, assim que o sol havia nascido três manhãs atrás. Ele havia parado no pântano, ouvindo uma cotovia, observando-a voar mais e mais alto no céu, até se tornar um pontinho pequeno nas alturas do azul.

— Eu quase o perdi por causa da canção, e eu estava perguntando como um sujeito poderia ouvi a cotovia, enquanto voava para fora do mundo em um segundo.

E foi só então que eu ouvi algo mais longe entre os tojos. Era um berro fraco, e eu logo soube que se tratava de um cordeirinho faminto. E eu sabia que ele não estaria faminto se não tivesse perdido sua mãe, então eu comecei a procura. Eh! Eu olhei para ele. E eu entrava e saía entre os tojos, virava e virava, mas sempre parecia está no caminho errado. Mas, finalmente, eu vi um pedacinho branco em uma pedra no topo do pântano, então, escalei e encontrei o pequeno, quase morto de frio e fome. — Enquanto ele falava, Fuligem voou solenemente para dentro e para fora da janela, grasnando comentários sobre o cenário, enquanto Noz e Casca faziam excursões para as árvores grandes do lado de fora, correndo para cima e para baixo nos troncos e ramos que exploravam. Capitão estava enrolado perto de Dickon, que preferira se sentar sobre o tapete da lareira. Eles olharam as figuras no livro de jardinagem. Dickon conhecia todas as flores por seus nomes e sabia exatamente quais já estavam crescendo no jardim secreto. — Eu não saberia dizê o nome verdadeiro desta — ele disse, apontando para uma delas, onde abaixo estava escrito: “Aquilegia”. — Mas nós a chamamos de colombina, e esta de boca-de-dragão, ambas crescem selvagens nas cercas. E estas aqui são de jardim, são maiores e grandiosas. Há alguns conjuntos de colombinas no jardim. Elas vão parecê uma cama de borboletas azuis e brancas quando florescerem.

— Eu vou vê-las! — Colin exclamou. — Eu vou vê-las!

— Sim, essa é a ideia! — Mary disse muito séria. — E não devemos perdê mais tempo.

CAPITULO XX

"EU VOU VIVER PARA SEMPRE!"

Mas eles foram obrigados a esperar mais de uma semana, porque, primeiro, vieram alguns dias de muita ventania, e Colin ficou debilitado com um resfriado. E com as duas coisas acontecendo, uma depois da outra, não havia dúvida de que ele seria consumido por uma onda de ódio, mas havia muitos planejamentos meticulosos e misteriosos a serem feitos, e Dickon o visitava quase todos os dias, mesmo que apenas por alguns minutos, para lhe contar o que estava acontecendo no pântano, nas azinhagas, nas cercas e nas fronteiras dos córregos. As coisas que ele tinha para falar sobre ariranhas, texugos e casas de água de ratos, sem mencionar ninhos de passarinhos, campos de ratinhos e suas tocas, foram suficientes para fazer o menino tremer de excitação ao ouvir detalhes do encantamento de um animal, e perceber com que ávido entusiasmo e ansiedade o mundo subterrâneo estava trabalhando.

— Eles são como nós — disse Dickon. — Só que eles têm que construí suas casas todo ano. E isso os mantém ocupados. Eles lutam com muito afinco para que fiquem prontas.

O mais absorvente de tudo, entretanto, eram as preparações a serem feitas para que Colin pudesse ser transportado até o jardim com bastante discrição. Ninguém poderia ver a cadeira de rodas, e Dickon e Mary, após virarem em um determinado canto do matagal, caminharam para fora das paredes com heras. A cada dia que passava, Colin fixava-se mais e mais na ideia de que o mistério que envolvia o jardim era um de seus maiores encantos. Nada poderia estragar aquilo. Ninguém nunca poderia suspeitar que eles tinham um segredo. As pessoas deveriam simplesmente pensar que ele estava saindo com Mary e Dickon, porque gostava deles e não se opunha aos seus olhares para ele. Eles tiveram longas e maravilhosas conversas sobre a rota que fariam. Subiriam e desceriam por um caminho, atravessariam outro e dariam a volta pelo canteiro de flores, como se estivessem apenas olhando a cama de plantas. O jardineiro principal, Sr. Roach, já havia arranjado tudo. Aquilo lhes parecia uma coisa tão racional a se fazer, que ninguém pensava em todo aquele mistério. Eles se camuflariam nos arbustos ao caminhar e se perderiam até chegarem às longas paredes. Era quase tão sério e elaborado quanto os planos de marcha criados por grandes generais nos tempos da guerra.

Rumores sobre as novas e curiosas coisas que estavam acontecendo no quarto do inválido infiltraram-se através da área dos criados, pelos pátios e entre os jardineiros, mas não obstante, o Sr. Roach ficou surpreso, certo dia, quando recebeu ordens do quarto de Mestre Colin, dizendo que ele deveria se apresentar no quarto onde nenhuma pessoa de fora havia entrado, pois o inválido queria falar com ele.

— Bem, bem... — ele disse para si mesmo, enquanto trocava seu casaco com pressa. — O que fazer agora? Sua Alteza Real, para quem nunca deveríamos olhar, está chamando um homem em quem ele nunca colocou os olhos?

Não é que Sr. Roach não estivesse curioso. Ele nunca sequer tinha visto o menino e já tinha ouvido uma dúzia de histórias exageradas sobre seus olhares estranhos, suas maneiras e seus temperamentos insanos. O que ele ouvia com mais frequência era que ele poderia morrer a qualquer momento, e houve inúmeras descrições fantasiosas sobre uma corcunda e membros indefesos, informações dadas por pessoas que jamais o haviam visto.

— As coisas estão mudando nesta casa, Sr. Roach — disse a Sra. Medlock, enquanto o guiava pelas escadas que davam para o corredor, onde abriu a porta do quarto, até então misteriosa.

— Vamos esperar que estejam mudando para melhor, Sra. Medlock.— ele respondeu.

— Elas não poderiam se tornar piores — ela continuou. — E por mais estranho que pareça tudo isso, há aqueles que acham que seus afazeres estão bem mais fáceis de serem encarados. Não se surpreenda, Sr. Roach, se o senhor se ver no meio de um zoológico e encontrar o irmão de Martha Sowerby, o Dickon, dentro desta casa. — Havia realmente algum tipo de mágica em Dickon, como Mary secretamente acreditava. Quando o Sr. Roach ouviu o nome dele, sorriu, bastante entusiasmado.

— Esse aí se sentiria em casa tanto no Palácio de Buckingham quanto no fundo de uma mina de carvão — ele disse. — E mesmo assim, não seria uma imprudência. Aquele rapaz é muito bom.

Talvez tenha sido bom que o tivessem preparado ou ele teria ficado assustado. Quando a portado quarto foi aberta, um grande corvo, que parecia estar se sentindo completamente em casa, empoleirado no alto espaldar de uma cadeira entalhada, anunciava a chegada de um visitante, dizendo: "Caw, Caw" bem alto. Apesar do aviso da Sra. Medlock, Sr. Roach apenas escapou, pulando para trás, totalmente sem dignidade. O jovem rajá não estava na cama nem no sofá, mas sentado em uma poltrona, e um cordeirinho se encontrava à sua frente, sacudindo o rabo enquanto era alimentado por Dickon, que estava ajoelhado, dando-lhe leite da mamadeira. Um esquilo estava empoleirado na curva das costas de Dickon, mordendo uma noz com toda atenção. A menininha da Índia mantinha-se sentada em um banquinho, observando.

— Aqui está o Sr. Roach, Mestre Colin — disse a Sra. Medlock. O jovem rajá virou-se e o examinou.

Pelo menos foi aquilo que o jardineiro-chefe sentiu que aconteceu.

— Oh, você é o Roach, não é? — ele disse. — Eu o chamei aqui para lhe dar algumas ordens importantes.

— Muito bem, senhor — respondeu Roach, imaginando se ele

iria receber instruções para derrubar todos os carvalhos do parque ou para transformar pomares em rega de jardins.

— Eu vou sair em minha cadeira nesta tarde — disse Colin. — Se o ar fresco me fizer bem, eu sairei todos os dias. Quando eu for, nenhum dos jardineiros deve estar perto do caminho das paredes do jardim. Ninguém deve estar lá. Eu devo sair por volta das duas horas, e todos devem se manter afastados até que eu diga que podem voltar a seus trabalhos.

— Muito bem, senhor — replicou Sr. Roach, muito aliviado com o fato de que os carvalhos iriam permanecer e que os pomares estavam salvos.

— Mary — disse Colin, virando-se para ela. — O que é mesmo que se diz na Índia quando você terminou de falar e quer que a pessoa se retire?

— Você diz, "tem minha permissão para se retirar". — Mary respondeu. O rajá acenou com a mão.

— Tem minha permissão para se retirar, Roach — ele disse. — Mas lembre-se, isso é muito importante.

— Caw! Caw! — comentou o corvo com a voz rouca, mas não descortês.

— Muito bem, senhor. Obrigado, senhor — disse o Sr. Roach, e Sra. Medlock o fez sair do quarto. Do lado de fora, no corredor, por ser um homem bem-humorado, ele sorriu até quase gargalhar.

— Palavra de honra! — ele disse. — Ele tem modos bastante arrogantes, não tem? Daria para pensar que ele é uma família real inteira no corpo de um Príncipe Consorte.

— Eh! — protestou a Sra. Medlock. — Tivemos que deixá-lo espezinhar cada um de nós desde que ele começou a andar, e ele pensa que foi para isso que nascemos.

— Talvez ele acabe amadurecendo, se sobreviver — o Sr. Roach sugeriu.

— Bem, há uma certeza... — disse a Sra. Medlock. — Se ele sobreviver e aquela criança da Índia continuar aqui, eu garanto que ela o ensinará que ele não possui a laranja inteira, como diria

Susan Sowerby. E é provável que ele descubra o tamanho de seu pedaço.

Dentro do quarto, Colin estava recostado em suas almofadas.

— Está tudo seguro agora — ele disse. — E nesta tarde eu o verei! Nesta tarde eu estarei nele!

Dickon voltou para o jardim com suas criaturas, e Mary ficou com Colin. Ela não achava que ele parecia cansado, mas estava muito quieto antes do almoço chegar e permaneceu quieto enquanto comia. Ela tentava imaginar por que, e então perguntou-lhe.

— Que olhos grandes você tem, Colin — ela disse. — Quando está pensativo eles ficam do tamanho de um pires. No que está pensando agora?

— Não consigo deixar de pensar em como é — ele respondeu.

— O jardim? — Mary perguntou.

— A primavera — ele disse. — Estava pensando que nunca a vi antes. Eu quase nunca fui lá fora, e quando fui nunca a observei. Nunca nem pensei nisso.

— Eu nunca a vi na Índia porque lá não tem — Mary disse.

Apesar de ter tido uma vida encarcerada e mórbida, Colin tinha mais imaginação do que ela e, ao menos, tinha passado uma boa parte do tempo olhando para belos livros e fotos.

— Naquela manhã, quando você entrou correndo e disse "Chegou, chegou!", você me fez sentir estranho. Soou como se as coisas estivessem chegando em uma grande procissão, grandes explosões e rajadas de música. Eu vi uma imagem como essa em um dos meus livros. Multidões de pessoas e crianças adoráveis segurando grinaldas e ramos cheios de flores, todos rindo, dançando, aglomerando-se e tocando. Foi por isso que eu disse: "Talvez possamos ouvir trompetes de ouro", e pedi que abrisse a janela.

— Que engraçado — disse Mary. — É exatamente isso que parece. Como se todas as flores, folhas de árvores, todo o verde, pássaros e criaturas selvagens dançassem juntos. Que grupo seria!

Eu tenho certeza que eles dançariam, cantariam e tocariam flautas, e seriam como rajadas de música. Os dois riram, não porque a ideia era engraçada, mas porque ambos a adoraram. Um pouco mais tarde, a enfermeira preparou Colin. Ela reparou que ao invés de ficar deitado como um tronco enquanto suas roupas eram colocadas, ele se sentou e esforçou-se para ajudar, enquanto falava e ria com Mary o tempo todo.

— Ele está em um bom dia, senhor — ela disse para o Dr. Craven, que apareceu para visitá-lo. — Ele está em um humor tão bom que está até mais forte.

— Eu telefonarei mais tarde, depois que ele retornar — disse Dr. Craven. — Eu preciso ver se ir lá o fará bem. Eu gostaria... — disse em uma voz baixinha. — Que ele a deixasse ir junto.

— Eu prefiro encerrar o caso agora, senhor, e ficar aqui enquanto é sugerido — respondeu a enfermeira, com súbita firmeza.

— Não foi exatamente isso que eu sugeri — disse o médico, com leve irritação. — Vamos experimentar. Dickon é um rapaz a quem eu confiaria um recém-nascido.

O mais forte lacaio da casa carregou Colin pelas escadas e colocou-o em sua cadeira de rodas, perto de onde Dickon esperava lá fora. Depois do criado ter arrumado sua manta e almofada, o rajá acenou com sua mão para ele e para sua enfermeira.

— Vocês têm minha permissão para se retirar — ele disse, e os dois desapareceram rapidamente, certamente se pondo a rir quando já estavam a salvo dentro de casa. Dickon começou a empurrar a cadeira de rodas devagar e com estabilidade. Senhorita Mary caminhava ao lado deles, enquanto Colin encostava-se e levantava seu rosto em direção ao céu. O arco deste parecia muito alto, e as pequenas nuvens feitas de neve pareciam pássaros brancos voando com suas asas escancaradas sob seu azul de cristal. O vento varreu em suaves respirações logo abaixo do pântano e foi estranho, mas ao mesmo tempo tinha um selvagem e claro cheiro de doçura. Colin continuava elevando seu peito magro para inspirá-lo, e seus grandes olhos observavam, como se fossem eles a escutar e escutar, ao invés de seus ouvidos.

— Há tantos sons de cantos, zumbidos e chamados... — ele

disse. — Que cheiro é esse que as rajadas de vento trazem?

— É o tojo do pântano que tá se abrindo. — Dickon respondeu. — Eh! As abelhas tão maravilhosas hoje.

Nenhuma criatura humana deveria ser vista nos caminhos que eles tomaram. Na verdade, todos os jardineiros ou auxiliares de jardinagem tinham sido afastados. Mas mesmo assim, eles se embrenhavam por entre os arbustos e em volta das fontes, seguindo cuidadosamente a rota planejada, pelo simples prazer misterioso que ela proporcionava. Mas quando finalmente eles viraram na direção da longa caminhada pela parede de heras, um sentimento de animação pela emoção da proximidade os tomou, e, por alguma razão curiosa que eles não souberam explicar, começaram a falar em sussurros.

— Aqui está ele. — Mary suspirou. — É aqui que eu costumo caminhar para cima e para baixo, e vagar e vagar.

— É ele? — Colin chorou, e seus olhos começaram a procurar pela hera com ansiosa curiosidade. — Mas eu não estou vendo nada — ele sussurrou. — Não tem porta. Foi o que eu pensei. Então um adorável e ofegante silêncio se fez, e a cadeira parou.

— Este é o jardim onde Ben Weatherstaff trabalha — disse Mary.

— É este? — disse Colin. Depois de mais alguns metros, Mary sussurrou novamente.

— Foi neste aqui que Robin voou por cima do muro — ela disse.

— Foi? — chorou Colin. — Oh! Eu gostaria que ele voltasse.

— E este... — Mary disse com um prazer solene, apontando por sob um grande arbusto lilás. — E neste, foi onde ele se empoleirou no monte de terra e me mostrou a chave. Então, Colin se sentou.

— Onde? Onde? Ali? — ele choramingou, e seus olhos ficaram tão grandes quanto os do lobo em Chapeuzinho Vermelho, quando esta sentiu-se inclinada a fazer comentários sobre eles. Dickon parou, e a cadeira também.

— E este... — disse Mary, pisando no leito próximo à hera. —

Foi onde eu fui conversar com ele quando ele piou para mim do topo da parede. E esta é a hera que o vento soprou de volta. — E ela segurou a cortina verde pendurada.

— Oh! É ele, é ele! — Colin ofegou. — Aqui está o puxador, e aqui, a porta. Dickon, abra-o, abra-o logo! — E Dickon o fez, com um puxão forte, firme e maravilhoso. Mas Colin se jogou contra suas almofadas, apesar de ter soluçado de prazer, escondendo seus olhos com as mãos e os segurou dessa forma, fechando-os para tudo, até que eles já estavam lá dentro. Então a cadeira parou como por mágica, e a porta foi fechada atrás deles. Foi só então que ele retirou as mãos e olhou à sua volta como Dickon e Mary tinham feito.

E sobre as paredes, a terra, as árvores, os balanços, gavinhas, o belo véu esverdeado de ternas pequenas folhas rastejava, a grama sob as árvores e as urnas cinza nas alcovas, e aqui e acolá havia toques e salpicos de ouro, púrpura e branco. As árvores mostravam rosa e neve sobre sua cabeça, e havia barulho de bater de asas e tênues doces tubos e zumbidos e cheiros e aromas. E o sol estava cálido, batendo em seu rosto como uma mão tocando-o de maneira carinhosa. E admirados, Mary e Dickon pararam e olharam para ele. Ele parecia estranho e diferente, porque uma luz rosada tinha realmente aparecido em todo seu rosto de marfim, em seu pescoço, mãos e tudo.

— Eu vou ficar bom! Eu vou ficar bom! — ele exclamou. — Mary! Dickon! Eu vou ficar bom! E vou viver para sempre, sempre e sempre!

CAPITULO XXI

"BEN WEATHERSTAFF"

Uma das coisas mais estranhas de se viver no mundo é que só há o agora, então tem-se a certeza de que pelo menos alguém irá viver para sempre, sempre e sempre. Alguém tem essa certeza, pelo menos às vezes, quando acorda ao doce e solene alvorecer e sai, fica sozinho, joga sua cabeça para trás para olhar para cima e olha para o céu pálido, lentamente modificando-se e ruborizando, e coisas maravilhosas e desconhecidas acontecem a Leste, quase fazendo alguém chorar, e o coração desse alguém para na estranha e imutável magnitude do nascer do sol, que acontece toda manhã há milhares e milhares e milhares de anos. Alguém sabe disso, pelo menos por um momento. Outro, às vezes, sabe disso quando alguém fica solitário, encostado em uma madeira ao pôr do sol, e o silêncio misterioso, profundo e dourado, inclinado através dos galhos parece estar dizendo lentamente, uma e outra vez, que não consegue ouvir, por mais que tenha tentado. E então, às vezes, a imensa quietude da escuridão da noite, com seus milhões de estrelas que aguardam e observam, dão uma certeza; e às vezes, um som de uma música vindo de longe, torna tudo verdadeiro; e às vezes basta apenas o olhar nos olhos de outra pessoa. E foi isso que aconteceu com Colin quando ele viu, ouviu e sentiu a Primavera dentro das quatro paredes do jardim secreto. Aquela tarde, o mundo inteiro pareceu devotar-se a ser perfeito e radiantemente lindo e gentil com aquele garoto. Talvez, por pura bondade celestial, a primavera chegou e coroou tudo que estava naquele lugar. Mais de uma vez, Dickon pausou o que estava fazendo e parou, com uma espécie de admiração crescente em seus olhos, balançando sua cabeça suavemente.

— Eh! Isso é maravilhoso — ele disse. — Eu tô com doze anos, quase com treze, e já vi muitas tardes nesses treze anos, mas acho que nunca vi uma tão maravilhosa quanto esta.

— Sim, é uma tarde maravilhosa — Mary disse, e ela suspirou de pura alegria.

— Eu garanto que esta é a tarde mais maravilhosa que já existiu no mundo. Vocês acham... — começou Colin, receoso e sonhador. — Que ela tá dessa manêra, de propósito, para mim?

— Palavra de honra! — Mary gritou com admiração. — Aí está uma bela demonstração de Yorkshire. Este nível de elaboração foi quase uma arte.

E o prazer reinou. Eles levaram a cadeira até a ameixeira, que estava branca como a neve salpicada de flores, e musical como suas abelhas. Era como o dossel de um rei das fadas. Perto deles via-se o florescer de cerejeiras e macieiras, cujos botões eram rosa e branco, e alguns, aqui e ali, já estavam completamente abertos. Entre os ramos floridos do dossel, pedaços de céu azul olhavam para baixo como se fossem olhos maravilhosos.

Mary e Dickon trabalharam um pouco aqui e acolá, e Colin os observou. Eles lhe trouxeram coisas para ver, botões que estavam se abrindo, botões que ainda estavam bem fechados, pedaços de galhos, cujas folhas estavam apenas mostrando seu verde, a pena de um pica-pau que havia caído sobre a grama, uma concha vazia que algum pássaro havia chocado cedo demais. Dickon empurrou a cadeira bem devagar, dando voltas pelo jardim, parando a cada momento para deixá-lo olhar para as maravilhas que brotavam da terra ou trilhavam para baixo das árvores. Era como ser levado ao redor de um país de um rei e uma rainha mágicos e ser apresentado às maravilhas que ele continha.

— Será que vamos ver o pintarroxo? — Colin perguntou.

— Ocê começará a vê-lo muitas vezes daqui a pouco. — Dickon respondeu. — Quando os ovos chocarem, o pequeno camarada vai fica tão ocupado que sua cabeça chegará a rodá. Ocê o verá voando para um lado e para o outro, carregando minhocas quase do seu tamanho, e vai tê tanto barulho no ninho quando ele chegá lá, e tanta agitação que ele mal vai sabe em quão boca grande a primeira minhoca vai cair. E haverá bicos escancarados e gritos por todos os lados. Minha mãe diz que quando vê todo o trabalho que um pintarroxo tem para mantê todos aqueles bicos escancarados preenchidos, ela se sente como uma senhora que não tem nada para fazê. Ela disse que viu os pequenos camaradas, no momento em que o suor parecia estar saindo deles, mas isso é uma coisa que nem todas as pessoas conseguem vê. — Aquilo os fez rir com tanto prazer, que foram obrigados a cobrir suas bocas com as mãos, lembrando que não podiam ser ouvidos. Colin tinha sido instruído sobre leis dos sussurros e das vozes baixas alguns dias antes.

Ele gostou da ideia de mistério e fez o seu melhor, mas no meio de seu delicioso prazer, tornou-se difícil não rir por cima de um sussurro. Cada momento da tarde foi repleto de coisas novas, e a cada hora, o brilho do sol parecia mais e mais dourado. A cadeira de rodas foi levada e colocada debaixo do dossel, e Dickon sentou-se na grama, pegando sua flauta, quando Colin viu algo que não tinha tido tempo de reparar antes.

— Há uma árvore bem velha ali, não há? — ele disse. Dickon olhou, através da grama, para a árvore, e Mary olhou também, ficando completamente parada por um breve momento.

— Sim — respondeu Dickon, e sua voz baixa tinha um tom muito gentil. Mary olhou para a árvore e começou a pensar.

— Os galhos estão acinzentados e não há uma folha sequer em nenhum lugar — Colin verificou. — Está morta, não está?

— Sim — Dickon admitiu. — Mas as rosas tão subindo por todos os lados nela e tão escondendo cada pedaço da madeira morta. Quando tiver cheia de folhas e flores, não vai parecê que está morta. Ela vai sê a mais linda de todas. Mary ainda olhava para a árvore pensativa.

— É como se um grande galho tivesse sido quebrado — disse Colin. — Eu me pergunto como aconteceu.

— Já faz mais de um ano — Dickon respondeu. — Eh! — disse, com um súbito alívio, colocando sua mão sobre Colin. — Veja o pintarroxo! Lá tá ele! Ele tava procurando por sua companheira.

Colin quase se atrasou, mas conseguiu avistar o lampejo do pássaro de peito vermelho, segurando algo em seu bico. Ele disparou através do verde e, ao adentrar no canto mais alto, já estava fora de vista. Colin recostou-se mais uma vez em sua almofada, rindo um pouco.

— Ele está tomando o chá por ela. Talvez já sejam cinco horas. Acho que eu mesmo gostaria de um chá para mim. E então eles estavam a salvo.

— Foi Mágica que enviou o pintarroxo — Mary disse secretamente para Dickon depois.

— Eu sei que foi mágica. — Ambos, tanto ela quanto Dickon, tiveram medo que Colin perguntasse alguma coisa sobre a árvore cujos galhos haviam quebrado há dez anos, e eles conversaram sobre isso por algum tempo, até que Dickon parou e coçou sua cabeça em um sinal de preocupação. — Nós temos que olhá para ela como se não fosse diferente das outras árvores — ele disse. — Nós nunca podemos dizê a ele como o galho quebrou. Se ele dissé alguma coisa sobre isso, temos que parece alegres.

— Sim, é isso que devemos fazê! — Mary respondeu. Mas ela não achava que estava parecendo muito alegre quando olhou para a árvore. Ela imaginava e imaginava, naqueles breves minutos, se houve qualquer realidade na outra coisa que Dickon havia dito. Ele não parava de coçar seu cabelo vermelho-ferrugem, parecendo confuso, mas um belo olhar confortador começou a aparecer em seus olhos azuis.

— A Sra. Craven foi uma moça muito bonita — ele começou a falar, um pouco hesitante. — E minha mãe acha que ela ainda tá por Misselthwaite, por todo esse tempo, tomando conta de Mestre Colin, do mesmo jeito que todas as mães fazem quando são levadas desse mundo. Elas têm que voltá. Talvez ela esteja no jardim e talvez tenha sido ela quem nos fez trabalhá, nos trazendo até aqui.

Mary achava que ele estava se referindo a algo como Mágica. Ela acreditava nisso. Secretamente, acreditava que Dickon trabalhava com Mágica, Mágica boa, usando tudo que tinha ao seu alcance, e era por isso que as pessoas gostavam tanto dele, e as criaturas sabiam que ele era um amigo. Ela imaginava se não era possível que seu dom tivesse trazido o pintarroxo, no exato momento em que Colin fez aquela pergunta perigosa. Ela sentia que sua Mágica esteve trabalhando durante toda a tarde e fez com que Colin se sentisse um menino completamente diferente. Quase nem parecia possível acreditar que era a mesma criatura louca que havia gritado, socado e mordido seu travesseiro. Até mesmo sua palidez parecia ter mudado. O fraco brilho de cor que tinha aparecido em seu rosto, pescoço e mãos quando ele entrou pela primeira vez no jardim, não havia desaparecido. Ele aparentava ser feito de carne ao invés de mármore ou cera.

Eles avistaram o pintarroxo carregando comida para sua companheira duas ou três vezes, e aquilo proporcionava a sensação de um chá da tarde, fazendo com que Colin sentisse como se eles realmente estivessem lanchando.

— Vá e faça com que um daqueles criados deixe uma cesta de comida perto do caminho dos rododentros — ele disse. — E você e Dickon podem trazê-la até aqui para nós.

Era uma ideia agradável, de fácil execução, e quando o pano branco foi esticado por sobre a grama com chá quente, torradas com manteiga e bolinhos, uma deliciosa refeição foi degustada. Vários pássaros pausaram seus afazeres domésticos para observar o que estava acontecendo e foram levados a investigar migalhas com grande entusiasmo. Noz e Casca corriam para cima das árvores roubando pedacinhos de bolo, e Fuligem pegou uma metade inteira de um bolinho inglês de manteiga e levou para um canto, bicou, examinou, virou-o e fez comentários roucos sobre ele, até que decidiu engolir tudo com alegria de uma única vez. A tarde foi se arrastando até sua hora mais madura. O sol já intensificava o ouro de suas lanças, as abelhas já estavam indo para casa e os pássaros começavam a voar cada vez menos. Dickon e Mary estavam sentados na grama, a cesta de chá já estava arrumada, pronta para ser levada de volta para casa, e Colin estava encostado em suas almofadas, com seus cabelos pesados puxados para trás da testa. Seu rosto tinha adquirido uma cor natural.

— Eu não quero que essa tarde termine — ele disse. — Mas eu voltarei amanhã, e no dia seguinte, e no dia seguinte, e no dia seguinte.

— Você vai ficar repleto de ar fresco, não vai? — disse Mary.

— Não quero saber de mais nada — ele respondeu. — Eu conheci a Primavera agora, e vou conhecer o Verão. Vou ver todas as coisas crescendo aqui. Eu também vou crescer aqui.

— Isso vai mesmo — disse Dickon. — Vamos vê ocê caminhando por aqui e cavando como outros fizeram antes de ocê. Colin enrubesceu tremendamente.

— Caminhar! — ele disse. — Cavar! Será que vou? — O olhar de Dickon para ele foi delicadamente cuidadoso. Nem ele nem Mary nunca haviam perguntado qual era o problema com suas pernas.

— Com certeza ocê vai — ele disse resoluto. — Ocê tem as próprias pernas como todos os outros. Mary estava bastante assustada, até ouvir a resposta de Colin.

— Não há nada que realmente as prejudique — ele disse. — Mas elas são tão finas e fracas. Elas tremem, então tenho medo de me colocar sobre elas.

Mary e Dickon respiraram aliviados.

— Quando ocê pará de tê medo, vai consegui fica sobre elas — Dickon disse com uma alegria renovada. — E logo ocê vai pará de tê medo.

— Eu vou? — Colin perguntou e ficou imóvel, como se estivesse pensando em todas aquelas coisas.

Eles ficaram bem quietos por um breve tempo. O sol estava começando a se pôr. Era àquela hora em que tudo se acalma, e eles tiveram uma tarde agitada e excitante. Era como se Colin tivesse relaxado luxuriosamente. Até mesmo as criaturas haviam parado de se movimentar, reunindo-se e descansavam perto deles. Fuligem havia pousado em um galho baixo, equilibrando-se sobre uma perna, deixando seus olhos fecharem solenemente. Mary, pessoalmente, pensou que ele estaria pronto para tirar uma soneca em um minuto. No meio daquela calmaria, todos se surpreenderam quando Colin levantou sua cabeça e exclamou, subitamente, em um alto e alarmado sussurro.

— Quem é aquele homem? — Dickon e Mary tropeçaram nos próprios pés.

— Homem! — os dois choramingaram em voz baixa.

Colin apontou para a parede alta.

— Vejam! — ele suspirou com excitamento. — Apenas vejam!

Mary e Dickon giraram nos calcanhares e olharam. Lá estava o rosto indignado de Ben Weatherstaff, encarando-os, encostado à parede, no topo de uma escada. Na verdade, ele acenou para Mary.

— Se eu não fosse um solteirão, e essa rapariga fosse minha filha... — ele choramingou. — Eu lhe daria uma lição.

Ele deu outro passo ameaçador, como se fosse sua intenção pular e lidar com ela, mas como ela mesmo veio na sua direção, ele evidentemente ficou no degrau mais alto de sua escada, sacudindo o punho fechado para ela. — Eu nunca pensei muito em ocê — ele discursou. — Eu mal consegui tolerá-la na primeira vez em que pus os olhos em ocê. Uma magricela com rosto leitoso, parecendo uma vassoura, fazendo perguntas e metendo o nariz onde não é chamada. Não sei como chegô até aqui. Senão fosse por aquele pintarroxo... Maldito seja! — Ben Weatherstaff. .

Mary chamou, recuperando sua respiração. Ela se colocou debaixo dele e chamou seu nome com uma espécie de suspiro. — Ben Weatherstaff, foi o pintarroxo que me mostrou o caminho! — Em seguida, pareceu como se Ben realmente fosse despencar do lado da parede onde ela estava, de tão insultado.

— Jovem cruel! — ele a chamou. — Colocando a culpa sobre um pintarroxo, sabendo que ele sequé pode se defende. Ele lhe mostrou o caminho! Ele! Eh! Aquele pobre coitado! — ela quase podia prever que suas próximas palavras explodiriam, porque ele foi dominado pela curiosidade. — E como, neste mundo, conseguiu entrar aqui?

— Foi o pintarroxo que me mostrou o caminho. — Ela protestou obstinada. — Ele não sabia que estava fazendo isso, mas fez. E não posso lhe contar como foi, de onde estou, enquanto estiver balançando seu punho para mim.

Subitamente, ele parou de balançar o punho, e seu queixo realmente caiu, enquanto olhava por cima da cabeça dela e via algo vindo sobre a grama, na direção deles. Ao primeiro som de sua torrente de palavras, Colin ficou tão surpreso que apenas se endireitou na cadeira e ouviu, como se estivesse sendo enfeitiçado. Mas no meio disso tudo, ele conseguiu se recuperar e acenou imperiosamente para Dickon.

— Leve minha cadeira até lá! — ele ordenou. — Leve-me para perto e pare bem na frente dele.

E isso foi exatamente isso o que Ben Weatherstaff viu e que fez seu queixo cair. Uma cadeira de rodas, com almofadas e mantos luxuriosos, que vinham em direção a ele, parecendo uma carruagem, enquanto um jovem rajá recostava-se, dando ordens reais com seus grandes olhos margeados de cílios negros, estendendo a mão altivamente em sua direção. E ele parou bem debaixo do nariz de Ben Weatherstaff. Realmente não era de se admirar que sua boca estivesse aberta.

— Você sabe quem eu sou? — exigiu o rajá.

Como Ben Weatherstaff olhou! Seus olhos vermelhos fixaram-se naquele que estava diante dele, como se estivesse vendo um fantasma. Ele olhou, olhou e engoliu em seco, sem dizer uma palavra.

— Você sabe quem eu sou? — Colin exigiu, de maneira ainda mais imperativa. — Responda. — Ben Weatherstaff colocou sua mão retorcida para cima, passando-a nos olhos e na testa e, em seguida, respondeu em uma estranha voz instável.

— Quem ocê é? — disse ele. — Sim, eu sei quem ocê é. Os olhos de sua mãe tão olhando para mim nesse seu rosto. Só Deus sabe como ocê chegô até aqui. Mas ai tá o pobre aleijado! Colin esqueceu completamente que tinha costas. Sua face ruborizou até ficar escarlate, então, sentou-se ereto.

— Eu não sou um aleijado — ele gritou com fúria. — Não sou!

— Ele não é! — Mary choramingou, quase gritando para a parede, em sua indignação feroz. — Ele não tem um caroço, nem do tamanho de um alfinete. Eu olhei e não há nenhum, nenhum!

Ben Weatherstaff passou a mão por sua testa mais uma vez e olhou como se ainda não tivesse olhado o suficiente. Sua mão tremia, sua boca tremia e sua voz tremeu. Ele era um homem velho e ignorante, além de insensível, e só conseguia se lembrar das coisas que tinha ouvido.

— Ele não tinha as costas tortas? — ele perguntou com a voz rouca.

— Não! — gritou Colin.

— Ele não tinha as pernas tortas? — tremeu Ben, mais rouco ainda. Aquilo era demais. A força que Colin geralmente depositava em seus ataques o tomou naquele momento de uma forma diferente. Ele nunca havia sido tachado de ter pernas tortas, nem mesmo em fofocas, e apenas acreditar que elas existiam, o que foi revelado pela voz de Ben Weatherstaff, foi mais do que a carne e o sangue do rajá podiam suportar. Sua raiva e seu orgulho ferido o fizeram esquecer tudo, menos aquele momento, que o encheu de um poder que ele nunca tinha sentido antes, uma força quase sobrenatural.

— Venha aqui! — ele gritou para Dickon e tirou as cobertas de cima de seus membros inferiores, se descobrindo. — Venha aqui! Venha aqui! Agora! — Dickon estava ao seu lado em um segundo. Mary segurou sua respiração em um curto suspiro e se sentiu empalidecer.

— Ele consegue! Ele consegue! Ele consegue! Ele consegue! — ela tagarelou mais para si mesma, em voz baixa, mais rápido do que jamais conseguiu. Houve, então, uma breve luta feroz. As mantas foram atiradas no chão e Dickon segurou o braço de Colin. Logo, as pernas finas estavam do lado de fora, e os pés finos pousados na grama. Colin estava se colocando de pé, mais ereto que uma flecha e parecendo estranhamente alto. Sua cabeça foi jogada para trás, e seus olhos estranhos piscavam como relâmpagos.

— Olhe para mim! — ele jogou as palavras para Ben Weatherstaff. — Apenas olhe para mim! Apenas olhe para mim!

— Ele tá tão ereto quanto eu — choramingou Dickon. — Tá ereto como qualquer garoto deYorkshire! O que Ben Weatherstaff fez, Mary achou estranho além do limite. Ele engasgou, engoliu em seco e, de repente, lágrimas começaram a correr por sua face velha e enrugada, conforme ele unia suas velhas mãos.

— Eh! — ele irrompeu. — As mentiras que as pessoas contam! Ocê é tão magro quanto uma ripa e tão branco quanto um fantasma, mas não há nenhum caroço em ocê. Eles só sabem fofocá. Deus o abençoe.

Dickon segurou o braço de Colin com força, mas o menino não ia cair. Ele permaneceu ereto e ficou cada vez mais ereto, olhando para rosto de Ben Weatherstaff.

— Sou seu Mestre... — ele disse. — Quando meu pai está fora. E você tem que me obedecer. Este é meu jardim. Não ouse falar uma palavra sequer sobre ele! Desça já dessa escada e pegue seu caminho pela Longa Caminhada, onde a senhorita Mary irá encontrá-lo e trazê-lo até aqui. Quero conversar com você. Não o queríamos, mas agora terá que fazer parte do segredo. Seja rápido.

A face irritada de Ben Weatherstaff ainda estava molhada por causa daquela esquisita enxurrada de lágrimas. Era como se ele não conseguisse tirar os olhos do magro e ereto Colin, que estava de pé, com sua cabeça levantada.

— Eh! Rapaz! — ele quase sussurrava. — Eh! Meu rapaz! — e como se finalmente se recordasse da ordem, subitamente tocou seu chapéu de jardineiro e disse: — Sim, senhor! Sim, senhor! — e, obedientemente, desapareceu enquanto descia a escada.

CAPITULO XXII

QUANDO O SOL SE PÔS

Quando a cabeça dele ficou fora de suas vistas, Colin virou-se para Mary.

— Vá se encontrar com ele! — ele disse; e Mary correu pela grama até a porta sob a hera. Dickon observava Colin com olhos afiados. Havia manchas vermelhas em seu rosto, e ele parecia incrível daquela forma, mas em nenhum momento parecia que iria cair.

— Eu posso ficar de pé — ele disse, e sua cabeça ainda estava jogada para trás, e suas palavras soaram grandiosas.

— Eu disse que ocê ia consegui, assim que parasse de ficá com medo — respondeu Dickon. — E parô.

— Sim, eu parei — disse Colin. Então, de repente, ele se lembrou de algo que Mary havia dito.

— Você está fazendo Mágica? — ele perguntou bruscamente. A boca torta de Dickon se abriu em uma gargalhada.

— É ocê que tá fazendo mágica com ocê mesmo — ele disse. — É a mesma Mágica que faz com que elas saiam da terra. — E ele tocou uma moita de açafrão na grama, usando sua bota espessa.

Colin olhou para o chão.

— Sim — ele disse devagar. — Não poderia havê mágica maió do que essa. Não poderia havê. Ele se colocou mais ereto do que nunca. — Eu vou caminhar até aquela árvore — ele disse, apontando para uma delas, a poucos metros de distância. — Eu estarei de pé quando Weatherstaff chegar. Eu posso até descansar sob a árvore se quiser. Quando eu quiser me sentar, eu irei sentar. Traga uma almofada da cadeira.

Ele caminhou até a árvore, e apesar de Dickon estar segurando seu braço, ele estava maravilhosamente firme. Quando parou perto do caule da árvore, por mais que parecesse que iria se apoiar contra ele, ainda se mantinha tão ereto que parecia muito alto.

Quando Ben Weatherstaff entrou pela porta na parede, ele o viu parado ali e ouviu Mary murmurando algo por sob sua respiração.

— O que você está dizendo? — ele perguntou irritado, porque não queria que sua atenção se desviasse daquele menino muito magro, ereto e de cara orgulhosa.

Mas ela não lhe disse. O que ela estava falando era: "Você consegue! Você consegue! Eu disse que conseguiria. Você consegue! Você consegue!", ela estava falando aquilo para Colin, porque queria fazer Mágica e mantê-lo em seus próprios pés, exatamente daquela maneira.

Ela não podia suportar que ele vacilasse na frente de Ben Weatherstaff. E ele não vacilou. Ela foi tomada por uma súbita sensação de que ele parecia muito bonito, apesar de sua magreza. Ele fixou seus olhos em Ben Weatherstaff, de uma maneira imperiosa e engraçada.

— Olhe para mim! — ele ordenou. — Olhe bem para mim. Eu sou um corcunda? Eu tenho pernas tortas?

— Não — ele disse. — Nada disso. O que tem feito consigo mesmo, escondendo-se fora das vistas e deixando que as pessoas pensassem que era um aleijado e retardado?

— Retardado? — disse Colin com raiva. — Quem pensou isso?

— Muitos idiotas — disse Ben. — O mundo está cheio de

burros relinchando, e eles não relincham nada que não sejam mentiras. Quem o fez ficá trancado?

— Todos pensavam que eu ia morrer — Colin disse depressa. — Mas eu não vou!

E ele disse aquilo com tanta decisão que Ben Weatherstaff olhou-o de cima a baixo e de baixo para cima.

— Morrê! — ele disse com seca exultação. — Nem perto disso! Ainda há muito a se arrancá de ocê. Quando eu o vi colocá essas pernas no chão com tanta pressa, eu soube que não havia problema com elas. Sente-se em sua almofada um pouco, jovem Mestre, e me dê minhas ordens. — Havia uma mistura estranha de ternura e uma compreensão perspicaz em suas maneiras. Mary derramou seu discurso tão rápido quanto pôde, enquanto eles desciam pela Longa Caminhada. A principal coisa a ser lembrada, ela tinha lhe dito, era que Colin estava ficando melhor, bem melhor. O jardim estava fazendo aquilo. Ninguém poderia fazê-lo se lembrar sobre corcundas e morte. O rajá dignou-se a sentar-se em uma almofada sob a árvore.

— Que trabalho o senhor faz nos jardins, Weatherstaff? — ele inquiriu.

— Qualquer coisa que mandam — respondeu o velho Ben. — Eu sou mantido aqui de favo, porque ela gostava de mim.

— Ela? — perguntou Colin.

— Sua mãe — respondeu Ben Weatherstaff.

— Minha mãe? — disse Colin, então, olhou para ele em silêncio por um minuto. — Este era seu jardim, não era?

— Sim, era. — E Ben Weatherstaff olhou para ele também.

— Ela gostava muito dele. É meu jardim agora. Eu gosto dele. Eu virei aqui todos os dias — anunciou Colin. — Mas isso deve ser um segredo. Minhas ordens são para que ninguém saiba que estamos vindo aqui. Dickon e minha prima trabalharam e o fizeram reviver. Eu vou mandá-lo de vez em quando para ajudá-los, mas você deve vir quando ninguém puder vê-lo.

O rosto de Ben Weatherstaff se moveu tornando-se um sorriso seco e velho.

— Eu já vinha aqui antes quando ninguém podia me ver — ele disse.

— O quê? — Colin exclamou. — Quando?

— A última vez em que estive aqui... — disse, coçando o queixo e olhando à sua volta. — Foi há dois anos.

— Mas ninguém esteve aqui por dez anos. — Colin choramingou. — Não havia porta!

— Eu não sou ninguém — disse o velho Ben secamente. — E eu não entrava pela porta. Eu pulava o muro. O reumatismo me impediu durante esses últimos dois anos.

— Ele vinha e fazia um pouco de poda — chorou Dickon. — Eu não conseguia entende como ele fazia isso.

— Ela gostava tanto dele, como gostava! — Ben Weatherstaff disse devagar. — E ela era uma coisinha tão linda. Ela me disse uma vez: "Ben...", ela disse rindo, "se alguma vez eu ficá doente ou se morre, você vai tomá conta das minhas rosas". E quando ela realmente partiu, as ordens foram para que ninguém entrasse mais aqui. Mas eu entrei — ele disse com uma obstinação amuada. — Pelo muro eu escalei, até que o reumatismo me impediu, e trabalhava aqui um pouco, uma vez a cada mês. A primeira ordem veio dela.

— Estaria muito pió se ocê não tivesse feito isso — disse Dickon. — Eu acredito.

— Fico feliz que tenha feito isso, Weatherstaff — disse Colin. — Você saberá como manter o segredo.

— Sim, eu saberei, senhor — respondeu Ben. — E será mais fácil, para um homem com reumatismo, entrá pela porta. Na grama sob a árvore, Mary deixou cair sua espátula. Colin estendeu suas mãos e pegou-a. Uma expressão estranha apareceu em seu rosto, então ele começou a raspar a terra. Sua mão magra era bastante fraca, mas estável, enquanto eles o observavam. Vendo que Mary o olhava com interesse, ele afundou a espátula até o final do solo e tirou um pouco de terra.

— Você consegue! Você consegue! — Mary disse para si mesma. — Eu disse que iria conseguir! — Os olhos redondos de

Dickon estavam cheios de uma curiosidade ansiosa, mas ele não disse uma palavra. Ben Weatherstaff também olhou com uma expressão de interesse. Colin perseverou. Depois que virou algumas espátulas cheias de terra, falou exultante para Dickon em seu melhor sotaque de Yorkshire.

— Ocê disse que me veria andá por aí como qualquer outro garoto, e ocê disse que ainda me veria cavá. Eu pensei que tava me dizendo isso apenas para me agradá. Esse é apenas o primeiro dia que eu consigo andá e olha o que estou fazendo. Estou cavando.

A boca de Ben Weatherstaff escancarou-se novamente quando o ouviu, mas acabou rindo.

— Eh! — ele disse. — Parece que ele tem juízo suficiente. É um rapaz de Yorkshire com certeza. E sabe cavá também. Gostaria de plantá alguma coisa? Eu posso trazê uma rosa em um pote para ocê.

— Vá e pegue! — Colin disse, cavando animado. — Rápido! Rápido!

E, de fato, ele foi rápido. Ben Weatherstaff seguiu seu caminho esquecendo-se de seu reumatismo. Dickon pegou a pá e cavou o buraco, mais profundo e mais amplo do que o novo escavador, com suas mãos brancas e magras, poderia ter feito. Mary se pôs a correr e trouxe um regador. Quando Dickon cavou ainda mais o buraco, Colin começou a afofar a terra mais e mais. Ele olhou para o céu, com o rosto corado e brilhante pelo estranho e novo exercício, sentindo-se muito leve.

— Quero fazer isso antes que o sol se ponha — ele disse. Mary pensou que o sol havia se atrasado alguns minutos, exatamente por aquele motivo. Ben Weatherstaff trouxe a rosa em um pote da estufa. Ele mancava sobre a grama o mais rápido que conseguia, começando a se sentir animado também. Ajoelhou-se próximo ao buraco e quebrou o pote.

— Aqui, rapaz — ele disse, entregando a planta para Colin. — Coloque-a na terra ocê mesmo, da mesma forma que um rei faz quando vai para um lugá novo. — As mãos brancas e magras tremiam um pouco, e o rubor de Colin intensificou-se, conforme ele colocava a rosa no molde e a segurava enquanto o velho Ben tornava a terra mais firme. Ela foi preenchida, pressionada para baixo e firmada. Mary inclinava-se para frente, apoiada nos joelhos e nas mãos. Fuligem voou baixo e marchou para frente para ver o que estava fazendo. Noz e Casca conversavam sobre a cena em uma cerejeira.

— Está plantada! — Colin disse finalmente. — E o sol ainda está apenas deslizando no horizonte. Ajude-me a levantar, Dickon. Eu quero estar de pé quando ele se pôr. Faz parte da Mágica.

E Dickon o ajudou, e a Mágica, ou qualquer outra coisa que fosse, lhe deu forças, e quando o sol realmente deslizou no horizonte e deu fim à estranha e adorável tarde para eles, ele realmente estava de pé, rindo.

CAPITULO XXIII

MÁGICA

Dr. Craven ficou esperando por algum tempo na casa até que eles retornassem. Ele já até começava a pensar se não seria uma boa ideia mandar alguém inspecionar os caminhos do jardim. Quando Colin foi trazido de volta ao seu quarto, o pobre homem olhou para ele muito sério.

— Você não deveria ter ficado até tão tarde — ele disse. — Você não deve se cansar.

— Eu não estou nem um pouco cansado — disse Colin. — O passeio me fez me sentir bem. Amanhã eu sairei pela manhã e também de tarde.

— Não tenho certeza se posso permitir isso — respondeu Dr. Craven. — Receio que não seria muito inteligente.

— Não seria muito inteligente tentar me impedir — Colin disse bastante sério. — Eu irei.

Naquele momento, Mary descobriu que uma das particularidades de Colin como patrão era que ele não sabia nem ao menos o quão bruto e rude podia ser com sua forma de mandar nas pessoas. Ele vivera em uma espécie de ilha deserta durante toda a vida e fora o rei dela. Ele criou suas próprias maneiras e não podia comparar-se com ninguém. Mary também era um pouco como ele, mas desde que chegara a Misselthwaite começara a descobrir gradualmente que seus próprios modos de agir não eram do tipo usuais ou populares. Tendo feito esta descoberta, ela naturalmente pensou que deveria avisar Colin. Então, ela se sentou e olhou para ele com curiosidade por alguns minutos, depois que o Dr. Craven partiu. Ela queria fazê-lo perguntar por que ela estava fazendo aquilo e, claro, conseguiu.

— Por que está olhando para mim desse jeito? — ele perguntou.

— Estou com pena do Dr. Craven.

— Eu também — Colin disse com calma, mas não sem um ar de satisfação. — Ele não irá herdar nenhuma parte de Misselthwaite, agora que não vou mais morrer.

— Também estou com pena dele por isso, claro — disse Mary. — Mas eu estava pensando que deve ser muito horrível receber ordens de um garoto que sempre lhe foi rude, por dez anos. Eu nunca teria feito isso.

— Eu sou rude? — Colin indagou tranquilamente.

— Se você fosse filho dele, e ele fosse do tipo que bate... — Mary disse. — Ele teria batido em você.

— Mas ele não ousaria — disse Colin.

— Não, ele não ousaria — respondeu a senhorita Mary, pensando em como falar sem causar nenhum dano. — Ninguém nunca ousou dizer qualquer coisa que você não gostasse, porque você estava para morrer, e por outras coisas assim. Você era um coitadinho.

— Mas... — Colin anunciou com teimosia. — Eu não serei mais um coitadinho. Não vou deixar que as pessoas pensem que sou um. Eu fiquei em pé nesta tarde.

— Ter suas próprias maneiras foi o que o tornou tão esquisito. — Mary prosseguiu, pensando alto. Colin girou a cabeça, franzindo a testa.

— Eu sou esquisito? — ele exigiu.

— Sim — Mary respondeu. — Muito. Mas não precisa ser rude — ela adicionou imparcialmente. — Porque eu também sou esquisita, assim como Ben Weatherstaff. Mas não sou tão esquisita quanto era antes de começar a gostar das pessoas e antes de encontrar o jardim.

— Eu não quero ser um esquisito — disse Colin. — Eu não serei. — E ele franziu a testa novamente com determinação. Ele era um garoto muito orgulhoso.

Portanto, deitou-se pensando por um tempo, e então Mary viu seu belo sorriso aparecer e gradualmente transformar seu rosto inteiro.

— Eu vou parar de ser esquisito — ele disse —, se for todos os dias ao jardim. Há mágica lá, você sabe disso, Mary. Eu tenho certeza que há.

— Eu também tenho — disse Mary.

— Mesmo que não seja uma Mágica real... — Colin disse. — Podemos fingir que é. Há algo lá. Algo!

— É mágica — disse Mary.

Eles passaram a chamar aquilo de mágica, e, de fato, começou a parecer mais e mais nos meses seguintes, aqueles meses maravilhosos, meses radiantes, os mais incríveis. Oh! As coisas que aconteceram naquele jardim! Se você nunca teve um jardim, não poderá compreender, e se já teve um jardim, sabe que levaria um livro inteiro para descrever tudo que se passa em um. A princípio, parecia que coisas verdes não iriam parar de abrir seu caminho pela terra, na grama, nos leitos, até mesmo pelas fendas das paredes. Então as coisinhas verdes começaram a mostrar botões, e os botões começaram a desfraldar e mostrar cores, em todos os tons de azul, púrpura, em cada matiz e tonalidade de vermelho. Em dias felizes, flores eram arrumadas em cada centímetro, buraco e canto. Ben Weatherstaff percebeu tudo aquilo e raspou a argamassa entre os tijolos, colocando bolsões de terra para que as coisas bonitas agarradas ali pudessem crescer. Iris e Lírios brancos saíam da grama em feixes, e as alcovas verdes encheram-se com surpreendentes exércitos de lanças de flores azuis e brancas, altos Delfínios, Colombinas ou Campânulas.

— Ela gostava principalmente deles. Gostava mesmo — disse Ben Weatherstaff. — Ela gostava deles como se fossem encantos apontando para o céu azul. Era o que ela costumava dizê. Não que ela não fosse um encanto também enquanto olhava para a terra, ela era. Ela apenas os amava e dizia que os encantos do azul do céu pareciam mais alegres.

As sementes que Dickon e Mary haviam plantado cresciam como se fadas as tocassem. Papoulas acetinadas, de todas as cores, dançavam com a brisa; flores alegres e desafiadoras, que já viviam no jardim por anos — e isso deve ser confessado — pareciam se perguntar como tantas pessoas novas haviam aparecido ali. E as rosas! As rosas! Elevando-se para fora da relva, emaranhadas em volta do relógio de sol, coroando os troncos de árvores e suspendendo seus ramos, escalando as pareces e espalhando-se por elas com longas guirlandas caindo em cascatas. Elas tornavam-se vivas dia após dia, hora após hora. Belas folhas frescas, e botões e mais botões, minúsculos a princípio, mas começando a inchar e a prover Magia até estourarem e se desenrolarem em taças cheirosas que delicadamente derramavam-se por suas abas, misturando-se ao ar do jardim.

Colin testemunhou tudo isso, observando cada mudança que tomava seu lugar. Cada manhã ele era levado para fora, e cada hora de cada dia, quando não chovia, era passada no jardim. Mesmo os dias cinzentos o agradavam.

Ele deitava na grama "observando coisas crescerem", ele dizia. Se você observasse por tempo suficiente, ele declarou, era possível ver botões desembainhando-se. Você também podia fazer o reconhecimento de insetos estranhos correndo, ocupados com várias incumbências desconhecidas, mas evidentemente importantes, às vezes carregando pequenos pedaços de palha, pena ou alimentos, ou subindo nas folhas da grama como se fossem árvores das quais se pode explorar o país ao subir em seu topo. Uma toupeira se erguia de um monte no final de sua toca e fazia seu caminho para fora desta com as patas de unhas longas, que mais pareciam mãos de elfos. Tudo aquilo absorvera Colin durante toda a manhã. Caminhos de formigas, caminhos de besouros, caminhos de abelhas, caminhos de sapos, caminhos de pássaros e caminhos de plantas lhe deram um novo mundo para explorar, e foi Dickon que os revelou, ainda adicionando caminhos de raposas, caminhos de lontras, caminhos de furões, caminhos de esquilos, trutas e caminhos de ratos e texugos. Não havia limite para as coisas a se conversar e pensar. E isso não era nem a metade da mágica. O fato de que ele realmente tinha ficado de pé uma vez, ajustou o pensamento de Colin tremendamente, e quando Mary lhe falou sobre o feitiço que ela tinha feito, ele ficou excitado e o aprovou totalmente. Passou a falar sobre isso constantemente.

— É claro que deve haver muita mágica no mundo — ele disse sabiamente um dia. — Mas as pessoas não sabem como ela é ou como fazê-la. Talvez seja um começo, dizer que coisas boas irão acontecer até que você realmente consiga que elas aconteçam. Eu vou tentar e experimentar.

Na manhã seguinte, quando eles foram até o jardim secreto, ele chamou por Ben Weatherstaff. Ben foi para lá o mais rápido que pôde e encontrou o rajá de pé sob uma árvore, parecendo muito grandioso, sorrindo lindamente.

— Bom dia, Ben Weatherstaff — ele disse. — Eu quero que você, Dickon e Mary fiquem em linha e me ouçam, porque eu tenho algo muito importante a dizer.

— Sim, sim, senhor! — respondeu Ben Weatherstaff, tocando a própria testa. (Um dos encantos secretos de Ben Weatherstaff era que em sua infância ele havia fugido para o mar e feito viagens. Assim, ele poderia responder como um marinheiro).

— Eu vou tentar um experimento científico — explicou o rajá. — Quando eu crescer, vou fazer muitas descobertas científicas, e pretendo começar agora com esse experimento.

— Sim, sim, senhor! — disse Ben Weatherstaff prontamente, embora aquela tenha sido a primeira vez que ele ouvia sobre descobertas científicas. Era a primeira vez que Mary ouvia sobre elas também, mas mesmo naquele estágio, ela começou a entender que, estranho como ele era, Colin já tinha lido sobre muitas coisas grandiosas e singulares, e era um tipo de garoto muito convincente. Quando ele levantava a cabeça e fixava seus olhos estranhos em algo, era como se fosse mais fácil acreditar nele do que em você mesmo, embora ele tivesse apenas dez anos, quase onze. Naquele momento, ele estava especialmente convincente, porque, subitamente, sentiu o desejo de fazer um discurso como gente grande.

— As grandes descobertas científicas que eu farei... — ele começou. — Serão sobre mágica. Mágica é uma grande coisa, e quase ninguém sabe quase nada sobre isso, exceto poucas pessoas em livros velhos. E Mary sabe um pouco, porque nasceu na Índia, onde existem faquires. Eu acredito que Dickon também saiba um pouco de Mágica, mas talvez não tenha noção do quanto sabe. Ele encanta animais e pessoas. Eu nunca o deixaria ter ido me ver se não fosse um encantador de animais e um encantador de meninos também, porque um menino é também um animal. Eu estou certo de que há mágica em tudo, nós apenas não temos sentidos suficientes para ter conhecimento dela e usá-la para fazer coisas para nós mesmos, como eletricidade, cavalos e vapor. — Aquilo soou tão imponente que Ben Weatherstaff ficou bastante excitado e não conseguia ficar parado.

— Sim, sim, senhor — ele disse, começando a se levantar e se colocar ereto.

— Quando Mary encontrou esse jardim ele parecia morto — o orador prosseguiu. — Então, algo começou a puxar as coisas para fora do solo e a fazer coisas brotarem do nada. Em um dia não havia nada lá e no dia seguinte havia.

Eu nunca tinha observado coisas antes, e isso me fez me sentir muito curioso. Pessoas científicas são sempre curiosas e eu serei um científico. Eu fico dizendo para mim mesmo: "O que é isso? O que é aquilo?". Deve ser alguma coisa. Não pode ser nada. E como não sei o nome, vou chamar de mágica. Eu nunca vi o sol nascer, mas Mary e Dickon, já, e pelo que eles me contam, estou certo que é mágica também. Algo o impulsiona e o chama. Às vezes, desde que comecei a vir ao jardim, eu olho para as árvores lá no alto do céu e tenho um estranho sentimento de estar feliz, como se algo estivesse impulsionando e me chamando dentro de meu peito, me fazendo respirar mais rápido. A mágica está sempre impulsionando, chamando e criando coisas do nada. Tudo é feito através de mágica, folhas, árvores, flores, pássaros, texugos, raposas, esquilos e pessoas. Então ela deve estar ao nosso redor. Neste jardim, em todos os lugares. A mágica neste jardim me fez ficar de pé, e eu sei que vou viver para me tornar um homem. Eu farei experimentos científicos para ter alguma mágica, colocá-la em mim e fazê-la impulsionar e me chamar, me tornando mais forte. Eu não sei como farei, mas acho que se você se mantiver pensando nela e a chamando, ela talvez apareça. Talvez esse seja o primeiro e menor caminho até ela. Quando eu estava tentando ficar de pé pela primeira vez, Mary ficou repetindo para ela mesma, o mais rápido que pôde: "Você consegue! Você consegue!". E eu consegui. Eu tive que me esforçar também, é claro, mas a mágica dela me ajudou, e Dickon também. Toda manhã e toda noite, e tantas vezes durante o dia, sempre que eu me lembrar, vou dizer, "A mágica está em mim! A mágica está fazendo com que eu me sinta melhor!". Eu serei tão forte quanto Dickon, tão forte quanto Dickon! E vocês também devem fazer isso. Esse é meu experimento. Você vai me ajudar, Ben Weatherstaff?

— Sim, sim, senhor! — disse Ben Weatherstaff. — Sim, sim!

— Se vocês permanecerem fazendo isso todos os dias, tão regularmente quanto soldados fazem seus exercícios, nós veremos o que irá acontecer e descobrir se o experimento funcionou. Você aprende coisas ao repeti-las várias e várias vezes e ao pensar nelas até que fiquem presas em sua mente para sempre. Portanto, acontecerá o mesmo com a mágica. Se vocês continuarem a chamá-la até que ela chegue a vocês e os ajude, ela se tornará uma parte de vocês, ficará e fará coisas.

— Uma vez eu ouvi um oficial na Índia falar com a minha mãe que alguns faquires repetiam as mesmas palavras milhares de vezes — disse Mary.

— Eu ouvi a esposa de Jem Fettleworth dizê a mesma coisa mais de mil vezes, chamando o Jem de bêbado bruto. — Ben Weatherstaff disse secamente. — Algo resultô disso. Ele lhe deu uma boa surra, foi para o "Leão Azul" e fico bêbado como um lorde. Colin levantou as sobrancelhas e pensou por alguns minutos. Então se animou.

— Bem... — ele disse. — Vocês podem ver que algo resultou

disso. Ela usou a Mágica errada, que fez com que ele batesse nela. Se ela tivesse usado a Mágica certa e tivesse dito algo bom, talvez ele não tivesse ficado bêbado como um lorde e talvez... talvez ele a tivesse presenteado com um castelo. — Ben Weatherstaff riu e havia certa admiração perspicaz em seus pequenos olhos idosos.

— Você é um rapaz tão inteligente quanto suas pernas são fortes, Mestre Colin — ele disse. — Na próxima vez que eu vir Bess Fettleworth, vou lhe dá uma dica do que a mágica pode fazê por ela. Ela vai ficá muito feliz se o experimento científico funcioná, assim como Jem também ficará.

Dickon ouviu toda a lição, com os olhos brilhando de curioso prazer. Noz e Casca estavam em seus ombros, e ele segurava um coelho de orelhas grandes em seus braços, acariciando-o sem parar, com delicadeza, enquanto ele deitava suas orelhas em suas costas e se deliciava.

— Você acha que o experimento vai funcionar? — Colin perguntou a ele, imaginando o que ele estava pensando. Muitas vezes ele se pegava refletindo sobre o que Dickon estaria pensando quando o via olhando para ele ou para uma de suas "criaturas" com um largo e feliz sorriso. Ele sorria naquele momento, e seu sorriso parecia maior que de costume.

— Sim — ele respondeu. — Eu acho que vai. Vai funcioná da mesma maneira que as sementes funcionam quando o sol brilha sobre elas. Vai funcioná com certeza. Devemos começa agora? — Colin estava encantado, e Mary também. Acometido por lembranças de faquires e aficionados em ilustrações, Colin sugeriu que eles deveriam todos se sentar de pernas cruzadas sob uma árvore que formava um dossel.

— Será como se sentar em uma espécie de templo — disse Colin. — Eu estou muito cansado e quero me sentar.

— Ei! Ocê não deve começa dizendo que tá cansado! Isso vai estraga a mágica.

Colin se virou e olhou para ele, bem dentro de seus olhos grandes e inocentes.

— É verdade — ele disse devagar. — Eu devo pensar apenas na mágica.

Tudo pareceu mais majestoso e misterioso quando eles se sentaram formando um círculo. Ben Weatherstaff sentia-se como se tivesse, de alguma forma, sido guiado até um encontro religioso. Normalmente ele era muito obcecado em ser o que ele chamava de "contra reuniões religiosas", mas sendo uma vontade do rajá, ele não se ressentiu, e estava, de fato, agradecido por ter sido chamado para ajudar. Senhorita Mary sentia-se solenemente extasiada. Dickon segurou seu coelho nos braços, e talvez ele tenha usado de alguma de suas habilidades de encantador de animais, que ninguém conseguiu escutar, pois quando ele se sentou, de pernas cruzadas como todos os outros, o corvo, a raposa, os esquilos e o cordeiro lentamente se aproximaram e fizeram parte do círculo, cada um escolhendo seu lugar de descanso, como se fosse do desejo deles mesmos.

— As criaturas chegaram — disse Colin gravemente. — Elas querem nos ajudar. Colin realmente estava muito bonito, pensou Mary. Ele elevou sua cabeça ao alto, como se fosse uma espécie de sacerdote, e seus olhos estranhos tinham um olhar maravilhoso cravado neles. A luz brilhava sobre ele, através do dossel da árvore.

— Agora vamos começar — ele disse. — Devemos nos balançar para trás e para frente como se fôssemos dervixes[7]?

— Eu não posso me balança para frente e para trás — disse Ben Weatherstaff. — Eu tenho reumatismo.

— A mágica irá acabar com ele — disse Colin, no mesmo tom que um Alto Sacerdote usaria. — Mas não vamos nos balançar até que ela tenha funcionado. Vamos apenas cantar.

— Eu não posso cantá — disse Ben Weatherstaff um pouco irritado. — Eles me expulsaram do coro da igreja na única vez em que tentei.

Ninguém sorriu. Todos estavam muito sérios. O rosto de Colin não tinha sequer sido atravessado por uma sombra. Ele só pensava na mágica.

— Então eu vou cantar. — E ele começou, como um estranho espírito de menino. — O sol está brilhando, o sol está brilhando.

7 Monge muçulmano.

Isso é mágica. As flores estão crescendo, as raízes estão se mexendo. Isso é mágica.

Estar vivo é mágica. Estar forte é mágica. A mágica está em mim. A mágica está em mim.

Ela está em mim. Ela está em mim. Em cada um de nós. Está nas costas de Ben Weatherstaff. Mágica! Mágica! Venha e nos ajude.

Ele disse aquilo várias vezes, não mil, mas um bom número. Mary ouviu em transe. Ela sentia como se aquilo fosse estranho e belo ao mesmo tempo, e queria que ele continuasse e continuasse. Ben Weatherstaff começou a se sentir mais calmo como se estivesse em uma espécie de sonho, que era bastante agradável. O murmúrio das abelhas nas flores se misturava com a voz que cantava, que, sonolentamente, se tornavam uma dúzia. Dickon estava sentado com as pernas cruzadas, com seu coelho adormecido em seu braço, e uma de suas mãos repousava nas costas do cordeiro. Fuligem havia empurrado um esquilo e se amontoado ao lado deste em seu ombro, enquanto uma película cinza caía sobre seus olhos. Até que, enfim, Colin parou.

— Agora vou caminhar pelo jardim — ele anunciou. A cabeça de Ben Weatherstaff caiu para frente, e ele a levantou com um empurrão.

— Você estava dormindo — disse Colin.

— Nada disso — murmurou Ben. — O sermão foi muito bom, mas eu tenho que saí antes da coleta do dízimo. Ele ainda não estava completamente desperto.

— Você não está na igreja — disse Colin.

— Não, eu não — disse Ben ajeitando-se. — Quem disse que eu tava? Eu ouvi tudo que ocê falou. Ocê disse que a mágica tá nas minhas costas. O médico chama isso de reumatismo. — O rajá acenou com a mão.

— Esta é a mágica errada — ele disse. — Você vai melhorar. Você tem minha permissão para voltar ao trabalho. Mas volte amanhã.

— Eu gostaria de caminhá pelo jardim — grunhiu Ben.

Não foi um grunhido hostil, mas, ainda assim um grunhido. Na verdade, por ser um velho teimoso e por não ter fé em mágica, ele se convenceu de que se fosse mandado embora, ele subiria a escada e olharia por cima do muro para que estivesse pronto para mancar de volta se houvesse qualquer tropeço. O rajá não se opôs que ele ficasse, e, assim, a procissão foi formada. E realmente parecia uma procissão. Colin a liderava, com Dickon a seu lado e Mary do outro. Ben Weatherstaff ia atrás deles, e as "criaturas" trilhavam em seguida. O cordeiro e o filhote raposa se mantinham perto de Dickon, o coelho branco pulava e parava para roer, e Fuligem seguia, com a solenidade de uma pessoa que se sentia no comando. Era uma procissão que se movia devagar, mas com dignidade. De poucos em poucos metros, eles paravam para descansar. Colin apoiava-se no braço de Dickon, e Ben Weathestaff manteve uma vigilância acentuada. Mas, naquele momento, então, Colin tirou sua mão de seu apoio e caminhou alguns passos sozinho. Sua cabeça manteve-se levantada durante todo tempo, e ele parecia grandioso.

— A mágica está em mim! — ele se manteve falando. — A mágica está me fortalecendo! Eu posso senti-la. Posso senti-la. Ele parecia muito certo de que alguma coisa o estava protegendo e elevando. Ele se sentou nas cadeiras das alcovas, uma vez ou duas sentou-se na grama e muitas vezes parou no caminho, apoiando-se em Dickon, mas ele não desistiria até que tivesse dado uma volta inteira no jardim. Quando ele retornou ao dossel da árvore, suas bochechas estavam coradas, e ele parecia triunfante.

— Eu consegui! A mágica funcionou! — ele choramingou. — Esta é minha primeira descoberta científica!

— O que o Dr. Craven irá dizer? — Mary interrompeu.

— Ele não dirá nada — Colin respondeu. — Porque ele não irá saber. Este deve ser o maior segredo de todos. Ninguém deve saber nada sobre isso até que eu tenha me fortalecido tanto que possa andar e correr como qualquer outro garoto. Eu virei aqui todos os dias em minha cadeira e serei levado de volta nela. Não quero que as pessoas fiquem cochichando e fazendo perguntas, e não quero que meu pai ouça nada sobre isso até que o experimento seja um completo sucesso.

Então, quando ele voltar para Misselthwaite, eu entrarei em seu escritório e direi: "Aqui estou eu; sou como qualquer outro garoto. Sinto-me muito bem e vou viver para me tornar um homem. Isso se deu através de um experimento científico".

— Ele pensará que está sonhando — Mary emocionou-se. — Ele não vai acreditar em seus próprios olhos.

Colin corou triunfantemente. Ele se fez acreditar que iria ficar bem, o que significou mais da metade da batalha, se ele tivesse conhecimento da mesma. E o pensamento que o estimulou mais do que qualquer outro foi imaginar como seu pai reagiria quando visse que tinha um filho que era capaz de ficar de pé e que era tão forte quanto o filho de outros pais. Um de seus mais sombrios sofrimentos, nos mórbidos dias de sua doença, era seu ódio por ser o filho doente e fraco cujo pai tinha medo de olhar.

— Ele terá que acreditar — ele disse. — Uma das coisas que farei, depois que a mágica operar e antes de começar a fazer experimentos científicos, é me tornar um atleta.

— Teremos que levá-lo para treiná Boxe em uma semana ou duas — disse Ben Weatherstaff. — Vai acabar ganhando o Cinturão e se tornará o campeão pugilista da Inglaterra.

Colin fixou seus olhos nele com severidade.

— Weatherstaff... — ele disse. — Isso é desrespeitoso. Não pode ter liberdades comigo só porque faz parte do segredo. Além do mais, mesmo que a Mágica funcione, eu não serei um pugilista. Eu serei um Descobridor Científico.

— Sim, perdão, perdão, senhor — respondeu Ben, batendo continência em saudação. — Eu deveria tê imaginando que não era um momento para piadas. — Mas seus olhos brilharam e, subitamente, ele estava bastante contente. Ele realmente não se importava em ser desprezado, porque ser desprezado significava que o rapaz estava ganhando força e espírito.

CAPITULO XXIV

"DEIXE-OS RIR"

O jardim secreto não era o único no qual Dickon trabalhava. Em volta da cabana no pântano, havia um pedaço de terra cercado por um muro baixo de pedras brutas. Bem cedo pela manhã e tarde no desaparecimento do crepúsculo, durante todos os dias, Colin e Mary não o viam. Dickon trabalhava, plantando ou cuidando de batatas, couves, nabos, cenouras e ervas para sua mãe. Na companhia de suas "criaturas", ele fazia maravilhas lá, e nunca se cansava de fazê-las. Pelo menos era o que parecia. Enquanto ele cavava ou capinava, assobiava e cantava canções sobre os pântanos de Yorkshire ou conversava com Fuligem, com Capitão ou com os irmãos e irmãs que ele ensinara a lhe ajudar.

— Nós não teríamos uma vida tão confortável quanto a que temos agora... — disse a Sra. Sowerby. — Se não fosse pelo jardim de Dickon. Ele faz qualqué coisa crescê. Essas batatas e esses repolhos são duas vezes maiores do que qualqué outro e têm um sabor que nenhum outro tem. Quando ela encontrava um momento livre, gostava de ir lá fora para conversar com ele. Depois do jantar, ainda havia a luz clara do crepúsculo para trabalhar, e era o seu momento de quietude.

Ela conseguia se sentar sobre o muro áspero e baixo, observar e ouvir as histórias do dia. Era o momento que ela mais gostava. Não havia somente vegetais naquele jardim. Dickon comprara pacotes baratos de sementes de flores e, em seguida, semeou coisas brilhantes e aromáticas entre arbustos de groselha e até mesmo couves. E ele fez crescer fronteiras de Miosótis, Rosas e Amores-Perfeitos, além de coisas, cujas sementes ele conseguiria preservar ano após ano, ou cujas raízes iriam florescer a cada primavera e se espalhar no tempo em pedaços finos. O muro baixo era uma das coisas mais lindas em Yorkshire, porque ele havia plantado Dedaleiras de pântano, Samambaias, Boecheiras e plantas das sebes em cada fenda onde havia apenas lampejos de pedras.

— Tudo que um sujeito tem que fazê para que elas prosperem, mãe... — ele dizia. — É fazê amizade com elas, com certeza. Elas são como as criaturas. Se estiverem com sede, dê a elas o que bebê, se estiverem com fome, dê a elas um pouco de comida. Elas querem vive da mesma forma que nós. Se elas morrerem tenho que me senti como se tivesse sido um mau garoto e as tratado sem carinho.

Era nessas horas de crepúsculo que a Sra. Sowerby ouvia tudo que acontecia em Misselthwaite Manor. A princípio, ela apenas sabia que Mestre Colin tinha dado um passeio lá fora com a Srta. Mary, e que isso o estava fazendo bem. Mas não demorou muito para que as duas crianças concordassem que a mãe de Dickon deveria fazer parte do segredo. De alguma forma, não houve dúvidas de que ela o manteria a salvo, com certeza. Então, em uma bela e calma noite, Dickon contou-lhe toda a história, com todos os detalhes excitantes sobre chave enterrada, sobre o pintarroxo, sobre a nuvem cinza que parecia entorpecente e sobre o segredo que Mary pretendia nunca revelar. A chegada de Dickon, e como tudo aquilo lhe fora contado; a dúvida de Mestre Colin e o drama final de sua apresentação ao domínio secreto, combinado com o incidente com a cara zangada de Bem Weatherstaff, que espiava por cima do muro, e a súbita força indignada de Mestre Colin fizeram a bela face da Sra. Sowerby mudar de cor várias vezes.

— Meu Deus! — ela disse. — Foi uma boa coisa que aquela mocinha tenha ido morá em Manor. Foi a realização dela e a salvação dele. Ficando de pé! E todos nós pensando que ele era um garoto retardado com nenhum osso resistente em seu corpo. Ela fez várias perguntas, e seus olhos azuis ficaram cheios de pensamentos profundos.

— O que eles acham, lá em Manor, sobre ele está tão bem, alegre e sem reclamá? — ela indagou.

— Eles ainda não sabem o que fazê a respeito disso — respondeu Dickon. — Todos os dias, quando ele volta para casa, seu rosto parece diferente. Está preenchido, não parece mais tão fino e a cor de cera está indo embora. Mas ele ainda tem que reclamá um pouco — disse com um sorriso entretido.

— Mas por que, em nome de Deus? — perguntou a Sra. Sowerby. Dickon riu. — Ele faz isso para que eles tenham que adivinhá o que aconteceu. Se o doutô soubé que ele descobriu que pode que ele descobriu que pode fica que ele descobriu que pode ficar de pé, ele iria escrevê e conta ao Mestre Craven. Mestre Colin está guardando o segredo para que ele mesmo possa contá.

Ele irá praticá sua mágica em suas pernas todos os dias até que seu pai volte, e então ele irá marchá até seu quarto e lhe mostra que é tão forte quanto outros garotos. Mas ele e a Senhorita Mary acham que esse é o melhor plano: gemê, dá um pouco de preocupação e depois surpreendê todos eles. A Sra. Sowerby estava rindo de forma confortável, muito antes de ele terminar sua última frase.

— Eh! — ela disse. — Esses dois estão se divertindo, eu garanto. Eles estão atuando aqui e ali, e não há nada que as crianças gostem mais do que brincá de representá. Ainda vamos ouví sobre o que eles estão fazendo, Dickon, meu rapaz.

Dickon parou de capinar e sentou-se sobre seus tornozelos para falar com ela. Seus olhos estavam brilhando de divertimento.

— O Mestre Colin é carregado em sua cadeira todas as vezes que sai de casa — ele explicou. — E ele reclama com John, um de seus criados, por não o carregar com cuidado suficiente. Ele se faz de coitadinho, como se não conseguisse levantá a cabeça até estarmos bem longe da casa. E ele grunhe e os deixa um bocado preocupados quando está sendo levado em sua cadeira. Ele e a senhorita Mary se divertem quando ele grunhe e reclama, e ela diz: "Pobre Colin! Tá doendo muito? Ocê é assim tão fraco, pobre Colin?". Mas o problema é que às vezes eles mal conseguem se controlá para não caí na gargalhada. Quando estão a salvo no jardim, eles riem até ficarem tão ofegantes que não conseguem nem mais rir. E até precisam escondê os rostos nas almofadas do Mestre Colin para que os jardineiros não consigam ouvi, se algum deles estivé por perto.

— Quanto mais eles riem, melhó para eles — disse a Sra. Sowerby, ainda rindo também. — A risada de uma criança saudável é muito melhó do que remédios, em qualqué dia do ano. Esses dois acabarão engordando.

— Eles já estão engordando — disse Dickon. — Eles andam tão famintos que não sabem como conseguí comida suficiente sem cria falatório. Mestre Colin disse que se ele continuá pedindo comida, não vão acreditá que ele é um inválido, de jeito nenhum. A Senhorita Mary diz que vai deixa ele comê sua parte, mas se ela ficá com fome, vai ficá magra, e que os dois têm que engordá juntos. A Sra. Sowerby riu com tanta vontade, com a revelação da dificuldade deles, que se balançou para frente e para trás, enrolada em seu manto azul. Dickon riu com ela.

— Eu vou te dizê uma coisa, rapaza — a Sra. Sowerby disse, assim que conseguiu falar. — Eu pensei em uma maneira de ajudá-los. Quando for encontra com eles pela manhã, ocê vai leva um balde de leite recém-tirado, e eu vou cozinhá um pão caseiro crocante ou alguns pãezinhos de passas que vocês crianças gostam. Nada é mais gostoso do que leite e pão frescos. Então, eles vão podê matá suas fomes enquanto estiverem no jardim, e a boa comida que eles recebem da casa, podem comê apenas para preenchê os espaços vazios.

— Eh! Mãe! — Dickon disse com admiração. — Que ideia boa! Ocê sempre vê uma saída pros problemas. Eles estavam muito inquietos ontem. Não conseguiam sabê como iam fazê para não pedi ainda mais comida. Estavam sentindo aquele vazio por dentro.

— Eles são muito jovens, tão crescendo rápido, e a saúde está voltando para ambos. Crianças como essas se sentem como filhotes de lobos, e comida é a carne e o sangue deles — disse a Sra.

Sowerby. Então ela sorriu um sorriso parecido com o de Dickon.

— Eh! Mas eles tão mesmo se divertindo — ela disse. E ela estava certa, aquela criatura materna confortável e maravilhosa. E ela nunca esteve tão certa do que quando disse que "brincar de representar" era a maior alegria deles. Colin e Mary consideravam aquilo como sua mais excitante forma de entretenimento. A ideia de protegerem a si mesmos das suspeitas foi inconscientemente sugerida pela enfermeira e pelo próprio Dr. Craven.

— Seu apetite está aumentando muito, Mestre Colin. — A enfermeira disse noutro dia. — Você quase não comia nada, e tantas coisas lhe faziam mal...

— Agora nada mais me faz mal — retrucou Colin, e ao ver a enfermeira olhar para ele de forma curiosa, ele subitamente lembrou que, talvez, devesse não parecer tão bem, por enquanto. — Pelo menos as coisas não me fazem mal com tanta frequência. Deve ser o ar fresco.

— Talvez seja isso — disse a enfermeira, ainda olhando para ele com uma expressão mistificada. — Mas eu terei que falar com o Dr. Craven sobre isso.

— Viu como ela olhou para você? — disse Mary, quando a enfermeira saiu. — Como se pensasse que deveria descobrir algo.

— Eu não quero que ela fique descobrindo coisas — disse Colin. — Ninguém pode descobrir por enquanto. Quando Dr. Craven chegou naquela manhã, parecia um pouco intrigado também. Fez uma porção de perguntas, para o completo aborrecimento de Colin.

— Ir até o jardim é uma ideia boa — ele sugeriu. — Aonde você vai?

Colin vestiu seu ar favorito de digna indiferença à opinião dele.

— Eu não quero que ninguém saiba aonde eu vou — ele respondeu. — Vou a um lugar que gosto. Todos têm ordens para ficar fora do caminho. Não quero ser observado ou encarado. Você sabe disso!

— Parece que você fica fora durante o dia todo, mas não acho que isso o esteja fazendo mal. Não, acho que não. A enfermeira diz que você está comendo muito mais do que comia antes.

— Talvez — disse Colin, tomado por uma súbita inspiração. — Talvez seja um apetite anormal.

— Não acredito que seja, já que a comida parece lhe fazer bem — disse Dr. Craven. — Você está engordando rápido, e sua cor está melhor.

— Talvez... talvez eu esteja inchado e febril — disse Colin, assumindo um ar desencorajador de melancolia. — As pessoas que não vão sobreviver ficam diferentes de vez em quando.

Dr. Craven balançou a cabeça. Ele estava segurando o punho de Colin, então, puxou sua manga e sentiu seu braço.

— Você não está febril — ele disse pensativo. — E toda a carne que ganhou é saúde. Se continuar dessa forma, meu garoto, não precisará mais falar em morrer. Seu pai ficará feliz em saber de sua extraordinária melhora.

— Eu não quero que ele saiba — Colin interrompeu ferozmente. — Isso irá apenas desapontá-los e eu piorar novamente, e eu talvez piore nesta noite. Eu posso ter uma febre alta. Aliás, estou sentindo como se uma estivesse chegando agora. Não quero que escrevam cartas para meu pai. Não quero! Não quero! Você está me deixando irritado, e você sabe que isso não é bom para mim. Já estou começando a me sentir quente. Odeio que escrevam e falem sobre mim, da mesma forma como odeio que fiquem me olhando.

— Silêncio, meu garoto! — Dr. Craven o acalmou. — Nada será escrito sem sua permissão. Você é muito sensível com as coisas. Não pode desfazer o bem que já lhe foi feito. Ele não disse mais nada sobre escrever para o Sr. Craven e, quando viu a enfermeira, avisou-a, em caráter privado, que tal possibilidade não deveria ser mencionada ao paciente.— O menino está extraordinariamente melhor — ele disse. — Seu avanço parece quase anormal. Mas claro que agora ele está agindo sob vontade própria, coisa que não podia fazer antes. Mas ele ainda se emociona com facilidade, e nada que possa irritá-lo deve ser dito.

Mary e Colin ficaram alarmados com aquilo e conversaram com ansiedade. Daquele momento em diante, iniciou-se o plano de “brincar de representar”.

— Eu sou obrigado a ter um ataque — Colin disse com pesar. — Eu não quero ter um e não sou mais miserável o suficiente para fingir um dos grandes. Talvez eu não devesse ter um. Não há mais um caroço em minhas costas, e eu só penso em coisas boas ao invés de coisas horríveis. Mas se eles continuarem a falar sobre escrever para o meu pai, eu terei que fazer alguma coisa.

Ele decidiu que comeria menos, mas, infelizmente, não foi possível continuar com sua ideia brilhante, pois acordava de manhã com um apetite incrível, e a mesa ao lado de seu sofá estava sempre cheia com o café da manhã, com pães caseiros, manteiga fresca, ovos branquinhos como neve, geleia de framboesa e creme de leite. Mary sempre tomava o desjejum com ele, ao se verem à mesa, particularmente se houvesse fatias delicadas de presunto quente, enviando odores tentadores sob uma tampa de prata, eles acabavam olhando um para o outro com desespero.

— Eu acho que deveríamos comer isso tudo esta manhã — Colin acabava sempre dizendo. — Podemos devolver um pouco do almoço e uma boa parte do jantar. — Mas eles nunca achavam que podiam devolver nada, e os pratos vazios, altamente polidos, voltavam para a cozinha, despertando muitos comentários.

— Eu queria... — Colin também disse. — Eu queria que as fatias de presunto fossem mais espessas, e um muffin para cada um não é suficiente para ninguém.

— É suficiente para uma pessoa que está prestes a morrer — Mary respondeu quando o ouviu falar aquilo pela primeira vez. — Mas não é suficiente para uma pessoa que irá viver. Às vezes eu sinto como se fosse capaz de comer três vezes quando as urzes e giestas enviam seu cheiro agradável vindo do pântano, derramando-o pela janela aberta.

Na manhã seguinte, Dickon, depois deles terem se divertido no jardim por mais ou menos duas horas, apareceu por trás de uma roseira, trazendo consigo dois baldes de lata, revelando que um deles estava cheio de um rico leite fresco com creme no topo e que o outro trazia bolinhos caseiros de groselha, enrolados em um limpo guardanapo azul e branco. Estavam dobrados tão cuidadosamente que ainda se mantinham quentes e se tornaram uma alegre surpresa. Que ideia maravilhosa a da Sra. Sowerby! Que mulher gentil e inteligente ela deveria ser! Como estavam bons os bolinhos! E que leite fresco delicioso!

— A mágica está presente nela, assim como está em Dickon — disse Colin. — Faz com que ela encontre formas de fazer coisas, coisas boas. Ela é uma pessoa mágica. Diga-lhe que estamos agradecidos, Dickon. Extremamente agradecidos. — Ele estava, frequentemente, usando frases de adulto. Ele gostava delas. Ele gostava tanto delas que chegava a improvisar. — Diga-lhe que foi muito bondosa e que nossa gratidão é extrema.

E, esquecendo sua pompa, ele se jogou sentado no chão, se empanturrou com bolinhos e bebeu leite em goles abundantes, da mesma maneira que faria qualquer garoto faminto que tivesse feito exercícios não usuais e respirado o ar do pântano, especialmente quando o café da manhã já tinha passado há duas horas. Aquele foi o início de muitos incidentes do mesmo tipo. Eles acabaram tendo ciência de que a Sra. Sowerby tinha quatorze pessoas para alimentar e que ela podia não ter o suficiente para satisfazer mais dois apetites extras todos os dias. Então, eles pediram para ela deixá-los enviar alguns de seus xelins para que pudesse comprar coisas. Dickon fez a estimulante descoberta de que, na madeira do parque do lado de fora do jardim, onde Mary o encontrou pela primeira vez, tocando flauta para as criaturas selvagens, havia uma cavidade um pouco profunda onde era possível construir uma espécie de forno pequeno com pedras, para assar batatas e ovos.

Ovos assados eram um luxo desconhecido, e batatas bem quentinhas com sal e manteiga fresca. Eles podiam comprar tanto os ovos quanto as batatas e comer tanto quanto quisessem, sem sentir como se estivessem tirando comida da boca de quatorze pessoas. A cada bela manhã, eles trabalhavam sua Mágica, no círculo místico, sob a ameixeira que formava um dossel de espessas folhas verdes, logo que seu florescer terminava. Depois da cerimônia, Colin sempre fazia seu exercício de caminhada e, ao longo do dia, ele exercitava seu recém-descoberto poder, em intervalos. A cada dia ele ficava mais forte, podendo andar com mais estabilidade e fazer caminhos mais longos. A cada dia sua crença em mágica ficava mais forte, como deveria ser. Ele tentava um experimento atrás do outro, conforme se sentia ganhando força, e foi Dickon quem lhe mostrou a melhor de todas as coisas.

— Ontem... — Ele disse uma manhã, após uma breve ausência. — Eu fui pra Thwaite para minha mãe, e perto do Blue Cow Inn, eu vi Bob Haworth. Ele é o camarada mais forte do pântano. Ele é campeão de luta livre e consegue pulá mais alto do que qualqué outro camarada, além de jogá o martelo mais longe. Ele foi até a Escócia pra praticá esportes por alguns anos. Ele me conhece desde que eu era pequeno, e é um tipo simpático, então lhe fiz algumas perguntas. Os nobres o chamam de atleta, e eu pensei em ocê, Mestre Colin, então disse: "Como ocê fez para ganha esses músculos, Bob? Ocê fez alguma coisa a mais para fica forte assim?". E ele disse: "Bem, sim, rapaz, eu fiz. Um homem muito forte, em um espetáculo que se apresentou uma vez em Thwaite, me mostrou como exercitá meus braços, pernas e cada músculo do meu corpo". E eu disse: "Será que um camarada delicado consegue se torna tão forte quanto ocê, Bob?". E ele riu e disse: "É ocê esse camarada delicado?". E eu disse: "Não, mas eu conheço um jovem rapaz que está se recuperando de uma longa doença, e eu gostaria de conhecê alguns truques pra ensiná a ele". Eu não falei nomes, e ele também não perguntô. Ele é simpático como eu disse que era, tanto que se levanto e me mostro alguns exercícios, de boa vontade, e eu imitei o que ele fazia até decorá. Colin o ouvia excitado.

— Você pode me mostrar? — ele choramingou. — Vai me mostrar?

— Sim, é claro — Dickon respondeu, levantando. — Mas ele disse que ocê tem que fazê com delicadeza primeiro e toma cuidado pra não se cansá. Tem que descansá nos intervalos, respirá fundo e não exagerá.

— Eu vou tomar cuidado — disse Colin. — Mostre-me! Mostre-me. Dickon, você é o garoto mais mágico em todo mundo!

Dickon ficou de pé sobre a grama e começou a cuidadosamente praticar uma simples série de exercícios para músculos. Colin o observou com olhos arregalados. Ele conseguia fazer alguns deles, mesmo estando sentado. Logo ele fez alguns deles, de maneira suave, enquanto estava de pé nos seus pés já firmes. Mary também começou a fazê-los. Fuligem, que estava observando a performance, começou a ficar inquieto, deixando seu galho e começando a saltitar sem parar por não conseguir fazê-los também.

A partir daquele momento, os exercícios começaram a fazer parte das tarefas do dia, assim como a Mágica. Foi se tornando possível que Colin e Mary passassem a fazer mais deles, cada vez que tentavam, e vorazes apetites foram o resultado daquilo, mas se não fosse pela cesta que Dickon colocava atrás de um arbusto todas as manhãs ao chegar, eles teriam desistido. Mas o pequeno forno construído no buraco e as generosidades da Sra. Sowerby eram tão satisfatórios que a Sra. Medlock, a enfermeira e o Dr. Craven ficaram novamente confusos. Você pode rejeitar seu café da manhã e parecer desdenhar de seu jantar quando está satisfeito com ovos, batatas assadas, rico leite fresco espumante, bolinhos de aveia, pães, mel de urze e creme de leite.

— Eles não estão comendo quase nada — disse a enfermeira. — Vão morrer de inanição se não forem persuadidos a se alimentar. Mas, ainda assim, veja como estão.

— Veja! — exclamou a Sra. Medlock indignada. — Eh! Estou condenada à morte com esses dois. Formam um par de jovens Satãs. Quase estourando de seus casacos num dia e, no seguinte, torcem o nariz para as melhores refeições com as quais a cozinheira poderia tentá-los. Nem um pouco daquela adorável e jovem ave ou o molho de pão fizeram com que eles colocassem o garfo na boca ontem, e a pobre mulher inventou um pudim para eles, mas foi devolvido.

Ela quase chorou. Está com medo de ser culpada se eles ficarem sem comer até a morte. Dr. Craven apareceu e olhou para Colin demorada e cuidadosamente. Ele ficou com uma expressão extremamente preocupada quando a enfermeira conversou com ele e lhe mostrou a bandeja de café da manhã quase intocada. Mas ele ficou ainda mais preocupado quando se sentou no sofá de Colin e o examinou. Ele fora chamado a Londres para negócios e não via o menino por mais ou menos duas semanas. Quando coisas jovens começam a ganhar saúde, elas o fazem rapidamente.

O tom de cera havia desaparecido da pele de Colin, e um rosado cálido aparecera no lugar; seus belos olhos estavam claros, e as cavidades sob eles e em suas bochechas e têmporas haviam desaparecido. Seus cabelos escuros e pesados começavam a saltar saudavelmente de sua testa e estavam macios, aquecidos por vida. Seus lábios estavam mais cheios e com uma cor normal. Na verdade, como se imitasse um garoto cuja invalidez estava confirmada, ele tinha um olhar deprimido. Dr. Craven segurou o queixo com a mão, pensativo.

— Estou desapontado em ouvir que não está comendo nada — ele disse. — Isso não vai funcionar. Você vai perder todo peso que ganhou, e foi de forma tão extraordinária. Estava comendo tão bem até pouco tempo atrás.

— Eu lhe disse que era um apetite anormal — Colin respondeu. Mary estava sentada em um banquinho próximo e subitamente proferiu um som muito esquisito, que ela tentou violentamente reprimir, mas acabou quase se asfixiando.

— Qual é o problema? — disse Dr. Craven, voltando-se para ela. Mary ficou muito séria.

— Foi algo entre um espirro e uma tosse — ela retrucou com uma dignidade reprovadora. — E entrou pela minha garganta. — Mas... — ela disse depois para Colin. — Eu não consegui me controlar. Aquilo só explodiu porque eu não pude deixar de me lembrar daquela última batata grande que você comeu e da forma como sua boca se arreganhou quando você mordeu aquela torrada com a grossa camada de geleia e creme de leite sobre ela.

— Há alguma maneira dessas crianças estarem conseguindo comida em segredo? — Dr. Craven indagou para a Sra. Medlock.

— Não há como, a não ser que as estejam tirando da terra ou pegando das árvores — respondeu a Sra. Medlock. — Eles ficam fora de casa o dia inteiro e não encontram com ninguém a não ser com eles mesmos. E se quisessem qualquer coisa diferente do que é enviado a eles para comer, precisariam apenas pedir.

— Bem — disse o Dr. Craven. — Enquanto ficar sem comer lhes fizer bem, não precisaremos nos preocupar. O garoto é uma nova criatura.

— E a garota também — disse a Sra, Medlock. — Ela começou a se tornar bonita desde que ganhou peso e perdeu seu olhar azedo. Seu cabelo cresceu, parece mais saudável, e ela ganhou uma cor mais viva. Ela costumava ser uma coisinha mal-humorada e carrancuda, mas agora ela e Mestre Colin gargalham juntos como se fossem uma dupla de loucos. Talvez seja isso que os esteja engordando.

— Talvez seja — disse o Dr. Craven. — Deixe-os rir.

CAPITULO XXV

"A CORTINA"

E o jardim secreto florescia e florescia, e a cada manhã revelava novos milagres. No ninho do pintarroxo havia ovos, e sua companheira sentava-se sobre eles, mantendo-os aquecidos com a penugem de seu peitinho e suas asas cuidadosas. Em um primeiro momento ela ficara muito nervosa, e o próprio pintarroxo observava indignado. Até mesmo Dickon não se aproximou naqueles dias, mas esperou até que o trabalho silencioso de alguma Mágica fosse transportado até a alma do casalzinho, dizendo-lhes que no jardim não havia nada que não fosse como eles, nada que não compreendesse as maravilhas do que estava acontecendo a eles, a imensa, sensível, terrível e dolorosa beleza e solenidade dos ovos. Todas as pessoas presentes naquele jardim sabiam, em seu âmago, que se um ovo fosse roubado ou ferido, o mundo inteiro iria girar sem parar, colidir com o espaço e chegar ao fim. Se ao menos um deles não sentisse aquilo e agisse em conformidade, não poderia haver felicidade, nem mesmo naquele tempo de primavera dourada. Mas todos eles sabiam e sentiam aquilo, e o pintarroxo e sua companheira também.

A princípio, o pintarroxo observara Mary e Colin com uma

forte ansiedade. Por alguma razão misteriosa, ele sabia que não precisava observar Dickon. No primeiro momento em que ele colocou seus negros olhos, brilhantes de orvalho, em Dickon, soube que ele não era um estranho, mas um tipo de pintarroxo sem bico nem penas. Ele podia falar a língua dos pintarroxos (que é uma língua bem diferente, para não ser confundida com nenhuma outra). Falar como um pintarroxo para um pintarroxo é como falar francês com um Francês. Dickon sempre explicou isso para o pintarroxo, de modo que a língua estranha que ele usava quando falava com os seres humanos não importava, no mínimo. O pintarroxo pensava que ele falava com eles naquela língua porque não eram inteligentes o suficiente para entender o discurso de penas. Seus movimentos também eram como os de um pintarroxo. Eles nunca assustavam um ao outro, sendo súbitos demais a ponto de parecerem perigosos ou ameaçadores. Qualquer pintarroxo poderia entender Dickon, então sua presença não era perturbadora.

Mas, no início, pareceu necessário estar em guarda contra os outros dois. Em primeiro lugar, o garoto não chegava ao jardim com suas próprias pernas. Ele era empurrado em uma coisa com rodas, e peles de animais silvestres estavam jogadas sobre ele. Isso, apenas, já seria duvidoso.

Então, quando ele começou a ficar de pé e movimentar-se, o fez de maneira estranhamente desacostumada, enquanto os outros pareciam ajudá-lo. O pintarroxo costumava se esconder em um arbusto e observá-lo com ansiedade, com sua cabeça inclinando primeiro para um lado e depois para o outro. Ele pensava que os movimentos lentos poderiam significar que o menino estava preparando-se para dar o bote, como gatos fazem. Quando os gatos estão se preparando para dar o bote, eles rastejam sobre o chão muito devagar. O pintarroxo conversou sobre isso com sua companheira, por um bom tempo, durante alguns dias, mas logo depois decidiu não abordar mais o assunto, porque ela estava ficando tão aterrorizada que ele tinha medo que aquilo pudesse causar algum dano aos ovos. Quando o garoto começou a caminhar sozinho, mais e mais rápido, foi um alívio imenso. Mas por um bom tempo, ou pareceu ser um bom tempo para o pintarroxo, ele foi uma fonte de ansiedade. Ele não agia como os outros humanos. Ele parecia muito feliz em caminhar, mas tinha a mania de se sentar ou de se deitar por um tempo, e então levantava de uma maneira desconcertante para recomeçar.

Um dia, o pintarroxo lembrou que, quando ele mesmo teve de aprender a voar com seus pais, ele fez mais ou menos o mesmo tipo de coisa. Ele fazia pequenos voos de alguns metros e, então, era obrigado a descansar. Portanto, lhe ocorreu que este menino estava aprendendo a voar, ou melhor, a andar. Ele mencionou aquilo para sua companheira e, quando disse a ela que os ovos provavelmente iriam agir da mesma forma, assim que estivessem mais desenvolvidos, ela ficou mais confortada e até mesmo ansiosamente interessada e satisfeita em observar o menino da borda de seu ninho, apesar de sempre achar que os ovos seriam mais inteligentes e que aprenderiam mais rápido. Mas então ela disse, indulgentemente, que os humanos eram sempre mais desajeitados e lentos que ovos, e a maioria deles nunca aprendia a voar realmente. Você nunca os encontrava no ar ou no topo de uma árvore.

Depois de um tempo, o garoto começou a se mover quase da mesma forma como os outros se moviam, mas todas as três crianças, por vezes, faziam coisas incomuns. Eles se colocavam sob as árvores e moviam seus braços, pernas e cabeças, de uma forma que não era andar, nem correr, nem sentar. Eles se movimentavam daquela maneira em intervalos a cada dia, e o pintarroxo nunca conseguia explicar para sua companheira o que eles estavam fazendo ou tentando fazer.

Ele só podia dizer que os ovos jamais iriam se agitar daquela maneira; mas como o menino que sabia falar com os pintarroxos de maneira tão fluente estava fazendo a mesma coisa que eles, os pássaros tinham certeza que aquelas ações não tinham uma natureza perigosa. Claro que nem o pintarroxo nem sua companheira ouviram falar sobre o campeão de luta livre, Bob Haworth, nem de seus exercícios que faziam os músculos se destacarem como nódulos. Os pintarroxos não eram como os humanos; seus músculos eram sempre exercitados, desde o princípio, e então se desenvolviam de uma maneira natural. Se você tivesse que voar para encontrar cada coisa que come, seus músculos nunca ficariam atrofiados. Quando o garoto estava caminhando, correndo, cavando e capinando como os outros, uma paz e um contentamento passaram a pairar no ninho. O medo pelos ovos tornou-se uma coisa do passado. Sabendo que eles estavam tão seguros quanto se estivessem trancados em um cofre de banco, o fato de poder observar tantas coisas curiosas acontecerem tornou-se uma atividade divertida. Em dias de chuva, a mamãe dos ovos chegava a se sentir entediada porque as crianças não apareciam no jardim. Mas mesmo nos dias de chuva, não se podia dizer que Mary e Colin ficavam entediados. Numa manhã, quando a chuva se pôs a correr incessantemente, e Colin começou a se sentir um pouco inquieto por ser obrigado a ficar em sua cama porque não era seguro sair e caminhar, Mary teve uma inspiração.

— Agora que eu sou um menino normal... — Colin disse. — Minhas pernas, braços e todo o meu corpo estão tão cheios de Mágica que não posso mantê-los parados. Eles querem ficar fazendo coisas o tempo todo. Você sabe que quando eu acordo pela manhã, Mary, quando ainda está bem cedo, quando os pássaros estão começando a gritar lá fora, quando tudo parece estar gritando por alegria, tanto que até mesmo as árvores parecem ouvir, eu sinto como se fosse pular para fora da cama e gritar também. Se eu fizesse isso, imagine o que ia acontecer! Mary riu desordenadamente.

— A enfermeira viria correndo e também a Sra. Medlock, e elas teriam certeza de que você estava louco, então chamariam o médico — ela disse. Colin riu também. Ele podia ver como todos iriam ficar, o quão horrorizados ficariam com seu surto, mas maravilhados por vê-lo de pé.

— Eu gostaria que meu pai viesse para casa — ele disse. — Quero eu mesmo contar a ele. Estou sempre pensando nisso, mas não poderemos manter essa farsa por muito mais tempo. Eu não suporto ficar deitado, fingindo, e, além do mais, eu pareço diferente. Queria que não estivesse chovendo hoje.

Foi então que a senhorita Mary teve sua inspiração.

— Colin... — ela começou com ar de mistério. — Você sabe

quantos quartos existem nesta casa?

— Quase mil, eu acho — ele respondeu.

— São quase cem, e ninguém nunca entra neles — disse Mary. — Em um dia de chuva, eu olhei e entrei em vários deles. Ninguém nunca soube, embora a Sra. Medlock tenha quase me descoberto. Eu me perdi quando estava voltando e parei no final do corredor. Foi a segunda vez que o ouvi chorar.

Colin começou a subir em seu sofá.

— Uma centena de quartos onde ninguém entra? — ele disse. — Isso é quase como se fosse um jardim secreto. Vamos supor que iremos olhá-los. Você poderia me empurrar em minha cadeira, e ninguém nunca saberia que estivemos lá.

— Era nisso que eu estava pensando — disse Mary. — Ninguém ousará nos seguir. Há galerias por onde você poderia correr. Poderíamos fazer nossos exercícios. Há um pequeno quarto indiano onde há uma cabine cheia de elefantes de mármore. Há todos os tipos de quartos.

— Toque o sino — disse Colin. Quando a enfermeira entrou, ele lhe deu ordens. — Eu quero minha cadeira — ele disse. — Eu e a senhorita Mary iremos olhar parte da casa que não é utilizada. John pode me empurrar até a galeria, porque há umas escadas. Então ele deve ir embora e nos deixar sozinhos até que eu o chame novamente.

Os dias chuvosos deixaram de ser terríveis naquela manhã. Quando o criado empurrou a cadeira até a galeria e deixou os dois sozinhos em obediências às ordens, Colin e Mary olharam um para o outro, encantados. Assim que Mary se certificou de que John estava realmente voltando para seus próprios aposentos no andar de baixo, Colin saiu de sua cadeira.

— Eu vou correr de um lado da galeria para o outro — ele disse. — E então irei pular, e depois farei os exercícios de Bob Haworth. E eles fizeram aquelas coisas e muitas outras. Eles olharam para os porta-retratos e encontraram a foto de uma menina pequena, vestida de verde e segurando um papagaio no dedo. — Todos estes... — disse Colin. — Devem ser meus antepassados. Viveram há muito tempo. A que está com o papagaio, acredito que deva ser uma de minhas tatatataratias. Ela se parece com você, Mary. Não como você se parece agora, mas como quando chegou aqui. Agora que você ganhou um pouco de peso, está com uma aparência melhor.

— E você também — disse Mary, e eles dois riram. Eles foram até o quarto Indiano e ficaram maravilhados com os elefantes de mármore. Encontraram um brocado cor-de-rosa e um furo na almofada, deixado por um rato, mas o roedor havia crescido, fugido, e o buraco estava vazio. Eles viram mais quartos e fizeram mais descobertas do que Mary havia feito em sua primeira peregrinação. Eles encontraram novos corredores, cantos, lances de escadas, novas fotos velhas que gostaram, e coisas tão esquisitas que eles nem sabiam para que serviam. Foi uma curiosa e divertida manhã, e o sentimento de estar caminhando na mesma casa em que estavam outras pessoas, mas ao mesmo tempo, sentindo como se estivessem a milhares de quilômetros de distância, era algo fascinante.

— Estou feliz que viemos — Colin disse. — Eu nunca soube que vivia em um lugar tão grande, estranho e velho. Eu gosto. Nós vamos passear por aqui em todos os dias de chuva. Sempre vamos encontrar novos lugares e coisas estranhas.

Naquela manhã eles encontraram, dentre outras coisas, um apetite tão grande, que quando retornaram ao quarto de Colin, não conseguiram devolver o almoço intocado. Quando a enfermeira levou a bandeja para o andar de baixo, ela deu uma tapinha no armário da cozinha para que a Sra. Loomis, a cozinheira, pudesse ver que a louça e os pratos estavam completamente limpos.

— Veja isto! — ela disse. — Esta é uma casa misteriosa, e aquelas crianças são seus maiores mistérios.

— Se eles fizessem isto todos os dias... — disse o forte e jovem criado, John. — Não seria de se admirar se eles passassem a pesar o dobro de um dia para o outro, como aconteceu há um mês. Eu teria que desistir de minha posição por um tempo, por medo de que meus músculos fossem lesados.

Naquela tarde, Mary reparou que algo diferente havia acontecido no quarto de Colin, ela havia reparado no dia anterior, mas não disse nada, porque achou que a mudança poderia ter sido feita sem querer. Não disse nada naquele dia também, mas ela se sentou e olhou fixamente para a fotografia sobre a lareira. Ela conseguia vê-la porque a cortina estava puxada para os lados. Aquela foi a mudança que ela percebeu.

— Eu sei o que você quer me dizer — disse Colin, depois que ela observou por alguns minutos. — Eu sempre sei quando você quer me dizer alguma coisa. Você está se perguntando por que acortina está puxada para os lados. Eu irei mantê-la assim.

— Por quê? — perguntou Mary.

— Porque eu não fico mais irritado em vê-la sorrir. Eu acordei com a luz do luar, algumas noites atrás, e senti como se a Mágica estivesse preenchendo o quarto e tornando tudo tão esplêndido que eu não pude mais me deitar. Eu levantei e olhei através da janela. O quarto estava bastante iluminado e havia uma mancha da luz da Lua na cortina. De alguma forma aquilo me fez puxar a corda. Ela olhou para mim como se estivesse rindo por estar feliz em me ver ali de pé. Isso me fez gostar de olhar para ela. Eu quero vê-la rir dessa forma todo o tempo. Eu acho que talvez ela tenha sido um tipo de pessoa Mágica, quem sabe?

— Você se parece tanto com ela agora — disse Mary. — Que às vezes eu acho que, talvez, você é seu fantasma transformado em menino.

Aquela ideia pareceu impressionar Colin. Ele pensou por um tempo e respondeu devagar:

— Se eu fosse o fantasma dela, meu pai gostaria de mim.

— Você quer que ele goste de você? — Mary indagou.

— Eu costumava odiar o fato de que ele não gosta de mim. Se ele começasse a gostar, eu acho que deveria contar para ele sobre a mágica. Acho que isso o faria mais feliz.

CAPITULO XXVI

"É MAMÃE!"

A crença deles em mágica era algo permanente. Depois dos encantamentos, Colin, às vezes, lhes apresentava palestras sobre o tema.

— Eu gosto de fazer isso — Ele explicou. — Porque quando eu crescer e fizer grandes descobertas científicas, serei obrigado a palestrar sobre elas, então já estou praticando. Por enquanto, posso apenas apresentar palestras pequenas porque sou muito novo, e, além disso, Ben Weatherstaff iria se sentir como se estivesse em uma igreja e acabaria dormindo.

— A melhor coisa de uma palestra — disse Ben —, é que um camarada pode levantá e dizê algo que lhe agrada e nenhum outro camarada pode contestá. Eu não iria me importa de palestra algumas vezes também.

Mas quando Colin saiu de debaixo de sua árvore, o velho Ben fixou olhos devoradores nele e os manteve ali. Ele olhava para o menino com um afeto crítico. Não era tanto a palestra que o interessava, mas sim as pernas que pareciam mais firmes e fortes a cada dia, a cabeça que parecia se sustentar tão bem; o queixo, antes acentuado, e as bochechas ocas que tinham se enchido e arredondado, e os olhos, que começavam a manter o brilho e que faziam com que ele se lembrasse de outro par. Às vezes, quando Colin sentia que o olhar sério de Ben significava que ele estava muito impressionado, o menino se perguntava o que ele estaria pensando. E quando o viu, parecendo bastante extasiado, lhe perguntou:

— No que está pensando, Ben Weatherstaff? — ele perguntou.

— Eu estava pensando... — respondeu Ben. — Que garanto que ocê engordo uns três ou quatro quilos esta semana. Eu estava olhando para esta carne em seus ombros. Eu bem que gostaria de pesá-lo.

— É a mágica, os bolinhos e o leite da Sra. Sowerby — disse Colin. — Como você pode ver, o experimento científico foi um sucesso. Naquela manhã, Dickon se atrasou para assistir à palestra. Quando chegou, estava corado de tanto correr, e seu rosto engraçado parecia mais cintilante do que de costume. Como eles tinham uma boa dose de capina para fazer, após as chuvas que caíram, começaram a trabalhar.

Eles sempre tinham muito a fazer depois que uma chuva quente e profunda caía. A umidade, que era boa para as flores, era também boa para as ervas daninhas que empurravam as lâminas minúsculas de grama e pontos de folhas que deveriam ser puxados para cima, antes que suas raízes estivessem firmes demais para segurar. Colin já estava tão bom em capinar quanto qualquer outro e conseguia até palestrar enquanto trabalhava.

— A mágica funciona melhor quando você trabalha — ele disse naquela manhã. — Você pode senti-la em seus ossos e músculos. Eu vou ler livros sobre ossos e músculos, mas vou escrever um livro sobre mágica. Eu estou fazendo isso agora. Continuo descobrindo coisas.

Não passou muito tempo depois que ele disse aquilo, então, encostou sua enxada e colocou-se de pé. Ele ficou em silêncio por muitos minutos, e os outros perceberam que ele estava pensando em coisas para palestrar, como fazia com frequência. Quando largou sua enxada e ficou de pé, pareceu para Mary e Dickon que um súbito e forte pensamento o fez fazer aquilo. Ele se esticou o máximo que pôde e jogou seus braços para cima, exultante. A cor de seu rosto brilhava, e seus olhos estranhos estavam arregalados de felicidade. De uma vez só, ele tinha percebido alguma coisa importante.

— Mary! Dickon! — ele chamou. — Olhem para mim! Eles pararam de capinar e olharam para ele. — Vocês se lembram da primeira manhã que me trouxeram aqui? — ele falou.

Dickon estava olhando para ele com muita atenção. Por ser um encantador de animais, ele conseguia ver mais coisas do que a maioria das pessoas, e muitas delas eram coisas sobre as quais ele nunca falava. Ele viu algumas delas naquele menino.

— Sim, nós lembramos — ele respondeu. Mary também olhou com atenção, mas não disse nada.

— Nesse mesmo minuto... — disse Colin. — De uma vez só, eu me lembrei disso quando olhei para minhas mãos, cavando com a enxada. Então eu tive que ficar de pé para ver se era real. E é real. Eu estou bem, estou bem!

— Sim, ocê está — disse Dickon.

— Eu estou bem! Estou bem! — Colin disse novamente, e seu rosto ficou bem vermelho por todas as partes.

Ele já sabia daquilo antes. De certa forma, ele esperava, sentia e pensava sobre aquilo, mas naquele exato minuto, algo correu por dentro dele, uma espécie de crença arrebatadora e uma realização, e ela foi tão forte que ele não conseguiu não festejar.

— Eu vou viver para sempre, sempre e sempre! — ele concluiu grandiosamente. — Eu vou descobrir milhares e milhares de coisas. Eu vou descobrir sobre as pessoas e sobre as criaturas e sobre tudo que cresce, como Dickon. E eu nunca vou parar de fazer Mágica. Eu estou bem! Estou bem! Eu sinto como se quisesse gritar algo... algo em agradecimento, algo alegre.

Ben Weatherstaff, que estava trabalhando perto de uma roseira, olhou ao redor dele.

— Você pode cantar a doxologia[8] — ele sugeriu com seu mais seco grunhido. Ele não tinha opinião sobre a Doxologia e não podia fazer aquela sugestão com uma emoção particular. Mas Colin

8 Doxologia é uma espécie de hino grego, uma forma de louvor e glorificação frequente no Antigo Testamento.

tinha uma mente exploradora e não sabia nada sobre a Doxologia.

— O que é isso? — ele indagou.

— Dickon pode cantá-la para você, eu garanto — respondeu Ben Weatherstaff.

Dickon respondeu com seu sorriso cheio de percepção de encantador de animais.

— Eles cantam na igreja — ele disse. — Minha mãe acredita que as cotovias a cantam quando acordam de manhã.

— Se ela diz isso, deve ser uma linda canção — Colin respondeu. — Eu nunca estive em uma igreja. Sempre estive muito doente. Cante-a, Dickon! Quero ouvi-la!

Dickon era muito simples e não se sentiu afetado por aquilo. Ele compreendia o que Colin sentia, mais do que ele mesmo. Ele compreendia, por uma espécie de instinto tão natural, que nem sabia que se chamava compreensão. Ele tirou o boné e olhou ao seu redor, ainda sorrindo.

— Ocê vai ter que tirá seu boné — ele disse para Colin — E Ben também. E ocês vão ter que levantá, ocês sabem. — Colin tirou seu boné, e o sol brilhou, aquecendo seu cabelo fino enquanto ele observava Dickon atentamente. Ben Weatherstaff sentou-se sobre seus joelhos e desnudou a cabeça também, com uma espécie de olhar meio ressentido e perplexo no rosto velho, como se não soubesse porque estava fazendo aquela coisa notável. Dickon se colocou entre as árvores e roseiras, e começou a cantar de uma maneira muito prosaica, simples, com uma forte voz de rapaz: — Louvado seja Deus, que provê todo o fluxo de bênçãos, Louvai-o todas as criaturas aqui embaixo, Louvem vocês ai em cima, o Anfitrião Celestial, Louvai o Pai, o Filho e o Espírito Santo, Amém. Quando ele terminou, Ben Weatherstaff estava parado e muito calado com suas mandíbulas colocadas de forma obstinada, mas com um olhar perturbado, fixado em Colin. O rosto de Colin estava pensativo e apreensivo.

— É uma música muito bonita — ele disse. — Eu gosto dela. Talvez signifique exatamente o que eu quis dizer quando disse que desejava gritar que estou agradecido à mágica. — Ele parou e pensou de uma maneira enigmática. — Talvez elas sejam a mesma coisa. Como podemos saber os nomes exatos das coisas? Cante novamente, Dickon. Vamos tentar também, Mary. Quero cantá-la também. É minha canção. Como começa? Louvado seja Deus, que provê todo o fluxo de bênçãos?

E eles a cantaram uma e outra vez, e Mary e Colin elevaram suas vozes da maneira mais musical que conseguiram. Dickon cresceu de maneira alta e bonita e, na segunda linha, Bem Weatherstaff claramente limpou sua garganta. Na terceira linha, ele se juntou a eles com tanto vigor que quase parecia um selvagem. E quando chegou o "Amém", Mary observou que a mesma coisa havia acontecido com ele, a mesma que acontecera quando descobriu que Colin não era um aleijado. Seu queixo estava tremendo, e ele olhava e piscava, com suas bochechas velhas molhadas.

— Eu nunca tinha encontrado sentido na Doxologia antes — ele disse com a voz rouca. — Mas estou mudando de ideia a tempo! Devo dizê que ocê deve tê engordado uns cinco quilos esta semana, Mestre Colin.

Colin estava olhando através do jardim para algo que chamava sua atenção, e sua expressão se tornara assustada.

— Quem está vindo ali? — ele disse com pressa. — Quem é?

A porta na parede de heras fora empurrada, gentilmente aberta, e uma mulher entrou. Ela havia entrado no momento em que eles cantavam a última linha de sua canção, e havia ficado parada, olhando para eles. Com a hera atrás dela, a luz do sol flutuava por entre as árvores, multicolorindo seu longo manto azul, e seu belo e jovem rosto sorria através da vegetação. Ela era como uma ilustração suave e colorida dos livros de Colin. Ela tinha maravilhosos olhos afetuosos que pareciam captar tudo ao redor, até mesmo Ben Weatherstaff, as "criaturas" e todas as flores que estavam florescendo. Inesperadamente, da mesma forma como ela aparecera, nenhum deles a via como uma intrusa, de maneira alguma. Os olhos de Dickon se iluminaram como lâmpadas.

— É mamãe! É ela! — ele choramingou e atravessou o gramado correndo.

Colin começou a se mover na direção dela, e Mary o acompanhou. Ambos sentiam seus batimentos mais fortes.

— É mamãe! — Dickon disse novamente quando se encontraram pelo caminho.

— Eu sabia que ocê queria vê-la e lhe disse onde a porta estava escondida. — Colin estendeu sua mão com uma espécie de timidez verdadeira, mas seus olhos quase devoravam o rosto dela.

— Mesmo quando eu estava doente queria vê-la — ele disse. — Você, Dickon e o Jardim Secreto. Eu nunca quis ver nada nem ninguém antes. — Quando ele a olhou com o rosto erguido, uma mudança repentina se fez no rosto dela. Ela corou, os cantos de sua boca ficaram abalados, e uma névoa pareceu passar por sobre seus olhos.

— Ei! Menino querido! — ela eclodiu trêmula. — Ei! Menino querido! — como se ela não soubesse o que deveria dizer. Ela não o chamou de "Mestre Colin", apenas de "Menino querido", subitamente. Ela chamaria Dickon da mesma maneira, se tivesse visto algo que tocasse seu coração. Colin gostou.

— Está surpresa em me ver tão bem? — ele perguntou. Ela colocou sua mão no ombro dele, e um sorriso espantou a névoa de seus olhos.

— Sim, eu tô! — ela disse.

— Mas ocê tá tão parecido com sua mãe que fez meu coração pulá.

— Você acha... — disse Colin, um pouco desajeitado. — Que isso fará com que meu pai goste de mim?

— Sim, com certeza, menino querido — Ela respondeu, dando um suave e breve apertão em seu ombro.

— Ele tem que volta para casa! Tem que voltá.

— Susan Sowerby — disse Ben Weatherstaff, aproximando-se dela. — Olhe as pernas deste rapaz, vê? Elas eram como baquetas dentro das meias dois meses atrás. E eu ouvi um camarada dizê que elas eram tortas e que os joelhos estalavam ao mesmo tempo. Olhe para eles agora!

Susan Sowerby riu de uma maneira confortável.

— Muito em breve elas vão se torna belas e fortes pernas jovens — ela disse. — Continue brincando, trabalhando no jardim, comendo e bebendo muito leite doce e gostoso e não vai tê um par mais saudável em Yorkshire. Que Deus me ouça. Ela colocou as duas mãos nos ombros da senhorita Mary e olhou para seu rostinho de uma maneira muito maternal.

— E ocê também — ela disse. — Ocê também vai cresce tão saudável quanto nossa Lisabeth Elen. Eu garanto que vai se parecê com sua mãe também. Nossa Martha nos disse que a Sra. Medlock ouviu por aí que ela era uma mulhé linda. Ocê vai sê corada como uma rosa quando crescê, minha pequena mocinha, que Deus lhe abençoe. Ela não mencionou que, quando Martha chegou em casa no seu "dia de folga" e descreveu a criança simples e amarelada, ela havia dito que não conseguia acreditar em nada do que a Sra. Medlock tinha ouvido falar.

— Não tem nenhuma razão para que uma mulhé bonita possa sê a mãe de uma menina tão feia — ela acrescentou com obstinação.

Mary não tinha muito tempo para prestar atenção às mudanças de seu rosto. Ela apenas sabia que parecia "diferente"e que seu cabelo parecia bem mais comprido, crescendo muito rápido. Mas, ao se lembrar do prazer que sentia ao olhar para a Mem Sahib no passado, ela ficava agradecida em ouvir que poderia um dia parecer com ela. Susan Sowerby começou a passear pelo jardim com eles, ouviu toda a sua história, e foi apresentada a cada botão e árvore que estava vivo. Colin caminhou com ela de um lado e Mary de outro. Nenhum deles conseguia parar de olhar para seu rosto rosado e amigável, secretamente curiosos sobre o prazeroso sentimento que ela lhes proporcionava, um acolhedor sentimento de apoio. Parecia que ela os entendia como Dickon entendia suas "criaturas". Ela parava próxima às flores e falava sobre elas como se fossem crianças. Fuligem a seguiu, e uma ou duas vezes grasnou para ela e voou até seu ombro, como se ela fosse Dickon. Quando eles lhe falaram a respeito do pintarroxo e sobre o primeiro voo dos filhotinhos, ela riu de forma materna, como se houvesse um pequeno melão em sua garganta.

— Eu acredito que para eles, aprendê a voá seja como aprendê a andá para uma criança, mas eu acho que ficaria preocupada se as minhas tivessem asas ao invés de pernas — ela disse.

Por ela parecer uma mulher tão maravilhosa, em seus bons modos de quem morava em uma cabana no pântano, foi que eles lhe contaram a respeito da mágica.

— Você acredita em mágica? — Colin perguntou, depois de falar sobre os faquires indianos. — Eu espero que acredite.

— Eu acredito sim, menino — ela respondeu. — Nunca a chamei por este nome, mas o que importa um nome? Eu garanto que as pessoas a chamam por nomes diferentes na França e por outros na Alemanha. A mesma coisa que faz a semente germiná e o brilhá, fez ocê se torná um rapaz são, e isso é Coisa Boa. Não é como nós, pobres tolos, que achamos importante que nos chamem por nossos nomes. A Coisa Boa não para de acontecê, que Deus a abençoe. Ela continua criando mundos dos milhões de mundos como nós. Ocê nunca pare de acreditá na Coisa Boa e de sabê que o mundo está cheio dela, e a chame do que quis é. Ocês estavam cantando para ela quando eu entrei no jardim.

— Eu me sentia tão alegre — Colin disse, abrindo seus belos olhos estranhos para ela. — De alguma forma, eu senti como estava diferente, como meus braços e pernas estavam fortes. Senti que podia cavar e ficar de pé, então eu pulei e quis gritar alguma coisa que todos e tudo pudessem ouvir.

— A mágica ouviu quando ocê cantou a Doxologia. Ela teria ouvido qualqué coisa que ocê cantasse. Foi a alegria que importô. Eh! Menino! Menino! Não importam os nomes dados ao provedô de alegria. — E ela novamente deu uma tapinha carinhoso em seu ombro. Ela lhes levou uma cesta, que foi motivo de festa naquela manhã. Quando a hora da fome chegou e Dickon a trouxe de onde estava escondida, ela se sentou com eles sob uma árvore e os observou devorando a comida, rindo bastante, exultantes em ver seus apetites. Ela estava se divertindo muito e os fez rir das coisas mais diversificadas e estranhas. Ela lhes contou histórias sobre Yorkshire e lhes ensinou palavras novas. Ela riu, como se não pudesse evitar, quando eles lhe contaram sobre a dificuldade, cada vez maior, de fingirem que Colin ainda era um inválido rabugento.

— Como pode ver, quase não conseguimos parar de rir toda vez que estamos juntos — Colin explicou. — E isso não faz parecer que estou doente. Nós tentamos engolir o riso de volta, mas ele explode e soa pior do que nunca.

— Há uma coisa que vem à minha mente com frequência — disse Mary. — E eu quase não posso esconder quando começo a pensar nisso. Eu começo a pensar que o rosto de Colin está começando a se parecer com uma lua cheia. Não que já se pareça com uma, mas ele tem engordado um pouco mais a cada dia, e suponho que em alguma manhã, ele acabará parecendo com uma. O que vamos fazer?

— Deus nos abençoe a todos. Eu acho que ocês terão que representa um bocado — disse Susan Sowerby. — Mas ocês não vão tê que mantê isso por muito tempo. Mestre Craven virá para casa.

— Você acha que ele virá? — Colin perguntou. — Por quê? Susan Sowerby riu com suavidade.

— Eu suponho que quase partiria seu coração se ele descobrisse antes que ocê lhe contasse da sua própria maneira — ela disse. — Ainda mais que ocê ficô noites planejando isso.

— Eu não iria suportar se qualquer outra pessoa lhe dissesse — disse Colin.

— Eu imagino isso de diferentes formas, agora penso que apenas gostaria de correr até seu quarto.

— Seria um bom começo — disse Susan Sowerby. — Eu gostaria de vê seu rosto, menino. Como gostaria disso! Ele tem que voltá. Tem mesmo.

Uma das coisas que eles conversaram foi sobre a visita que iriam fazer à sua cabana. Estavam planejando tudo. Eles iriam passar por cima do pântano e fazer uma refeição ao ar livre, entre a urze. Eles iriam conhecer as doze crianças e o jardim de Dickon, e não pretendiam retornar até que estivessem cansados. Finalmente Susan Sowerby levantou-se para retornar à sua casa.

Também era a hora de Colin ser levado de volta. Mas, antes de se sentar em sua cadeira, ele se colocou bem próximo de Susan e fixou seus olhos nela com um tipo de adoração aturdida, e, de repente, segurou a ponta de seu manto azul bem rápido.

— Você é o que eu sempre quis — ele disse. — Gostaria que fosse minha mãe, além de ser mãe de Dickon.

De uma vez só, Susan Sowerby se abaixou e puxou-o para perto, com seus braços cálidos, e o apertou contra o peito sob o manto azul, como se fosse irmão de Dickon. Uma breve névoa posicionou-se sobre seus olhos.

— Eh! Menino querido! — ela disse. — Sua própria mãe está aqui neste jardim, eu acredito. Ela não poderia se afastá daqui. Seu pai tem que volta para ocê. Ele tem!

CAPITULO XXVII

NO JARDIM

Em cada século, desde o início do mundo, coisas maravilhosas foram descobertas. No último século, coisas ainda mais maravilhosas do que as dos séculos anteriores foram descobertas. Neste novo século, centenas de coisas, ainda mais surpreendentes, foram trazidas à luz. A princípio, as pessoas se recusaram a acreditar que uma coisa nova e estranha pudesse ser criada, então eles começam e ter esperança de que ela fosse criada para que pudessem testemunha. E quando esta coisa acaba sendo feita, todo o mundo se pergunta por que não foi feita séculos atrás. Uma das coisas novas que as pessoas começaram a descobrir no último século foi que os pensamentos, apenas meros pensamentos, são tão poderosos quanto baterias elétricas, tão bons quanto o brilho do sol, ou tão cruéis para uma pessoa como veneno. Deixar um pensamento triste ou cruel entrar em sua mente é tão perigoso quanto deixar uma febre escarlate germinar em seu corpo. Se você permitir que ela fique lá depois que já se instalou, você pode nunca mais se livrar dela, se é que irá sobreviver.

Enquanto a mente da Senhorita Mary esteve cheia de pensamentos desagradáveis sobre seus desafetos e suas opiniões azedas

das pessoas, sobre sua determinação em não ser agradável ou interessada em qualquer coisa, ela era uma criança de cara-pálida, doente, entediada e infeliz. As circunstâncias, contudo, foram muito bondosas com ela, embora ela não estivesse ciente disso. Elas começaram a empurrá-la para seu próprio lado bom. Quando sua mente começou a, gradativamente, se encher de pensamentos sobre pintarroxos, cabanas em pântanos, cheias de crianças, com estranhos e irritáveis velhos jardineiros, donas de casa comuns de Yorkshire, com Primaveras, com jardins secretos ganhando vida dia após dia, e ainda com um garoto do pântano e suas "criaturas", não houve mais espaço vago para pensamentos desagradáveis que afetaram sua vida e sua digestão, deixando-a cansada e com a pele amarelada. Enquanto Colin se mantinha trancafiado em seu quarto e apenas pensava em seus medos, sua fraqueza e seu modo de detestar as pessoas que olhavam para ele, refletindo de hora em hora sobre suas corcundas e sua morte próxima, ele era um histérico e meio-louco pequeno hipocondríaco que não sabia nada sobre luz do sol nem Primaveras, e também não sabia que poderia melhorar e ficar sobre seus pés se apenas tentasse fazer isso.

Quando novos e belos pensamentos começaram a tomar o lugar dos sombrios, a vida começou a voltar para ele, seu sangue começou a correr saudavelmente por suas veias, e a força começou a se derramar sobre ele como uma inundação. Seu experimento científico era muito prático e simples, e não havia nada de estranho nele. Muito mais coisas surpreendentes podem acontecer para aquele que, ao permitir que um pensamento desagradável ou desanimado venha à sua mente, tenha o discernimento de reconhecê-lo a tempo e afastá-lo, colocando um agradável e positivo em seu lugar. Duas coisas não podem ocupar o mesmo espaço. "Onde se cultiva uma rosa, meu rapaz, um cardo não pode nascer." Enquanto o jardim secreto estava voltando à vida, e as duas crianças também voltavam à vida com ele, havia um homem vagando por certos lugares belos e distantes nos campos noruegueses, pelos vales e montanhas da Suíça, e ele era um homem que, por dez anos, manteve sua mente cheia de pensamentos sombrios e dolorosos. Ele não foi corajoso; ele nunca tentou colocar nenhum outro pensamento no lugar dos sombrios. Ele vagara por lagos azuis e pensara neles; deitava-se ao lado de montanhas com folhas de profundas Gencianas azuis, que faziam florescer tudo sobre ele, enquanto flores respiravam todo o ar, e ele pensava nelas. Um terrível arrependimento caiu sobre ele quando ficou feliz, então, deixou sua alma se encher de escuridão e recusou-se obstinadamente a permitir que qualquer fenda ou luz lhe atravessasse. Ele havia esquecido e deixado sua casa e seus deveres. Enquanto viajava, a escuridão pairou tanto sobre ele, que apenas vê-lo era um mal para outras pessoas, porque era como se ele tivesse envenenado o ar ao seu redor com sua melancolia. A maioria dos estranhos pensava que ele deveria ser louco ou um homem com algum crime escondido em sua alma. Ele era um homem alto, com um rosto desenhado e ombros curvados. O nome que ele sempre utilizava nos registros de hotéis era Archibald Craven, Misselthwaite, Manor,Yorkshire, England.

Ele viajara para longe no dia em que viu Senhorita Mary em seu escritório e disse-lhe que ela poderia ter seu "pedaço de terra". Esteve nos mais belos lugares da Europa, embora não tenha ficado em nenhum deles por mais de poucos dias. Ele escolhia os destinos mais quietos e remotos. Esteve em topos de montanhas, onde cabeças batiam nas nuvens, e olhou para baixo em outras montanhas quando o sol nascia e tocava as pessoas com uma luz que as fazia pensar que o mundo estava apenas nascendo.

Mas a luz nunca o havia tocado até o dia em que ele compreendeu que, pela primeira vez em dez anos, uma coisa estranha havia acontecido. Ele estava em um maravilhoso vale no Tirol Austríaco, caminhando sozinho por toda aquela beleza, que poderia ter elevado a alma de qualquer homem para fora das sombras. Ele havia andado por um longo caminho e ainda não tinha sido elevado. Mas, por fim, ele se sentiu cansado e, para descansar, se jogou no carpete feito de musgo. Uma pequena e clara correnteza corria muito alegremente por seu caminho estreito, através da verdura úmida e luxuriante. Às vezes fazia um barulho como uma risada quase silenciosa, como se borbulhasse pelas pedras. Ele viu pássaros aparecerem e mergulharem suas cabeças para beber dela e, então, agitavam suas asas e voavam para longe. Parecia-se com uma coisa viva, e ainda, sua vozinha fez com que a calmaria parecesse ainda mais profunda. O vale estava muito, muito calmo. Quando ele se sentou, observando o claro correr da água, Archibald Craven começou, gradativamente, a sentir sua mente e seu corpo se sentirem mais quietos, tão quietos quanto o próprio vale. Ele se perguntava se estava prestes a dormir, mas não. Ele se sentou e olhou para a água iluminada pelo sol, e seus olhos começaram a ver coisas crescendo ao seu redor. Havia uma linda massa de Amores-Perfeitos crescendo tão perto da correnteza que suas folhas chegavam a estar molhadas, e ele se pegou olhando para elas, lembrando que havia olhado para aquelas mesmas coisas anos atrás. Ele estava pensando com ternura em como aquilo era adorável e que cores maravilhosas de azul tinham aquelas centenas de pequenas flores. Não sabia como aquele pensamento simples começou a preencher sua mente, preencher e preenchê-la, até que outras coisas eram afastadas. Foi como se uma doce e clara primavera começasse a nascer em uma poça estagnada e tivesse se elevado e elevado até que, por fim, tivesse levado embora a água escura. Mas, é claro que ele não pensava naquilo por ele mesmo. Ele apenas sabia que aquele vale parecia ficar mais e mais calmo enquanto ele estava sentado e observando o delicado e claro azul. Não soube quanto tempo ficou ali ou o que estava lhe acontecendo, mas, finalmente, ele se moveu, como se estivesse despertando, e levantou-se devagar, colocando-se de pé no carpete de musgo, respirando longa, suave e profundamente, sentindo-se confuso. Algo parecia ter se desvinculado e se lançado sobre ele, calmamente.

— O que é isso? — ele disse, quase em um sussurro, e passou sua mão pela testa. — Eu quase me sinto como se estivesse vivo.

Eu não sei o suficiente sobre a maravilha das coisas não descobertas para estar apto a explicar como elas aconteceram para ele. Talvez ninguém esteja. Ele não compreendeu a si mesmo, mas lembrou daquele estranho momento pelos meses seguintes, quando já estava de volta à Misselthwaite e descobriu, por acidente, que naquele mesmo dia, Colin havia choramingado ao entrar no jardim secreto:

— Eu vou viver para sempre, sempre e sempre!

A singular calmaria permaneceu com ele até o resto da noite, e ele dormiu um novo e repousante sono; mas aquilo não permaneceu com ele por muito tempo. Ele não sabia que podia ser mantido. Na noite seguinte, escancarou as portas para seus pensamentos sombrios, e eles voltaram, agrupando-se e correndo. Deixou o vale e continuou a vagar por seu caminho novamente.

Mas, tão estranho quanto pareceu para ele, havia minutos, às vezes até metade de horas, quando, sem saber como, o fardo negro parecia querer desaparecer, e ele sabia que era um homem vivo e não um homem morto. Devagar, devagar, sem saber a razão, ele sabia que estava "começando a viver" como o jardim. Enquanto o verão dourado se transformava em um outono de um dourado ainda mais profundo, ele foi para o Lago Como. Lá, encontrou a beleza de um sonho. Ele passava seus dias perto do azul cristalino do lago ou caminhava de volta para o verdor macio e espesso dos montes, vagando, até que se sentiu cansado, ansiando por dormir. Mas, naquela hora, começou a dormir melhor, sabendo que seus sonhos haviam parado de ser um terror para ele.

— Talvez... — ele pensou. — Meu corpo esteja se fortalecendo. — Estava sim se tornando estranho, mas por causa das raras horas de paz que aconteciam quando seus pensamentos se tornavam diferentes. Sua alma estava começando a se fortalecer também. Ele começou a pensar em Misselthwaite e a pensar se não deveria voltar para casa. De vez em quando, ele pensava vagamente sobre seu menino e perguntava-se o que iria sentir quando entrasse e se colocasse ao lado da cama entalhada de quatro colunas novamente, olhando para seu rosto fino de mármore enquanto ele dormia e para aqueles cílios negros que margeavam os olhos fechados de maneira surpreendente. Ele se encolheu ao pensar naquilo. Em um dia maravilhoso, ele caminhou para tão longe que quando retornou, a lua estava alta e cheia, e todo o mundo parecia feito de sombras púrpura e prata. A calmaria do lago, da costa e da floresta era tão maravilhosa que ele não entrou na vila que vivia.

Ele caminhou até um pequeno terraço, até a margem da água, e sentou-se em um banco, respirando todos os cheiros celestes da noite. Sentiu a estranha calma pairando sobre si, e ela tornou-se mais e mais profunda até que ele adormeceu. Ele não poderia dizer quando adormeceu nem quando começou a sonhar, mas seu sonho foi tão real que sequer sentiu que estava sonhando. Lembrou-se, algum tempo depois, o quão intensamente alerta e desperto ele pensou que estava. Pensou que, ao se sentar, sentir o cheiro das rosas mais tardias e ouvir o marulhar das águas sob seus pés, ouviu uma voz a chamá-lo. Era doce, clara, alegre e distante. Parecia distante, mas ele a ouvia tão distintamente quanto se estivesse ao seu lado.

— Archie! Archie! Archie! — a voz disse e então repetiu, com ainda mais doçura e de forma mais clara do que antes. — Archie! Archie! Ele se levantou assustado. Era uma voz tão real e lhe pareceu muito natural ouvi-la.

— Lilias! Lilias! — ele respondeu. — Lilias! Onde você está?

— No jardim — a voz retornou-lhe como o som de uma flauta dourada. — No jardim! — E então o sonho terminou. Mas ele não despertou. Dormiu profunda e docemente durante toda aquela noite adorável. Quando finalmente acordou, já era uma manhã iluminada, e um criado estava parado a observá-lo. Era um criado italiano e já estava acostumado, como todos os criados da vila, a aceitar as coisas estranhas que seu Mestre estrangeiro fazia, sem questionar. Ninguém nunca sabia quando ele iria sair, onde escolheria dormir, se iria vagar pelo jardim ou deitar em um barco no lago durante a noite inteira. O homem segurava uma bandeja com algumas cartas sobre ela e esperou em silêncio até que Sr. Craven as pegou. Quando ele se afastou, Sr. Craven sentou-se por alguns momentos segurando-as em suas mãos, ainda olhando para o lago. Sua estranha calma ainda estava sobre ele, e havia algo mais; uma leveza, como se a crueldade que tinha cometido não tivesse acontecido como ele pensava, como se algo tivesse mudado.

Ele estava se lembrando de seu sonho, aquele sonho muito, muito real.

— No jardim? — ele disse, perguntando a si mesmo. — No jardim! Mas a porta está trancada, e a chave bem enterrada. — Quando ele olhou para as cartas, alguns minutos depois, viu que a que estava colocada sobre as demais era endereçada da Inglaterra, vinda de Yorkshire. Estava escrita na caligrafia de uma mulher, mas não era uma letra que ele conhecesse. Ele a abriu, mal pensando no remetente, mas foram as primeiras palavras que atraíram sua atenção de primeira.

"Prezado senhor: Eu sou Susan Sowerby, que tomou coragem para falar com o senhor uma vez, no pântano. Eu lhe falei sobre a Senhorita Mary. E eu vou tomar coragem para lhe falar novamente. Por favor, senhor, eu voltaria para casa se estivesse em seu lugar. Eu acho que o senhor ficaria feliz em voltar e, se me perdoa, senhor, acho que sua senhora lhe pediria para voltar, se estivesse entre nós.

Sua obediente criada,

Susan Sowerby."

Sr. Craven leu a carta duas vezes antes de colocá-la de volta no envelope. Ele ainda pensava em seu sonho.

— Eu vou voltar para Misselthwaite — ele disse. — Sim, irei de uma vez.

E então ele foi até o jardim da vila e ordenou que Pitcher se preparasse para seu retorno à Inglaterra. Em poucos dias ele estava novamente em Yorkshire, e em sua longa jornada pela ferrovia, encontrou-se pensando em seu menino como nunca havia feito nos dez anos passados. Durante aqueles anos, ele apenas desejou esquecê-lo. Naquele momento, embora não tivesse a intenção de pensar nele, lembranças começaram a vagar por sua mente. Ele se lembrava dos dias sombrios, quando delirou como um homem louco, porque a criança estava viva e a mãe estava morta. Ele se recusava a enxergar e, quando foi olhar o menino para ver como ele estava, viu que era uma coisinha tão fraca e miserável, que todos pensavam que com certeza iria morrer em poucos dias.

Mas, para a surpresa daqueles que tomaram conta dele, aqueles dias passaram e o bebê sobreviveu, e todos passaram a acreditar que se tornaria uma criatura deformada e aleijada.

Ele não tencionava ser um mau pai, mas mal se sentia como um. Ele havia fornecido os médicos, enfermeiras e luxos, mas se afastou do mero pensamento sobre o menino e se afundou em sua própria miséria. Na primeira vez, depois de um ano de ausência, ele retornou para Misselthwaite, e a pequena e miserável coisinha, lânguida e indiferentemente, levantou seus olhos cinza com os cílios negros para olhar para ele, tão parecido e tão diferentes dos olhos felizes que ele tinha adorado, que ele mal podia suportar olhar para eles. Então foi embora, pálido como a morte. Depois disso, ele quase nunca mais o viu, exceto quando estava adormecido, e tudo que sabia do menino era que estava confirmado que seria um inválido, com um temperamento cruel, histérico e meio-insano. Ele podia apenas se afastar de suas fúrias, que eram perigosas para si mesmo, seguindo seu próprio caminho em cada detalhe.

Aquilo não era uma coisa boa de se lembrar, mas enquanto o trem o levava pelas passagens das montanhas e planícies douradas, o homem que estava "voltando à vida", começou a pensar de uma forma diferente, pensando por bastante tempo, forte e profundamente.

— Talvez eu tenha estado errado nesses dez anos — ele disse para si mesmo. — Dez anos é um longo tempo. Pode ser tarde demais para fazer qualquer coisa, muito tarde. No que eu estive pensando?

Claro que aquela era a mágica errada, começar dizendo "tarde demais". Até mesmo Colin teria dito aquilo. Mas ele não sabia nada sobre Mágica, nem sobre a boa, nem sobre a má. Ele ainda precisava aprender sobre aquilo. Ele se perguntava se Susan Sowerby tomara coragem para escrever para ele, somente porque tinha percebido que o menino estava muito pior, que estava fatalmente doente. Se ele não estivesse sob o feitiço daquela curiosa calmaria que tomou posse dele estaria mais infeliz do que nunca. Mas a calma lhe trouxe uma espécie de coragem e esperança. Ao invés de dar espaço para pensamentos ruins, ele começava a perceber que estava acreditando em coisas boas. — Será possível que ela tenha percebido que eu posso ser capaz de fazer bem ao menino e controlá-lo? — pensou ele. — Eu vou vê-la em meu caminho para Misselthwaite.

Mas em seu caminho através do pântano, ele parou o carro em

frente à cabana, e sete ou oito crianças que estavam brincando, unidas em um grupo, fizeram sete ou oito reverências educadas, dizendo-lhe que sua mãe tinha ido até o outro lado do pântano bem cedo pela manhã para ajudar uma mulher que dera a luz a um novo bebê.

— Nosso Dickon... — eles disseram, por livre e espontânea vontade. — Está na Manor, trabalhando em um dos jardins, onde passa vários dias da semana.

Sr. Craven olhou para a coleção de resistentes corpos pequenos e rostos de bochechas redondas e vermelhas, cada um sorrindo à sua maneira, e ele acordou para o fato de que se tratava de um grupo muito saudável e simpático. Ele sorriu para seus sorrisos amigáveis, pegou uma moeda de ouro de seu bolso e entregou para Lisabeth Ellen, que era a mais velha.

— Se você dividir em oito partes iguais, haverá meia coroa para cada um — ele disse. Então, em meio a sorrisos, risadas e reverências, ele foi embora, deixando-os em êxtase, cutucando-se e saltitando de alegria. A viagem por toda a beleza do pântano foi uma coisa tranquilizadora. Por que será que tinha a sensação de regresso ao lar, sendo que ele tinha certeza que jamais sentiria aquilo novamente? Sentiu a beleza daquela terra, do céu, das flores púrpura à distância e obteve uma sensação cálida no coração ao se aproximar da velha casa que abrigou aqueles de sua linhagem por seiscentos anos. Ele simplesmente se afastara dali, estremecendo ao pensar em seus quartos fechados e no menino deitado na cama de quatro colunas com as cortinas de brocado. Seria possível que ele talvez o encontrasse melhor, nem que fosse um pouco, superando sua doença? O quão real podia ser aquele sonho, que maravilhosa e clara foi a voz que respondeu para ele: "No jardim! No jardim!".

— Tenho que tentar encontrar a chave — ele disse. — Eu vou tentar abrir a porta. Eu devo, apesar de não saber por quê.

Quando ele chegou à Manor, os criados o receberam com a usual cerimônia, reparando que ele parecia melhor e que ele não estava indo direto para as salas remotas onde vivia, sendo servido por Pitcher. Ele foi para a biblioteca e procurou para a Sra. Medlock. Ela veio até ele, excitada, curiosa e afobada.

— Como está Mestre Colin, Medlock? — ele perguntou.

— Bem, senhor... — a Sra. Medlock respondeu. — Ele... ele está diferente, em uma maneira de falar.

— Pior? — ele sugeriu.

A Sra. Medlock realmente corou. — Veja bem, senhor... — ela tentou explicar. — Nem o Dr. Craven, nem a enfermeira, nem eu mesma poderíamos controlá-lo.

— Mas por quê?

— Para dizer a verdade, senhor, Mestre Colin pode estar melhor ou pode estar piorando. Seu apetite, senhor, não conseguimos compreender, e seus modos...

— Tornaram-se mais... mais peculiares? — seu mestre perguntou, franzindo a sobrancelha, ansiosamente.

— É isso mesmo, senhor. Ele está crescendo de forma muito peculiar, se o compararmos com o que ele era antes. Ele costumava não comer nada, mas subitamente começou a comer com enorme apetite, e então parou novamente, e os jantares passaram a ser devolvidos exatamente como costumava acontecer. Nunca se sabe, senhor, mas quando ele sai por esta porta, nunca deixa que ninguém o leve. Passamos por muitas coisas para levá-lo para sair em sua cadeira, que deixariam qualquer corpo tremendo como uma folha. Ele se pôs em um estado, que Dr. Craven disse que não poderia se responsabilizar a forçá-lo. Bem, senhor, sem nenhum aviso, logo depois de um de seus ataques, ele simplesmente começou a insistir que queria ser levado lá para fora pela Senhorita Mary, e o filho de Susan Sowerby, o Dickon, deveria empurrar sua cadeira. Ele criou uma fantasia com a Senhorita Mary e Dickon, e fez Dickon trazer seus animais domesticados para a casa. E, acredite se quiser, senhor, ele fica fora da casa até a noite.

— E como está sua aparência? — foi a pergunta seguinte.

— Se ele comesse normalmente, senhor, poderíamos pensar que está engordando, mas temos medo que possa ser algum tipo de inchaço. Ele ri às vezes de um modo estranho, quando está sozinho com a Senhorita Mary. Ele não costumava fazer isso. Dr.

Craven virá vê-lo, se o senhor permitir. Ele nunca esteve tão confuso em toda sua vida.

— Onde está o Mestre Colin agora? — Sr. Craven perguntou.

— No jardim, senhor. Ele está sempre no jardim, embora nenhuma criatura humana tenha permissão para se aproximar, por medo de olhar para ele.

Sr. Craven praticamente não ouviu as últimas palavras que ela disse.

— No jardim — ele disse, e depois que mandou que a Sra. Medlock fosse embora, ficou parado, repetindo uma e duas vezes: — No jardim!

Ele fez um esforço enorme para voltar à realidade do local onde estava, e quando sentiu que estava novamente na Terra, ele virou-se e saiu do quarto. Ele pegou seu caminho, como Mary havia feito, através da porta entre os arbustos, entre os louros e os leitos das fontes. A fonte estava brincando, cercada por canteiros de flores de outono brilhantes. Ele atravessou o gramado e pegou o longo caminho pelas paredes com hera. Ele não caminhava rápido, mas devagar, e seus olhos estavam fixos no caminho. Sentia como se estivesse sendo levado de volta ao lugar que perseguira por tanto tempo, e não sabia por quê. Enquanto se aproximava, seus passos começaram a ficar ainda mais lentos. Ele sabia onde a porta estava, mesmo com a hera pendendo sobre ela, bastante espessa, mas não sabia exatamente onde havia enterrado a chave. Então ele parou e permaneceu ali, olhando à sua volta, e no exato momento seguinte de sua pausa, começou a escutar, perguntando a si mesmo se estava caminhando dentro de um sonho. A hera pendia sobre a porta de grande espessura, escondendo-a, a chave estava enterrada sob os arbustos, e nenhum humano havia cruzado aquele portal por mais de dez anos solitários, contudo, ainda conseguia ouvir sons vindos de dentro do jardim. Eram sons de pés correndo, como se estivessem perseguindo algo por todos os lados sob as árvores, eram estranhos sons de vozes baixas e suprimidas, exclamações e suaves choramingos de alegria. Na verdade, ele parecia ouvir a risada de jovenzinhos, a risada incontrolável de crianças que estavam tentando não serem ouvidas, mas que, em um momento ou outro, conforme sua excitação aumentava, elas explodiam.

Com o que em nome de Deus ele estava sonhando, o que em nome de Deus ele estava ouvindo? Será que estava perdendo sua razão e pensando que estava ouvindo coisas que não eram próprias para ouvidos humanos? O que a voz clara o queria dizer?

E então chegou a hora, a hora incontrolável, quando os sons esquecem de silenciar-se. Os pés começaram a correr mais e mais rápido, aproximando-se da porta do jardim. Havia também uma rápida e forte respiração, um selvagem surto de risos mostrou que não podia mais ser contido, e a porta na parede foi escancarada, as folhas de hera foram empurradas para trás, e um menino saiu correndo dali a toda velocidade e, sem enxergar o estranho, quase tropeçou em seus braços. Sr. Craven os estendeu a tempo para salvá-lo de cair por ter esbarrado nele, e quando ele o afastou um pouco para olhá-lo, maravilhado em vê-lo ali, precisou respirar fundo. Era um alto e belo menino. Ele estava reluzindo em vida, e aquela sua corrida proporcionou uma cor esplêndida a seu rosto. Ele jogou seu cabelo, que caía na testa, para trás e abriu um par de estranhos olhos cinza. Olhos repletos de um sorriso juvenil, emoldurados por cílios negros como uma franja. Foi aquilo que fez o Sr. Craven ofegar, buscando ar.

— Quem? Como? Quem? — ele gaguejou. Aquilo não aconteceu como Colin esperava, não foi como ele havia planejado. Ele nunca pensou que tal encontro aconteceria. Mas, talvez, ainda assim, chegar correndo, vencendo uma corrida, fosse ainda melhor. Ele se ergueu ao seu máximo. Mary, que esteve correndo com ele e que também havia chegado até a porta, acreditou que ele se mostrou mais alto do que nunca. Várias polegadas mais altas.

— Pai... — ele disse. — Eu sou o Colin. Você pode acreditar, embora eu mesmo quase não possa. Eu sou o Colin.

Como a Sra. Medlock, ele não conseguia entender o que seu pai queria, quando disse com pressa:

— No jardim! No jardim!

— Sim. — Colin se apressou em dizer. — Foi o jardim que fez isso. E também Mary, Dickon, as criaturas e a Mágica. Ninguém sabe. Nós guardamos o segredo para lhe contar quando voltasse. Eu estou bem, posso vencer Mary em uma corrida, serei um atleta. — Ele disse aquilo tudo parecendo exatamente com um menino saudável. Seu rosto corou, suas palavras atropelaram-se com a ansiedade, e a alma do Sr. Craven chocou-se com uma alegria inacreditável. Colin estendeu a mão e colocou-a no braço de seu pai.

— Não está feliz, papai? — ele finalizou. — Não está feliz? Eu vou viver para sempre, sempre e sempre!

— Leve-me até o seu jardim, meu menino — ele disse finalmente. — E me fale sobre ele. E então eles o levaram para dentro.

O lugar era uma imensidão de outonos dourados, púrpura, violeta, azul e um escarlate flamejante, e para todos os lados havia feixes de lírios tardios unidos. Lírios que eram brancos ou brancos com vermelho. Ele se lembrava de quando o primeiro fora plantado, e naquela mesma estação do ano, suas glórias tardias se revelaram.

Rosas atrasadas escalaram, penduraram-se e se agruparam, e o brilho do sol, acentuando a cor das árvores amareladas, faria qualquer um se sentir dentro de um templo de ouro. O recém-chegado ficou em silêncio, assim como ficaram as crianças quando entraram naquele lugar quando ainda era cinza. Ele olhou ao seu redor.

— Eu pensei que estava morto — ele disse. — Mary pensou a mesma coisa a princípio — disse Colin. — Mas ele voltou à vida. Eles se sentaram sob uma árvore, todos menos Colin, que queria ficar de pé enquanto contava a história. Aquela era a coisa mais estranha que já tinha ouvido, Archibald Craven pensou, enquanto a história lhe era derramada, contada sob as palavras de um menino.

Mistério e Mágica, criaturas selvagens, os encontros estranhos à meia-noite, a chegada da primavera, a paixão e o orgulho insultado que havia arrastado o pequeno rajá a ficar de pé para desafiar o velho Ben Weatherstaff. O companheirismo ímpar, a brincadeira de representar, o grande segredo, tão cuidadosamente guardado. O ouvinte riu até que lágrimas apareceram em seus olhos, mas ele não estava chorando. O Atleta, o Palestrante, o Explorador Científico eram coisas divertidas, adoráveis e saudáveis para um jovem menino.

— Agora... — ele disse no final da história. — Isso não precisa ser mais um segredo. Eu ouso dizer que irá deixá-los assustados até quase terem um ataque quando me virem, mas eu nunca mais irei me sentar naquela cadeira. Eu vou caminhar de volta com você para casa, papai. Até a casa.

Os deveres de Ben Weatherstaff raramente o afastavam do jardim, mas naquela ocasião, ele criou uma desculpa para carregar alguns legumes para a cozinha e foi convidado para a ala dos criados pela Sra. Medlock para beber um copo de cerveja, mas estava no local certo, exatamente como ele desejava estar, quando o evento mais dramático que Misselthwaite Manor já tinha visto durante a atual geração, aconteceu. Ele olhava por uma janela, que dava para o pátio, mas de onde também podia ter um vislumbre do gramado. A Sra. Medlock, sabendo que Ben havia voltado dos jardins, esperava que ele tivesse a chance de ver seu mestre se encontrando com Mestre Colin.

— Você viu algum deles, Weatherstaff? — ela perguntou. Ben tirou a caneca de cerveja de sua boca e limpou seus lábios com as costas de sua mão.

— Sim, eu vi — ele respondeu com um significativo ar astuto.

— Os dois? — perguntou a Sra. Medlock.

— Os dois — Ben Weatherstaff respondeu. — Obrigado pela gentileza, madame. Eu poderia aceitá mais uma caneca.

— Os dois juntos? — disse a Sra. Medlock, apressando-se em encher a caneca de cerveja em sua empolgação.

— Juntos, madame. — E Ben engoliu metade de sua cerveja em apenas um gole.

— Onde estava o Mestre Colin? Como ele estava? O que disseram um para o outro?

— Eu não ouvi — disse Ben. — Tô apenas olhando através da parede. Mas posso lhe dizê. Tem coisas acontecendo fora desta casa que ninguém poderia imaginá. O que há para se descobri, vai sê descoberto logo. E isso aconteceu apenas dois minutos antes que ele pudesse engolir o resto de sua cerveja, então ele solenemente balançou sua caneca na direção da janela, que permitia que eles enxergassem um pedaço do gramado no meio do matagal.

— Olhe para lá — ele disse. — Olhe, se estive curiosa. Olhe quem está caminhando pela grama.

Quando a Sra. Medlock olhou, ela jogou suas mãos para o alto e deu um gritinho. Todos os homens e mulheres a escutaram através da ala dos criados e ficaram olhando pela janela, com seus olhos quase saltando das órbitas. Pelo gramado, seguia o Mestre de Misselthwaite, e ele aparentava estar bem, como muitos deles jamais o tinham visto. E do seu lado, com sua cabeça elevada e seus olhos cheios de alegria, caminhava, tão forte e firme, como qualquer menino de Yorkshire, o Mestre Colin.

Fim

A autora ***Frances Hodgson Burnett*** nasceu em Cheetham Hill, próximo a Manchester, na Inglaterra, em 1849. Em 1865, órfã de pai, mudou-se para os Estados Unidos estabelecendo-se no Tennessee. Publicou suas primeiras histórias a partir de 1868, em revistas como Godey's Lady's Book e Harper's Bazaar. Mudou-se para Washington D.C. e lançou seu romance de estreia, That Lass o' Lowrie's, em 1877, ao qual se seguiram vários outros. Em 1886, aos 37 anos, a autora publicou seu primeiro livro infantil, O Pequeno Lorde, que alcançou enorme sucesso. Em 1911 lançou o livro O Jardim Secreto. Estas obras acabaram se tornando grandes clássicos da literatura, tendo sido inúmeras vezes adaptadas para o cinema e traduzidas para diversas línguas. Em 1898 a autora retornou à Inglaterra, residindo até 1907 no condado de Kent. Em 1909 voltou aos Estados Unidos, dando sequência à carreira de escritora de contos, romances e peças de teatro. Frances Hodgson Burnett faleceu em Plandome, Estado de Nova York, em 1924.

Onde viveu